# 便引诗情到碧霄

Bian Yin Shi Qing Dao Bi Xiao

## 唐风宋雨间的诗意人生

Tang Feng Song Yu Jian De Shi Yi Ren Sheng

韩成武 著

天津教育出版社
TIANJIN EDUCATION PRESS

图书在版编目（CIP）数据

便引诗情到碧霄／韩成武著.
—天津：天津教育出版社，2010.12
ISBN 978-7-5309-6305-0
Ⅰ.①便… Ⅱ.①韩… Ⅲ.①随笔—作品集—中国—当代 Ⅳ.①I267.1

中国版本图书馆CIP数据核字（2010）第253625号

便引诗情到碧霄

出版人 胡振泰

编　著 韩成武
选题策划 李　军
责任编辑 李　军
装帧设计 张丽丽

出版发行 天津教育出版社
天津市和平区西康路35号 邮政编码300051
http://www.tjeph.com.cn

经　销 新华书店
印　刷 唐山天意印刷有限责任公司
版　次 2011年1月第1版
印　次 2011年1月第1次印刷
规　格 16开（787×1092毫米）
字　数 220千字
印　张 15.75

定　价 28.00元

# 目录

# 目录

# 唐代的几种“夫君脸谱”

“脸谱”一词，本义是指戏曲中的角色勾在脸上的各种图案，用来表现剧中人的性格和特征。这里用来代指生活中人的脸相，包括神态、脸色等，因其具有类型化的特点，所以可称之为“脸谱”。“夫君脸谱”就是指做丈夫的在妻子面前呈现的神态、脸色。同其他封建王朝相比，唐朝妇女的社会地位虽说稍高一点，但仍然处于男权统治的大背景下，其在家庭中的处境也好不了许多。又由于她们的丈夫思想各异、品格不同，境遇也是千差万别的，所见到的夫君脸色各有不同。我们可以从唐代著名诗人中挑选几个代表，归纳出几种脸谱，以便大体透视出唐代的夫妻关系情况来。

第一种脸谱可称之为“无奈型”，可以高适、岑参为代表。这种脸谱的情感基调是冷漠，对妻室的存在无动于衷，甚至反感。这种男人功名心切，以封侯为平生追求的目标，把妻子看成是累赘，是负担；但是又不敢奉行独身主义，因为“不孝有三，无后为大”。高适在诗中说：“到家但见妻与子，赖得饮君春酒数十杯，不然令我愁欲死。”（《同河南李少府严毕员外宅夜饮》）老婆孩子还不如几杯春酒味道好，厌弃之情溢于言表。岑参在诗中写道：“男儿何必恋妻子，莫向江村老却人。”（《送费子归武昌》）意思是说，身为男子汉，不能抱守妻儿，老死江村，应该追求功名，建功立业。在唐代诗人中，这种脸谱较为多见，尤其是在尚武精神广为流行的初唐、盛唐时期，所谓“儿女情短，英雄气长”被看作是理想男儿的本色。

第二种脸谱可称之为“训导型”，可以白居易为代表。这种脸谱的情感基调是严肃，在妻子面前摆出一副铁青的面孔，能刮得下铁粉来。白居易是很好女色的，年轻时就颇多风流韵事，到六七十岁了，身边还有两个家妓，一个叫“樊素”，一个叫“小蛮”，他曾以色欲汪汪的眼神审视她们，写诗言道：“樱桃樊素口，杨柳小蛮腰”，赞叹她们的小嘴、细腰之出类拔萃。后来因为年事已高，不得不忍痛割爱，放她们出去嫁人，没走几天就想得要死要活。对自己是这样，对妻室就完全不同了。他训诫妻子杨氏严守妇道，不许乱动心思。在《赠内》诗中，他首先例举古代的四位贤妇——黔娄妻、冀缺妻、陶潜妻、梁鸿妻，要夫人向她们学习敬夫如宾、安于贫困，不要见异思迁。然后大讲其道理：“人生未死间，不能忘其身。所须者衣食，不过饱与温。蔬食足充饥，何必膏粱珍？缯絮足御寒，何必锦绣文？”末了还要求她记住祖先的遗训，一心一意地跟他过日子。这副面孔俨然是老师在教育学生，没有半点夫妻情味在内。

第三种可称之为“傲视型”，可以李白为代表。这种脸谱的情感基调是自傲，总以为妻子沾了自己很大的光，耳朵产生了幻听：“我有李白这样的丈夫是多么的荣幸啊！”李白先后娶妻四位：许氏、刘氏、鲁地一妇人（姓氏失考）、宗氏，这些夫人大多不会写诗赠李白，但是不要紧，李白有办法，他代替她们写诗赠自己，来过这份瘾，这些诗叫做“自代内赠”，就是用妻子的口吻写怀念他的诗，例如，他曾代替宗氏夫人写诗言道：“妾似井底桃，开花向谁笑？君如天上月，不肯一回照！”（《自代内赠》）在李白的心目中，妻子是井底桃，自己是天上月：一个在地平线之下，一个在高远的天上；一个寂寞无闻，一个举世共仰；一个欲笑无人赏，一个硬是不肯赐清辉。其得意之状，何其鲜明！

第四种可称之为“愧疚型”，可以杜甫为代表。这种脸谱的情感基调是惭愧、内疚，总觉得对不起妻子。杜甫年近三十才结婚，夫人姓杨，小他10岁左右。他们是一对相依为命的患难夫妻。杜甫成家以后直到离世，生活之路越走越难，他深深感到妻子在抚养儿女、支撑家庭上的重大作用。“家贫仰母慈”（《遣兴》），是他对儿女们说的掏心话，在拉扯儿女长大这个事上，他把妻子的地位放在了自己的前面。在许多诗中，杜甫描写了妻子的消瘦形体和惨淡神情，如“妻子衣百结，恸哭松声回。”（《北征》）“入门依旧四壁空，老妻睹我颜色同。”（《百忧集行》）在妻子面前，他显露的是一张愧疚的脸，总在责备自己没有尽到做丈夫的责任，叹息“妻孥未相保”（《奉赠射洪李四丈》），“偶携老妻去，惨淡凌风烟。”（《寄题江外草堂》）“何日干戈尽？飘飘愧老妻。”（《自阆州领妻子却复蜀山行》）这些诚挚的内心独白，令人感到爱情的珍贵。可惜的是，这种脸谱并不多见。

以上归纳的四种“夫君脸谱”，大体反映了唐代男人与妻子的关系情况。之所以会有这些复杂的情况，与当事男人的出身、经历、处境、思想、性格的不同，有密切的关系。其实，细想起来，这四种脸谱在当今的社会，在我们的周围，也是经常能够看到的。

# 写诗可以退贼

写下这个题目便有些担心，担心读者说我撒谎：诗这玩意儿也能退贼？你要说刀枪能够击退贼人倒还靠谱，诗算个啥呀？抢匪来夺你的财物，你说：“别，我给你写首诗吧。”那抢匪能听你的？恐怕你诗没写完，东西早就被席卷而去了。

诸君别急，我说的这是唐朝的事。

唐朝长庆年间，诗人李涉去南方游历，入夜时分，来到九江边上的一个荒村，当时天下着雨，正准备投宿，却被一伙强盗围住了。强盗们喝令他交出财物免除一死。李涉的随从对强盗说，他是诗人李涉，你们不能劫他。强盗首领说，李涉这名字我知道，我还读过他的诗。要真的是李涉，就放你们走。不过，我要的是证据，李涉不是能写诗吗？他能立成一首好诗，就证明是李涉。那李涉稍稍镇定心情，便口吟一绝：“暮雨潇潇江上村，绿林豪客夜知闻。他时不用藏名姓，世上如今半是君。”强盗首领听罢，露出一张笑脸来，连声说，好好，果然是李涉。于是，命令手下把财物奉还。一声呼哨，群盗消失在夜幕中。（事见《唐才子传》）

在唐朝，诗人有着很高的社会声望，是被人崇拜的群体。诗写得好，可以考中进士，得到官职。早从高宗时代起，进士科举就间或以写诗作为考试的内容了。这个做法,一下子就把所有的知识分子统统变成了诗人。诗歌在唐代,实际上就是读书人走上仕途的上马石。

那些不想进入仕途或无法进入仕途的人,诸如和尚、尼姑、道士、女冠、隐士、娼妓,他们也都在写诗。为什么?因为写诗可以获得好的声誉,增加社会知名度。写诗怎么就能获得好的声誉呢?原因是皇帝喜欢写诗。唐代的皇帝人人能诗。《全唐诗》收录了为数不少的帝王诗作,处于前三位的是:太宗的诗作90多首,玄宗的诗作60多首,武则天也不甘示弱,40多首。帝王们带头写诗,这就把诗歌的创作活动推到至高无上的地步。尤其是太宗李世民,这位给唐朝政治、经济、文化诸方面政策奠定基础的人物,《全唐诗》的编者甚至说"有唐三百年诗歌之盛,帝实有以启之焉。"说李世民的诗歌创作开创了整个唐代的诗歌繁荣局面。这话说得有一定道理。俗话说,上有所好,下必甚焉。李世民的意义就在于他充当了诗歌创作的带头羊。诚如杜甫对太宗所作的评价:"风尘三尺剑,社稷一戎衣。翼亮贞文德,丕承戢武威。"(《重经昭陵》)前两句说的是太宗以武功夺得天下,后两句说太宗在取得天下之后,以文德治理国家,竭力息止武力。这个评价是中肯的。

如此说来,无论是否想进入仕途的,都在写诗。这就形成了一支空前庞大的诗歌创作队伍。正如明朝胡应麟所说:"唐诗人上自天子,下逮庶人,百司庶府,三教九流,靡所不备。"(《诗薮》)在唐代,那真的是朝野上下、城镇乡村、为官为民、犄角旮旯,到处都是写诗的人,人人都是诗歌的崇拜者。

即便是不会写诗、只会背诵诗歌的人也因此而身价倍增。史料记载,节度使高霞寓看中了一名歌妓,想要纳她为妾。双方商讨迎娶的规格,这名歌妓认为规格过低,她说,我能背诵白居易的《长恨歌》,岂能与一般歌妓相提并论?就是因为这个,高霞寓不得不提高迎娶的规格。试想,要是处在不重视诗歌的社会环境里,你莫说会背诵《长恨歌》,就是把《全唐诗》都背诵下来,又能怎样?

唐朝人爱诗爱到痴迷的程度,有些做法令人难以置信。举个典型的事例,据《酉阳杂俎》记载,荆州人葛清,由于酷爱白居易的诗,竟然往身上刺字，从脑门到脚趾，从前胸到后背，胳膊大腿屁股上，刺满了白居易的诗，竟至于“体无完肤”。如今在闹市中，时或见到纹身的人，却再也见不到诗句在身了。

# 杜甫消愁有新招

古代诗人消愁的方法主要是饮酒，酒能麻醉神经，使人在一定时间里失去思维的能力，故能暂时摆脱愁苦。李白就是长于此道的代表人物。李白生活富裕，他有足够的钱去买酒，即便有时手头紧些，也还有值钱的家什去变卖：“五花马，千金裘，呼儿将出换美酒，与尔同销万古愁！”他有用酒消愁的资本。杜甫就不同了，他没这个资本，后半生饥寒交迫：“饥借家家米，愁征处处杯。”喝人家的酒来消愁当然不会那样便利，何况他还诸病缠身，肺病、糖尿病都不允许他喝个烂醉，“竹叶于人既无分，菊花从此不须开！”他为不能畅饮而大发牢骚。他无钱而有病，愁苦又太多，怎么办？他有自己独特的招数，那就是睡大觉，睡着了，就愁不了了，也能求得暂时的解脱。

例如，他在成都草堂寓居期间，思乡忆弟之情颇苦，作《恨别》诗云：“洛城一别四千里，胡骑长驱五六年。草木渐衰行剑外，兵戈阻绝老江边。思家步月清宵立，忆弟看云白日眠。闻道河阳近乘胜，司徒急为破幽燕。”第六句写思念诸弟的情状，“看云”这个细节行为，颇富感情蕴涵，因为云踪飘移不定，正与诸弟漂泊生涯相合，故“看云”一节是对“忆弟”之心的形象提示。这一点是很好理解的。倒是“白日眠”这个行为须费些解释，因为从一般意义上说，大白天睡觉，似与思念之情相悖，既然如此苦思苦想，怎么还睡觉呢？清代人纪昀就曾对此提出质疑，他说：“六句是名句，然终觉‘看云’不贯‘眠’字。”（见《瀛奎律髓汇评》）是说“看云”与“眠”，在情思上不相连贯。按纪昀的说法，“看云”在于“忆弟”，“忆弟”则不能有“眠”，一旦“眠”了，则忆念之情便显得不深了。这从一般的逻辑上是说得通的。但是，如果从心理学的角度作设身处地的思考，我们便会感到这个“白日眠”恰恰是极度愁思的必然结果和行之有效的应对措施。杜甫思念诸弟，想见而不可得，愁极无奈，只好以入睡求得解愁。倘若他有见到诸弟的希望，是不会入眠的。所以，这个“白日眠”不但不会淡化思念之情，反而能够深化它，使人看出老杜为愁思所煎熬，心里难以承受的苦况。

杜甫以睡眠来解脱愁苦，这种方式是一贯的。早年，他被叛军拘押在沦陷的长安时，十分思念远在羌村的妻儿们，在《忆幼子》诗中写道：“骥子春犹隔，莺歌暖正繁。别离惊节换，聪慧与谁论？涧水空山道，柴门老树村。忆渠愁只睡，炙背俯晴轩。”骥子，是杜甫的小儿子，此时只有三四岁，天赋聪明，在咿呀学语时，就开始学诵父亲写的诗了，杜甫非常喜欢他，在同一时期写的《遣兴》诗中夸道：“骥子好男儿，前年学语时。问知人客姓，诵得老夫诗。世乱怜渠小，家贫仰母慈。”在兵荒马乱的岁月，如此幼小的孩子跟随母亲住在异乡山村，杜甫如何不悬心挂念？如何不忧心如焚？但是他被拘留于叛军控制下的长安城，想逃出去是很困难的。正是由于忧心难奈，不堪其苦，也就只好“忆渠愁只睡”了。显然，这里的“只睡”（只好睡觉），是“愁”的结果，是消愁的办法，与“忆弟看云白日眠”是同一种路数。

除了思儿忆弟愁极而睡，有时杜甫因对复杂的世事人情感到无奈，也常以一睡了之。他在严武幕府担任参谋期间，与青年同僚发生意见分歧，受到猜忌和嘲弄，感到十分委屈。因为他来幕府工作，并非本心之愿：“白头趋幕府，深觉负平生。”（《正月三日归溪上》）实在是由于严武的盛情邀请，作为好友，他驳不开面子，只好前来赴任：“束缚酬知己，蹉跎效小忠。”（《遣闷奉呈严公二十韵》）他只是想帮助严武做些军务，并不想由此飞黄腾达，竟不料遭到一班人的不满。为了表明心迹，曾作《莫相疑行》言道："寄谢悠悠世上儿，不争好恶莫相疑。""不争相恶"，是说自己本来无心与儿郎之辈比试才能的高下。可是，这样的表白心迹究竟能起到多大的作用，对方能否相信呢？在复杂的世情面前，他感到烦躁，无能为力，还是使用老办法——睡大觉。他向严武告了假，回草堂暂住，在《村雨》诗中写道："雨声传两夜，寒事飒高秋。挈带看朱绂，开箱睹黑裘。世情只益睡，盗贼敢忘忧？松菊新沾洗，茅斋慰远游。"

"世情只益睡"，就是说，想到复杂的世事人情只有付之以一睡，睡着了，心也就不烦了。但是，毕竟睡眠的时间是有限的，醒来之后还是心烦。没过多久，他就辞去了幕府官职，回归草堂了。

# 令人喷饭的许彦周

晚唐诗人杜牧有一首咏史的七言绝句《赤壁》，诗云：

折戟沉沙铁未销，自将磨洗认前朝。
东风不与周郎便，铜雀春深锁二乔。

唐武宗会昌二年（842年），杜牧出任黄州刺史，《赤壁》这首诗就是他在任上所作。黄州西边的江畔有一座山，山呈红色，名叫“赤鼻矶”，当地人附会为“赤壁”，说那里就是赤壁之战的战场。杜牧取用了这种说法，写成了这首咏史之作。

此诗的意思不难理解，首联是记事，作者说他在江边上散步，不经意间，脚尖蹚出来埋在沙滩里的一根断戟，这是什么时代的兵器呢？作者把它捡起来，走到江边，用江水把它洗磨了一番，经过考古辨识，得出了结论：是三国时候的兵器。特定的环境，折断的兵器，引发出对赤壁之战的联想，从而为后面的议论作出了必要的铺垫。尾联是作者对赤壁之战的胜利者周瑜作出的评论：如果东风不给周瑜以火攻的方便，那么二乔就会被曹操占有（铜雀台是曹操的纳妃之处）。作者的意思是说，不要把周瑜说得那么神，他的取胜是很侥幸的。史料记载，杜牧喜读兵书，有军事谋略，在这首诗中，他是借评论周瑜来申述个人的大将才略。作为一首咏史诗，作者对周瑜作出了全新的评价，推翻了千古定论，应该说是一首成功之作。

但是，后代某些人对这首诗的解读却出现了偏颇。宋代有个叫许彦周的，写了一本《彦周诗话》，其中一节狠狠批评了杜牧，说他是不知好歹的“措大”（穷书生），说道：“孙氏霸业，系此一战。社稷存亡、生灵涂炭都不问，只恐捉了二乔，可见措大不识好恶。”许彦周认为杜牧在诗中只关注了二乔的命运，而不问社稷存亡、生灵涂炭。这实在是冤枉了杜牧，是不通“诗道”的结果。事实上，杜牧是使用了“以小见大”的方法，表达了对东吴政权的关注。“以小见大” 是诗歌表情达意的常用手法，就是用细微而典型的个别，去反映重大的问题。二乔与吴国相比，自然为小，但是她们不是平常女子，她们被曹操占有，意味着吴国灭亡，“铜雀春深锁二乔”是对吴国灭亡的一种艺术性的表达，其意味让读者自去体会。须知，这样写出来才是诗，而不是带韵脚的史学论文。按照许彦周的意见，应该写成“东风不与周郎便，吴国肯定要灭亡”才好，这样写，严肃是严肃了，庄重是庄重了，诗味却没有了，这样的说教岂不令人喷饭！所以我说许彦周这个人是不通“诗道”的。许彦周的意见也遭到了后人的驳斥，清代人何文焕在《历代诗话》中说：“诗人之词微以婉，不同论言直遂也。牧之之意，正谓幸而成功，几乎家国不保。”何文焕的意见是正确的，诗人的语言特点一个是“微”，一个是“婉”，“微”就是含蓄，“婉”就是委婉，是不同于论文的语言那样“直遂”——那样直截了当的。

许彦周斥责杜牧只关注二乔，这已成了千古诗坛的笑柄。至于把赤壁之战说成是为了争夺一个女人，这应该说是对“东风不与周郎便，铜雀春深锁二乔”又一新的解释，比起许彦周来，这种解释则又等而下之。许彦周只是不通“诗道”，这种人则是不懂历史。不懂历史还要写什么历史剧，拿来给懂历史的国人看，不被扫进垃圾堆那才叫怪！

# 春秋二季何以入诗多？

平日读唐诗，印象中春秋两个季节入诗为多。许多名篇，如张若虚的《春江花月夜》，杜甫的《春望》，杜牧的《江南春》，王维的《山居秋暝》，刘禹锡的《秋词》等等，多为其间之作。隐隐感觉到古代诗人对这两个季节特别的留意。如今有了电脑软件，可以帮助人们检索词语，统计数字了。我于是用之对春、夏、秋、冬四个字，在唐诗中的出现次数做了调查。结果不出所料，却又好生吃惊。春、秋入诗之多，竟高于冬、夏十几倍！具体数字如下：春，11071次；夏，919次；秋，7910次；冬，551次。如果把春、秋两个数字加起来，与冬、夏之和相比，竟然是13比1。我当然不会认为这四个字在诗中都是表示季节的意思，但可以说这四个字绝大多数是表示季节的词。

这是个有趣的文学现象。对于这种现象应该如何解释？我不揣简陋，进行了一些思考。写出几条不成熟的见解，以就教于同仁。

笔者认为，一年之四个季节，其性质有所不同。春为生季，夏为长季，秋为收季，冬为藏季。它们对于前面的季节来说，有的属于量变，有的属于质变。夏之对于春，冬之对于秋，都是量变；而春之对于冬，秋之对于夏，则是质变。何以言之？春天万物萌生，它对于万物寂灭的冬天来说，是一种否定，是一种质变；秋天万物收敛，它对于万物隆盛的夏天来说，也是一种否定，一种质变。而夏天不过是把春生之物增大规模，冬天不过是把秋收之物减小规模而已，只是个量变的过程。从人的心理感受来说，量变远不如质变那样能够引发心灵的震撼。这正如社会的发展远不如社会的变革给予人心的刺激之大一样。所以，春、秋两季给人的感受是特别强烈的。这可以从人的心理、意识、精神等层面作出分析。

其一，就一般的人性来说，人皆喜生而悲灭，乐盛而恶衰，庄子闻妻死而鼓盆作歌的高士，实属罕见。知邻人生子，虽与自己无关而犹然心喜；见路人送殡，则闻其哭声而心哀。更何况是于身于家？同时，这些生之“喜”、灭之“悲”、盛之“乐”、衰之“恶”，诸多情感，从心理学角度来说，是以初次蒙获为最的。人死之痛，最痛于初闻之际，等到过了一段时日，即便所失更甚，也不如初闻之痛深；获兔之乐，也是最乐于初得之时，至于其后美餐兔肉，也不如初得之乐浓。杜甫听到两河收复，喜得热泪满襟，那也是在初闻之时：“初闻涕泪满衣裳”（《闻官军收河南河北》），司空曙见到故人，悲从中来，也是在乍见之时：“乍见翻疑梦，相悲各问年。”（《云阳馆与韩绅宿别》）当春风的脚步初破严冬的封锁，遭遇困厄的众生们便会萌发生的希望，刘方平就是用早春的第一声虫鸣传达出这种生的希望的：“更深月色半人家，北斗阑干南斗斜。今夜偏知春气暖，虫声新透绿窗纱。”（《月夜》）这种由“虫声新透”而产生的惊喜，是花浓柳郁的夏季所难生发的。而当西风乍起，一叶惊秋，则有宋玉首兴悲秋之叹，历代诗人亦多有接声递响者：或由此而忧虑人命之短促，或由此而感慨家世之变迁，逐臣因之而感怀仕途之坎坷，忠臣因之而生发国衰之叹惋。杜甫《秋兴》等忧国之作，正是由于惊秋气而动愁思的：“玉露凋伤枫树林，巫山巫峡气萧森。江间波浪兼天涌，塞上风云接地阴。”于萧条的秋景中蕴涵了国家危亡的巨大忧思。而在更为严酷的冬季，诗人们反倒哑口，非不痛也，不如初痛之深也。可见，质变的季节对于诗人心灵的强烈震撼。既然如此，那么春、秋之多入于诗人视觉、心头和笔端，就是很自然的事。

其二，作为在农业文化环境中生存的古人来说，向来具有“安土重迁”的意识,远离家乡的游子对于季节的变换十分敏感,惊节气之变换,叹漂泊之未止,思乡忆故之情便油然而生。尤其是面临质变性的春、秋节令,更是如此。春季如春节、惊蛰、寒食、清明,秋季如立秋、白露、寒露、重阳,便是游子思乡的集中时辰。宋之问在《新年作》中叹道:“乡心新岁切,天畔独潸然。老至居人下,春归在客先。”这是由春节引发的怀乡之情。高适在《除夜作》中叹道:“旅馆寒灯独不眠,客心何事转凄然?故乡今夜思千里,霜鬓明朝又一年。”也是由春节引发出怀乡之情。杜审言在《和晋陵陆丞早春游望》诗中叹道:“独有宦游人,偏惊物候新。”作为宦游人的杜审言,对早春的物候大为震惊,深刻地表达了他对年华流逝、有家难回的苦闷心情。孟云卿在《寒食》诗中叹道:“二月江南花满枝,他乡寒食远堪悲。贫居往往无烟火,不独明朝为子推。”这是由寒食节引发的客中贫居之叹,思乡之情亦在其中。王勃在《蜀中九日》中叹道:“九月九日望乡台,他席他乡送客杯。人情已厌南中苦,鸿雁那从北地来!”重阳之节,见大雁南来,乡心则怅然北去。王维在《九月九日忆山东兄弟》诗中叹道:“独在异乡为异客,每逢佳节倍思亲。遥知兄弟登高处,遍插茱萸少一人。”也是由重阳节引发的怀乡之情。杜甫在《月夜忆舍弟》中说:“露从今夜白,月是故乡明。”身置白露节的夜晚,由遍地的冷露而陡然生发思乡忆弟之情。这些诗例说明,质变性的春、秋节令,风物之巨变,是最能引发客子的思乡之情的。

其三,对于政治思想激进者来说,春、秋二季所具有的否定前季的创新精神,往往与他们的改革图新思想形成共振,从而使他们触景生情,借时言志,创作诗篇。中国古代的政治改革家,多有这类以春秋节令为题的诗作。王安石的《元日》诗云:“爆竹声中一岁除,春风送暖入屠苏。千门万户曈曈日,总把新桃换旧符。”元日里除旧布新的风物盛况,“新桃换旧符”的万家景象,与他的政治革新思想相吻合,于是借题发挥,表达他勇于推行新法的意志和乐观自信的精神。秋季更是社会革命家们歌咏的季节,秋风涤荡酷暑,具有摧枯拉朽之势,其精神与革命家们完全相通。刘禹锡是永贞革新的主要成员,斗争坚决,乐观豪迈,他多次在诗中盛赞秋季,如云:“自古逢秋悲寂寥,我言秋日胜春朝。晴空一鹤排云上，便引诗情到碧霄。”写得大气包举，洋洋洒洒，意气凌云！别人闻秋风而生悲，他闻秋风则生乐，在《始闻秋风》中，他这样描写秋天的物候：“马思边草拳毛动，雕盼青云睡眼开。”在他的心灵里，秋天原来是个英物一展雄姿的季节。还有唐末农民起义领袖黄巢，也是高歌秋色的人。他在《不第后赋菊》中写道：“待到秋来九月八，我花开后百花杀。冲天香阵透长安，满城尽带黄金甲。”秋天的物候——菊花，成了他英雄主义的象征，“冲天香阵”的赞词，表达出彻底摧毁没落王朝的战斗豪情。

写到这里，我不禁想起了毛泽东。他作为旧中国的改造者，也是一个酷爱秋天的人。他用“鹰击长空，鱼翔浅底，万类霜天竞自由”（《沁园春·长沙》）如此壮丽的词句赞美秋天，他还说：“一年一度秋风劲，不似春光。胜似春光，寥廓江天万里霜。”（《采桑子·重阳》）又说“万木霜天红烂漫”（《渔家傲·反第一次大“围剿”》）“六盘山上高峰，红旗漫卷西风。”（《清平乐·六盘山》）等等。看来，秋天的确可以成为社会革命家心境的外化。秋天的精神集中地体现了社会革命家否定前朝的精神。相比之下，夏、冬季节就较难与他们的精神顺利吻接。

当然，除了以上三条原因，还会有夏热冬寒不适合创作、春暖秋凉利于驰骋诗思等等。这是常识，不必多说。

# “龟”字从何时退出中国人名？

中古时期，国人的名字喜用“龟”字。究其原因，大致有二：一是龟能长寿，传说龟有千年之寿，西汉刘向《说苑》道：“灵龟千二百岁。”东汉班固《白虎通》说：“龟者，天地间考寿物也。”晋人葛洪《抱朴子》说：“知龟鹤之遐寿，故效其道引以增年。”以“龟”命名，颇能寄托人们吉祥长寿的愿望。二是龟在古人心目中为灵异之物，《尚书》记载，大禹治水时有神龟出于洛水，龟背上有裂纹，如同文字，其后，人们烤灼龟的甲壳，根据裂纹以占卜凶吉。龟既然如此灵异，取以为名，也就颇偿聪明智慧的心许。既能长寿，又活得聪慧，所以古人每以“龟”字命名。

笔者据平素读书所见和查阅相关文献得知，三国魏人有刘龟，官任宜兴典农；晋朝人有马龟，官任太常；晋朝还有个叫张龟的，官任都护。

唐朝人以“龟”字命名的更多，陆龟蒙、李龟年，是尽人皆知的诗人、歌手；还有王龟，官左拾遗；崔龟从，官中书舍人；刘崇龟，官礼部员外郎；王龟范，官蔚州刺史；乐朋龟，著有《纶阁集》；唐诗人刘禹锡的小侄名“龟儿”；白居易之弟白行简的儿子叫“阿龟”，白居易写有《闻龟儿咏诗》。

宋朝人取名为“龟”者也不少，有王文龟，官长安知县；张龟年，官富平县事；彭龟年，官吏部侍郎；程龟年，著有《五服相犯法纂》；吕龟图，宰相吕蒙正的父亲，官起居郎；吕龟祥，吕龟图之弟，官殿中丞；王龟从，官虞部郎中；黄龟年，官监察御史。宋元之际有刘应龟，官杭州学正。

明代前期有王龟年，是右佥都御史李中的门人。到清代，“龟”字悄然退出了中国人名。

由以上所列的人物履历来看，高者做到宰相，下者亦为县事，没有一个愚蒙卤钝之辈。他们取“龟”为名，足以说明对“龟”的礼重。同时还能看到，由魏到宋，取“龟”为名者，渐呈增多之势。至明代而大减，于清代绝迹。此中原因，究竟为何？

笔者以为，这与明清两代人对“玄武”图形的世俗解释有关。我国古代天文学把黄道赤道附近的二十八个星宿分为东西南北四组，并且把它们想象为动物图形，称为“四象”：东方青龙，由角、亢、氐、房、心、尾、箕七宿组成，为龙象；西方白虎，由奎、娄、胃、昴、毕、觜、参七宿组成，为虎象；南方朱雀，由井、鬼、柳、星、张、翼、轸七宿组成，为鸟象；北方玄武，由斗、牛、女、虚、危、室、壁七宿组成，为龟蛇象。其后，又由此而有所谓“四方之神”，东为“青龙”，西为“白虎”，南为“朱雀”，北为“玄武”。四神图形，只有“玄武”为龟蛇合体，蛇缠龟身。这种造型，使人产生诸多解释，大致有二：

其一，龟蛇交合说。东汉许慎《说文解字》释“龟”云：“龟，旧也，外骨内肉者也，从蛇，龟头与蛇头同。天地之性，广肩无雄，龟鳖之类，以蛇为雄。”把龟解释为没有雄性，要靠蛇来交配，是文人闭锁书斋，不触实际，妄加议论闹出的笑话。许氏这种对“龟”的解释，其依据大概是原于对玄武图形的理解。这种解释，对后人产生很大的影响。宋人陆佃《埤雅》承袭许慎的说法：“广肩无雄，与蛇为匹，故龟与蛇合，谓之玄武。”陆佃以“埤雅”作为书名，是表示对《尔雅》一书的辅助增益，而产生于战国末期的《尔雅》，对“龟”的解释并无“无雄”的说法。明朝方以智在《通雅》中批驳许氏说：“龟鳖皆有雌雄，野人目击其尾接。龟乃有食蛇者，其头不与蛇同。许氏之说殆牵纽矣。”方氏向农民作了调查，得知龟鳖雌雄交配的事实。

其二，丹家喻身说。宋朝俞琰在《席上腐谈》中说："玄武即乌龟之异名。龟，水族也。水属北，其色黑，故曰'玄'。龟有甲，能捍御，故曰'武'。其实只是乌龟一物耳。北方七宿如龟形，其下有䲢蛇星。蛇，火属也。丹家借此以喻身中水火之交，遂绘龟蛇蟠虬。世俗不知其故，乃以玄武为龟蛇二物。"俞琰认为玄武就是指乌龟，与蛇无关，这种解释从字面看也能说得通。至于他说这种龟蛇交合的玄武图形是后来炼丹家所绘，则缺乏文献依据。炼丹家是道教产生以后才有的，而道教是东汉顺帝汉安元年（公元142年）由张道陵倡导的。其时已是东汉末年。这种龟蛇交合的玄武图形产生于何时，尚待考证。

总之，从汉到明代前期，人们对玄武图形的解释虽有分歧，但并未影响人们对"龟"的礼重。直到明代中叶以后，世情颓靡，淫风大炽，世人多以色情的眼光审视事物。人们对"玄武"图形的解释，也就集中到"龟蛇交合"上来。这种世俗解释的取向，在明人谢肇淛《五杂俎》中有反映："今人以妻之外淫者，目其夫为乌龟。盖龟不能交，而纵牝者与蛇交也。"时人把"玄武"图形想象为雄蛇与雌龟的交配，认为雄龟没有交配能力，于是把乌龟类比为纵妻卖淫的男子。谢肇淛是明代万历时人，已接近明代的末世。在万历之后出现的世俗小说如"三言"、"二拍"以及清代小说如《红楼梦》等，就大量使用"乌龟"的字眼，来称呼纵妻卖淫的男子，或称妓院中的男役，或干脆用来骂人。《红楼梦》里的薛蟠，就曾唱过"女儿悲，嫁个男人是乌龟"这样的歪曲儿。龟的名声落到这般地步，人们躲闪犹恐不及，谁还敢于取之为名呢？

需要补充说明的是，明代万历以后在人名中消失的只是"龟"字，而"龟"的同类比如"鳌"（传说中海里的大龟）却依然继续存在于人名里。清代有户部侍郎王鳌永，甘肃提督杨占鳌，西宁回民首领马占鳌，还有翰林学士、《杜诗详注》的作者仇兆鳌，等等。这大概是由于传说中的鳌生活在大海，与蛇无干吧。

# 谁给杜甫封的圣？

何谓“圣”？道德修养极高者称为圣，精通一事者也称为圣，唐代画家吴道子被称为“画圣”，汉代草书家张芝、唐代草书家张旭被称为“草圣”，这都是因为他们有一技称绝而得名。杜甫被称为“诗圣”，其内涵应该包括两个方面：一是指他的完美人格、醇厚的伦理风范；一是指他精深的诗歌造诣、承前启后的诗坛地位。杜甫博得这顶桂冠是经历了一个较为漫长的历史过程的。

杜甫（公元712~770）诗歌在作者的有生之年是未曾被世人重视的，在他生活的几十年间，先后有四种唐诗选本问世，却连一首都没被入选。杜甫曾写诗赞美过当时的名家如李白、王维、孟浩然、高适、岑参等人的诗艺，也没有得到反馈的佳音。诚如他晚年的自叹：“百年歌自苦，未见有知音。”这种现象如何解释，建国初期的学术界用阶级分析的方法解释说，由于杜诗深刻地揭露了唐王朝社会的黑暗，使得统治者及其士林对其加以排斥。这种解释是站不住脚的。因为在有唐一代，统治者奉行的是开明政治，文禁松弛，对来自朝野的批评意见持欢迎的态度，与唐以后的文化高压政策完全不同。上个世纪30年代，苏雪林在她所著《唐诗概论》中从时代的审美思潮角度作出科学的解释，认为杜甫的

“沉郁顿挫”诗风与盛唐人的理想主义、浪漫情怀大相径庭，而时代的审美思潮并不因为政治局面的改变（安史之乱爆发）而立即改变，它要有个延续的过程。杜甫死后的第二年，樊晃为杜诗编个选集，序中说：“江左词人所传诵者，皆公之戏题剧论耳”。就是由于这些“戏题剧论”之作有些浪漫的因子，故能被时人欣赏。

杜甫去世八十多年以后，他的诗名才被中唐诗人韩愈、白居易、元稹等推崇，“李杜”并提成为时尚。中唐诗人能够发现杜甫，是与这个时代的政治情况和审美思潮有紧密关系的。安史之乱以及其后唐与吐蕃的战争、之间的争斗，严重地动摇了唐王朝的政治经济基础，诗人的心态发生了巨大变化，盛唐时代的理想主义、浪漫情怀消失了，诗人们的双脚从云端落实到地面，写实主义的诗歌风气开始盛行。而杜甫正是写实主义的开山大师，再加上杜诗在若干方面具有开辟诗歌新天地的意义，于是杜甫才取得了诗坛上的重要地位，但此时尚未给杜甫以“诗圣”的桂冠。

杜甫被看成诗国圣人，是在两宋时期。最先把杜甫与孔子作出比较的是北宋人秦观，他在《韩愈论》中说，“子美之诗，实积众家之长，适其时而已”，“孔子圣之时者也。孔子谓集大成。呜呼，杜氏、韩氏，亦集诗文之大成欤”！这段话里把孔子、杜甫并提，说两人都具有“集大成”的地位，虽未明白说出杜甫是诗圣，但诗圣的意思已隐约可见。秦观之后，用“集大成”来评价杜甫的人接踵而来，例如，陈师道说：“苏子瞻云：‘子美之诗，退之之文，鲁公之书，皆集大成者也。’”（《后山诗话》）严羽说：“少陵宪章汉魏，而取材于六朝，至其自得之妙，则前辈所谓集大成者也。”（《沧浪诗话》）南宋杨万里则直接称杜甫为“圣于诗者”（《江西宗派诗序》）。杜甫在两宋时期获得诗国圣者的尊号，是那个时代的政治、文化等多种因素造成的。宋代国力虚弱，外患增多，农民起义时有发生，统治者需要加强对臣民的思想制约，需要提倡“忠君”思想，而杜甫具有浓厚的忠君意识，正好为其所用。当时的文人不提杜甫深刻批判现实的精神，而扩张了杜甫的忠君意识，苏轼就曾张扬杜甫“一饭不曾忘君”。更重要的是，由于宋代统治者采取政治高压手段，对文人实行“文字狱”打击，致使诗人不敢写深刻批评朝政的诗歌，而把主要的心思用到诗歌艺术的追求上来，而杜诗在艺术上又确实给后人提供了广阔的引领和发展的空间。如北宋的重要诗派——江西诗派的领袖黄庭坚，就看准了杜诗用典艺术，指出杜诗“无一字无出处”，提倡化用前人诗句，以便“点铁成金”。此外，杜诗的谋篇、构句、炼字艺术，也成了宋代诗人研习的重点。杜诗的有法可循，成了这个时代诗人的兴奋点。两宋时期，注杜之风盛行，有百家注杜、千家注杜之说，收集杜诗、注释杜诗、集注杜诗、评点杜诗、编写年谱，各类著述层出不穷，形成了杜诗学史上第一次研杜高潮。杜甫在宋代获得诗国圣人的称号不是偶然的。

但是，明确取用“诗圣”二字来美誉杜甫，却是在明代。明代著名诗人、学者杨慎在《词品·序》中首次拈出这个词语来称呼杜甫。此后，“诗圣”这顶桂冠便牢牢地戴在杜甫头上，直到今天。从“集大成”到“诗之圣者”再到“诗圣”，经历了六百年而最终圆满敲定。

# 杜甫的侠肝义胆

杜甫具有侠义心肠，他的这种品格后人已有认识。宋代苏辙说：“杜甫有好义之心，白所不及也。”（《栾城集》卷八）说李白不具备这种品格，因此赶不上杜甫。明代学者更认为杜甫是“千古大侠，司马迁之后一人”，理由是司马迁“为救李陵而下腐刑，子美为救房琯几陷不测。”（《杜诗胥抄》）所论堪称公允。

杜甫搭救房琯这个事，说来令人惊心动魄。天宝十四载（755年）十一月，安禄山起兵造反。第二年五月，叛军进攻潼关，唐玄宗带领近臣弃城出逃，奔向成都避难。七月，他的儿子李亨在没得到允许的情况下在灵武（今属宁夏回族自治区）偷偷即位，这就是唐肃宗。就在此时，逃入成都的玄宗召集群臣，商议如何抵抗叛军。会上，房琯提出由各位王子分头抵抗叛军的策略，指挥权仍在玄宗手里，被玄宗采纳。这个策略等于否定了肃宗即位。实际上，身在成都的玄宗君臣并不知道肃宗即位的消息。肃宗即位一个月后，派出的使臣才到达成都。玄宗看到木已成舟，只好承认既定事实，并派遣房琯、严武等人，捧着传国玉玺前往灵武，辅佐肃宗，肃宗任命房琯为宰相。儿子已经即位，老爹还在主持开会，这事本来是个误会，过去也就过去了。可是有个叫贺兰进明的家伙，把成都会议上的情况密报给肃宗，肃宗这个人心胸狭隘，便把房琯看成异己分子，处心积虑要把他罢免。

那么杜甫怎么搅到房琯事件中来了呢？这与他担任左拾遗的职务有关。拾遗、补阙这类官职的职责是给朝廷提批评意见的，品级虽说不高，却因是皇帝的近臣而往往得到快速的升迁。杜甫担任这个官职没有几天，就遇到了肃宗罢免房琯的政治事件。那肃宗一门心思地找茬罢免房琯，现在终于找到了：房琯的门客、一个叫董庭兰的琴师接受了贿赂。按道理说，门客受贿，与主无干。可是欲加之罪，何患无词？无限上纲之后，就成了罢免的理由。杜甫认为房琯有大臣器识，坚决反对肃宗的做法，抗争的言辞十分激烈，结果触怒了肃宗。肃宗决心整死他，就给他定了个“疑似奸细”的罪名，让“三司”审查他。一时间阴云惨淡，杀气昏昏，杜甫面临着生命之忧。幸好办案的人员能够秉公行事，否定了杜甫的奸细罪名，结论为，抗争的言辞虽说过于狂妄，但不失谏官的职责。杜甫保全了生命，而且官复原职。按照有关规定，杜甫应该向皇帝谢恩，令人惊讶的是，杜甫在《谢表》中仍然坚持他的观点：“罪细不宜免大臣！”这老头子真有个倔劲。从此，肃宗看杜甫有如芒刺在眼，几个月后就把他贬谪到华州去了。

作为皇帝的近臣，如果迎合了“圣意”就会快速升迁，杜甫并非不知道这种情况。但是，心怀正义的他不愿违心趋奉，一个“义”字使他甘愿面临不测，虽遭斧钺之祸而不变其节。所谓“千古大侠”并非过誉之论。杜甫之所以具有这种侠义肝肠，一是社会文化的影响，一是家庭传统的熏陶。在唐代，侠文化是仅次于儒、道、释的第四种文化，任侠意识根深蒂固地存在于世人心中。李白说“纵死侠骨香”，王维也说“纵死犹闻侠骨香”，行侠复仇具有广泛而深刻的社会认知面。杜甫的家族也出现了几个复仇的义士，他的叔叔杜并，就是为了给蒙冤的父亲报仇而刺杀仇人，明知身死而义无返顾。

# “诗仙”的由来

李白被称为“诗仙”，是在他活着的时候时人送给他的雅号。据李白《对酒忆贺监》诗前小序记载，李白初次来到京都长安，拜见诗坛名宿贺知章，将其诗作《蜀道难》奉上。贺知章读罢，惊讶不已，称李白为“谪仙人”，且邀请李白来酒店畅饮，解下所佩的金龟作为沽酒之资。此事在杜甫诗中也有反映，杜甫《寄李十二白二十韵》中写道：“昔年有狂客，号尔谪仙人。笔落惊风雨，诗成泣鬼神。”贺知章雅号“四明狂客”，诗的前两句说的就是这个事。杜诗以纪实见称，足见“谪仙”之说当有其事。后世遂以“诗仙”称呼李白。

现在要讨论的是，人们何以对李白的“诗仙”之名有如此广泛而长久的认可？笔者以为，可以从以下几个方面作出解答。

其一，李白天性放任，行为超迈，摆脱拘束，追求人格独立，与当时一般循规守矩的知识分子不同。他虽然也有意于仕途进取，但绝不走科举之路，一生都没有进过考场；他要依凭自己的才干，等待皇帝请他去做官，从而一鸣惊人，一飞冲天。在他的心里，封建社会的君臣秩序观念十分淡薄，在任翰林学士期间，他“戏万乘若僚友，视同列如草芥”，把皇帝看作自己的同僚，把同僚看成是小草。甚至连皇帝的命令也等闲视之，如杜甫所说：“李白一斗诗百篇，长安市上酒家眠。天子呼来不上船，自称臣是酒中仙。”（《饮中八仙歌》）他不屑于为皇上作诗取乐，大声疾呼：“安能摧眉折腰事权贵，使我不得开心颜！”末了，唐玄宗给他作出一个政治结论：“非廊庙器。”说他不是一块正经材料，不适合在朝为官，让他下野了。李白的这种性格，致使他的行为与世俗伦常格格不入，在一般世人看来，他确乎不是红尘中人。

其二，李白思想受道教影响很深，访道求仙是他一生的狂热追求。少年时代，他的家乡附近紫云山就是道教胜地，环境使他对神仙产生了信仰，“十五游神仙，仙游未曾歇”（《感兴》）。25岁离开四川以后，他的主要活动就是求仙，“五岳寻仙不辞远，一生好入名山游”（《庐山谣寄卢侍御虚舟》）。他曾去王屋山依寻华盖君，又去山东齐州拜高天师学道，注册成为道教徒，支起炉灶炼起丹来，一心向往羽化飞升。炼丹是需要资金的，刚好他的父亲是个大富商，有足够的资金供济他。杜甫年轻时也曾动过求仙的念头，但是他没钱，“苦无大药资，山林迹如扫”（《赠李白》）。炼丹的愿望就实现不了。李白的神仙向往与他的富裕生活有直接关系。大体说来，世上不幸的人不求长命百岁，故多信仰佛教，以修来世之福；生活富裕的人则留恋此生，故多信仰道教，以酬长生之愿。李白一生锦衣玉食，“金樽清酒斗十千”、“千金宝马换小妾”，这样的生活自然会让他留恋不舍，所以他想长寿，想成仙。他在求仙的岁月里，创作了许多向往仙境的诗歌，这也使他在世人的心目中呈现出一身的仙风道骨。

其三，李白诗歌的内容以描写仙人仙境的奇光异色、五彩缤纷而引人注目，给人留下极为深刻的印象。他以丰富的想象力、生花之妙笔，描绘出一幅幅神话世界的奇异景观。写仙境则是“青冥浩荡不见底，日月照耀金银台。”写仙人则是“霓为衣兮风为马，云之君兮纷纷而来下。虎鼓瑟兮鸾回车，仙之人兮列如麻。”（《梦游天姥吟留别》）一派光怪陆离的景象，令人惊愕。在《古风五十九首》第十七首中，他写自己登上华山西峰——莲花山，远远地看见了明星玉女，这位仙女用洁白的手指捏着莲花，在天空中款款飞行，她穿着云霓做的衣裳，长长的衣带在风中摇摆着，好一副仙姿仙态！仙女见到李白，邀请他一同前往云台峰，去拜见仙人卫叔卿。于是，李白就恍恍惚惚地随她去了，骑着鸿鹄升到了高空。这自然是道教信奉者的白日梦，然而梦得离奇，梦得美妙。入仙人境，与仙人游，是他一生的追求。李白留诗近千首，描写这类神仙道教的诗就有一百多首。在人们的心目中，若非“诗仙”，谁能有这副笔墨？

其四，李白被成为“诗仙”，还与他敏捷的诗思、飘逸的诗风有关。李白作诗，不同于他人的惨淡经营、刻苦推敲，他的诗思往往是飘然而至，挥笔而成，来无踪，去无迹。正如杜甫说的那样，“李白一斗诗百篇”，真可谓诗思泉涌。杜甫还说，“白也诗无敌，飘然思不群”（《春日忆李白》），如此的诗家快手，诗风独运，也只有诗之仙者才能做到。

杜甫有两句诗可以看作是对李白的一生定评：“敏捷诗千首，飘零酒一杯。”（《不见》）前句说的是李白何以称为“诗仙”，后句说的是李白仕途寂寞。李白之后，中国诗坛再无第二个李白这样的诗仙，一道诗仙异彩存留于历史的时空中。

# “文赤壁”与“武赤壁”

备受世人关注的电影《赤壁》开演了。由此想到三国时“赤壁之战”的战场——赤壁，究竟在哪里？由于历史久远以及国人具有崇尚历史英雄的情结——愿意把自己的家乡看成历史英雄演出的舞台等原因，历来说法众多。其中最为流传的有两说，即“文赤壁”和“武赤壁”。

“文赤壁”在湖北省黄州附近，因苏轼的《念奴娇·赤壁怀古》词和两篇《赤壁赋》而得名。宋神宗元丰四年（公元1081年），苏轼因“乌台诗案”被贬谪到黄州，过着半是罪人、半是闲人的生活，长达四年之久。这对于胸怀壮志奇才的他来说是个沉重的打击。作为文人，他在贬谪的岁月里免不了要用文学作品来表达和排遣苦闷的心情。事有凑巧，在黄州西边的江岸上，有座山叫“赤鼻矶”，山呈红色，当地人说那里就是当年周瑜打破曹兵的赤壁战场。一石激起千层浪，他由周瑜的建立丰功伟绩而想到自己的蹉跎岁月老大无为，不平之气油然而生，人生如梦的感慨亦随之而起，于是创作了这首驰名千古的《念奴娇·赤壁怀古》，词云：“大江东去，浪淘尽、千古风流人物。故垒西边，人道是，三国周郎赤壁。乱石穿空，惊涛拍岸，卷起千堆雪。江山如画，一时多少豪杰。遥想公瑾当年，小乔初嫁了，雄姿英发。羽扇纶巾，谈笑间、强虏灰飞烟灭。故国神游，多情应笑我，早生华发。人生如梦，一樽还酹江月。”词的上片以雄劲的笔墨描绘了黄州赤壁的壮美景色，“乱石穿空”写出山岩的峭拔恣肆，是绘形之笔；“惊涛拍岸”写出水石相击的声势，是绘声之笔；“卷起千堆雪”写出浪花的重叠、洁白，是绘色之笔。这壮美的江山景色描写为下片所写的壮美英雄人物周瑜提供了一个恰当的背景。下片写周瑜形象从四个角度下笔：“小乔初嫁”是以美人为英雄增辉，“雄姿英发”写周瑜身姿壮伟、谈吐不凡，“羽扇纶巾”写周瑜的儒将风度，“谈笑间、强虏灰飞烟灭”写周瑜从容临战、指挥若定。如此，一个相貌堂堂、风流儒雅、胸有成竹的将军形象跃然纸上。苏轼缅怀周瑜，实际上是在憧憬自己，在塑造周瑜形象上，显然是根据了自己的审美标准。在他赞美周瑜的言辞中，始终蕴涵着这样的潜台词：“为什么周瑜能够建功立业，而同样具有才能的我却不能够？”人生如梦，难操命运，是自古以来失意英雄的共同慨叹，遂使这首词作博得了后世的广泛共鸣，成为千古绝唱。黄州赤壁之说，也就因此而形成，并且产生了深远的影响。作为一个历史文化光点，历代营修不绝。李白、杜牧、王安石、范成大、陆游、辛弃疾等都曾来此游览，留下诗词作品。清朝康熙年间，黄州知府、画家郭朝祚把黄州赤壁定名为“东坡赤壁”，并题了匾额。现有面积四百余亩，建筑物有九亭（放龟亭、睡仙亭、坡仙亭、酹江亭、问鹤亭、快哉亭、览胜亭、望江亭、羽化亭）、三楼（栖霞楼、涵晖楼、挹爽楼）、二堂（二赋堂、雪堂）、二阁（碑阁、留仙阁）、一斋（慨然斋）、一像（苏轼塑像）。二赋堂内有一块巨大木壁，正反两面分别刻着前、后《赤壁赋》全文。碑阁内有石碑百余通，皆刻苏轼的书法。

《念奴娇·赤壁怀古》词中所说的“故垒”就是指的黄州城。苏轼给他的朋友范子丰的书信中解释说：“黄州少西，山麓斗入江中，石室如丹，传云曹公所败所谓赤壁者。或曰非也。”（《与范子丰书》）这段话明白表示，曹公所败的赤壁在黄州之西的说法，是取用“传云”，也就是当地人的传说，并非依据史料记载，“或曰非也”则又补充了否定的意见，词中的“人道是，三国周郎赤壁”，也是强调了取用人们的一种说法而已，并非认定这里就是赤壁之战的战场。应该说，在赤壁之战的地点问题上，苏轼是采取了谨慎的态度的。文学创作不同于科学考古，文学创作往往是借题发挥，目的在于抒发生活感受。作为后世读者，也不应该把文学作品作为考定古迹的依据。由此来看，黄州赤壁之说实在是一种历史的误会，是把文与史混为一谈而产生的误会。

赤壁之战的战地实为湖北省蒲圻县（1998年6月11日蒲圻县更名赤壁市）的赤壁，即后人所称“武赤壁”。唐人杜佑《通典》说：“今鄂州之蒲圻县有赤壁，即曹公败处。”唐人李吉甫《元和郡县图志》说：“赤壁山在蒲圻县西一百二十里，北临大江，其北岸即乌林，即周瑜用黄盖策，焚曹公舟船败走处。”这些史料说明，赤壁之战的地点是在蒲圻县，并非黄州附近（蒲圻在黄州西面数百里处）；其位置在长江南岸，并非北岸；周瑜火烧曹操战船处是在乌林。东汉建安十三年（公元208年），曹操败袁绍、破乌桓，基本统一北方后，又向南方进军，破荆州、下江陵，率水军沿江东进，到达赤壁，与孙刘联军相遇，展开水战，曹军失利，军卒染疾者甚多，曹操败退江北之乌林，与孙刘联军隔江对峙。其后，周瑜用火攻之战术，烧毁曹军战船于乌林。有以下史料为据：《三国志·周瑜传》记载：“权遂遣瑜及程普等与备并力逆曹公，遇於赤壁。时曹公军众已有疾病，初一交战，公军败退，引次江北”。《三国志·刘备传》记载：“权遣周瑜、程普等水军数万，与先主并力，与曹公战於赤壁，大破之。”《三国志·曹操传》记载：“公至赤壁，与备战，不利。於是大疫。”《三国志·孙权传》记载：“瑜、普为左右督，各领万人，与备俱进，遇於赤壁，大破曹公军。公烧其馀船引退，士卒饥疫，死者大半。”综合上述史料，可以大体理出当时战争的情况，孙吴联军与曹兵战于赤壁，是这场战争的第一役，此时周瑜并未使用火攻战术，及至曹兵败退到江北的乌林，周瑜才用火攻之术，一举烧毁曹操的战船。因此，“火烧赤壁”这种说法是不科学的。

武赤壁在今赤壁市西北36公里的长江南岸，与乌林隔江相望。赤壁遗址由三座小山组成，即赤壁山、南屏山和金鸾山。赤壁山的临江处，怪石穿云，江涛澎湃，声如雷鸣。断崖上刻有“赤壁”两个楷书大字，字旁有诸葛亮、刘备、关羽和张飞的画像石刻。南屏山顶有拜风台，相传为诸葛亮祭东风时的七星台。

“滚滚长江东逝水，浪花淘尽英雄。是非成败转头空。青山依旧在，几度夕阳红。”明代人杨慎的《临江仙》词唱出了对于人类历史的感受。个体生命短促，而宇宙时空永恒。虽说如此，历史人物毕竟留下了他们的足迹，供后人登临、凭吊，其精神遗产也将与青山同在。

# 我国最早的征婚广告诗

用诗歌表达求偶的心愿，早在先秦时期就有了。《诗经》里有一首写道："摽有梅，其实七兮。求我庶士，迨其吉兮。"意思是说："树上的梅子往下落，如今只剩下七成了。追求我的小伙子啊，选个吉日把门过。"有人把这首诗看作我国最早的证婚广告诗作。笔者以为，把它作为婚恋求偶的诗歌尚可，若作为征婚广告诗歌，还不够格。理由是，诗歌中仅仅表达了求婚的愿望，却没有自我介绍的内容，没有向他人介绍个人的长处，自然起不到征婚的作用。

我国最早的征婚广告诗歌，应该是汉朝李延年的《北方有佳人》。据《汉书·外戚传》记载，李延年天赋通晓音律，擅长歌舞，武帝很喜欢他。他每次为君臣演唱，闻者莫不感动。有一次，他为武帝起舞，唱道："北方有佳人，绝世而独立。一顾倾人城，再顾倾人国。宁不知倾城与倾国，佳人难再得！"武帝听了，叹息说："好啊！世上难道真有这样的人吗？"坐在一旁的平阳公主说，李延年有个妹妹，就是这样漂亮、能歌善舞。于是，武帝召见了她，果然妙丽善舞。李延年的妹妹由此得幸，深受宠爱。仔细阅读这首六句诗歌，可分为三个层次：前两句是第一层，先以"绝世""佳人"这样的耸人听闻之语，以引起听者的注意；三四两句是第二层，介绍她的风容魅力之大——她只要对守城的士兵回头瞧上一眼，便可让士兵神魂颠倒，失去作战的能力，导致城池失守；倘若她对君主回头看上两次，君主就会神不守舍，无心理政，导致国家灭亡！这显然是夸张之辞。然而也正因为有这样的夸张，才引起了武帝的高度注意。这两句没有对李氏的美丽容貌作具体的描绘，采用的是间接表现手法，也就是通过别人对李氏容貌的反应，来表现她的强大魅力，从而给听者留下想象的空间，完成对李氏容貌的“再创造”。李延年的这个艺术手段实在是高。最后两句是第三层，用提醒和警示性的语言——如此佳人不可多得，劝告听者及早出手。应该说，这样的诗歌才具有征婚广告的意义和价值。事实也证明了这一点。

李延年在君臣面前给他的妹妹作征婚广告，这行为是泼辣的；而且他在广告中所用的言辞“一顾倾人城，再顾倾人国”，如此夸饰也是够大胆的，他就不怕言辞有失、犯下“欺君之罪”吗？笔者认为他不怕，他有这个胆量。这与他的生身之地的民风有直接的关系。李延年是中山人，中山即今河北省定州一带，其祖先原是蒙古高原的白狄族，后来，白狄人南下进入陕西北部，继而又进入山西北部，最后落脚在这一带地方。关于中山地域的民风，司马迁在《史记·货殖列传》中作过介绍：这里的民众不屑于从事农耕，仰仗投机取巧来生活，男人们劫路取财，或掘墓盗物；女人们则弹奏乐器，趿拉着鞋子，游走献媚于贵富之家，以求衣食。这是个敢于铤而走险，活着干死了算的人群，与从事农耕的中原地域民风完全不同。《史记·佞幸列传》载：“李延年，中山人也，父母及身兄弟及女，皆故倡也。”李延年全家都是倡优，这种身份使他敢于冒险，敢于夸饰，敢于为他的妹妹进身受宠而牺牲自己，而一旦得逞，自己也能够享受荣华。

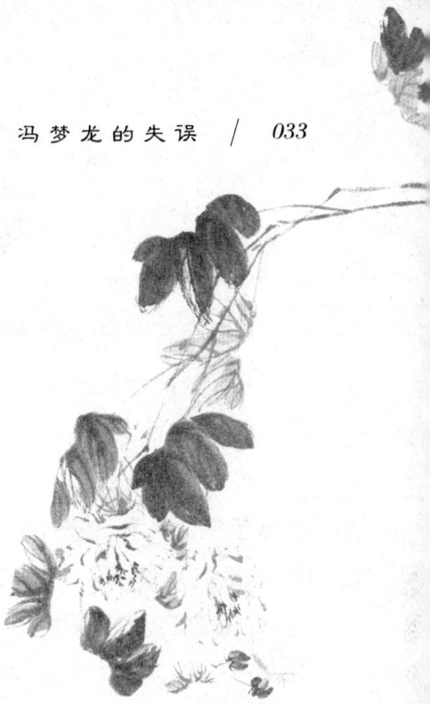

# 冯梦龙的失误

明代白话小说家冯梦龙，创作了三部短篇小说集——《醒世恒言》《喻世明言》《警世通言》，文学史上号称“三言”。“三言”描写了时俗的人情百态，尤其是反映了晚明时期重视商业的价值取向，突破了传统的价值观念，可以说是当时社会的一面镜子。但是，“三言”也有明显的失误。其中一点，就是对历史人物故事的任意编造，对于读者正确认识历史产生了误导作用。

毫无疑问，历史人物故事是小说创作的一大素材来源，后代作家完全可以根据其基本史实作出演绎，创作出生动的故事情节和人物形象来。这里需要的是作家对历史背景的正确认识、对历史人物性格的准确把握、对基本史实的遵从，而不可以随心所欲，无中生有，胡编乱造，把历史人物弄得面目全非。近日阅读有关苏轼的历史文献资料，反观“三言”中写的有关苏轼的故事，发现冯梦龙犯的正是这样的错误。且看“三言”中的两个故事。

第一个故事是《警世通言》中的《王安石三难苏学士》。小说讲的是苏轼三次遭到贬谪，是由于他与王安石在私交上出现不和谐，比如，苏轼被贬到黄州，把起因说成是苏轼批评王安石作诗不慎重，说有一天，苏轼去拜访王安石，在客厅里等候，看见桌子上有王安石没有作成的两句诗："西风昨夜过园林，吹落黄花满地金"，苏轼认为菊花是不凋落的，于是续写了两句："秋花不比春花落，说与诗人仔细吟"。结果触犯了王安石，把他贬到黄州。事实如何呢？正史记载得很清楚，苏轼遭受贬谪，是因为他与改革派的政见不合，他在被外放做湖州知州的时候，写了一些反对变法的诗文，被改革派罗织罪名，进了监狱，一个多月以后，经过包括王安石在内的一些人士的援救（此时王安石已经罢相，退居金陵），免去死罪，出任黄州团练副使。宋神宗在他临行时告诫说，此去黄州，要悔过自新，不得签办公事，这才是事情的真相。哪里是因为他批评王安石的作诗呢？把一场政治斗争篡改成私交不谐引起的纷争，不仅低估了苏轼的政治立场，也把王安石写成了器量狭小的政治庸人。

第二个故事是《醒世恒言》中的《苏小妹三难新郎》。小说讲的是苏轼的妹妹与秦观的婚恋故事，说在洞房之夜，苏小妹给新郎秦观出了三道题，答好了才允许进屋亲热。前两道题顺利答出，第三题是对对联，小妹的出句是"闭门推出窗前月"，秦观一时应对不出来，在院子里急得打转转，这时，不知苏轼怎么竟然也转进了院子，得知妹夫的难处，就把个石子扔进水缸，于是启发了秦观，作出了对句"投石冲开水底天"，于飞之乐才得实现。这故事讲得虽然有趣，却是编造的无稽之谈。因为苏轼根本就没有妹妹。笔者查阅了苏轼父亲苏洵写的《极乐院造六菩萨记》等文献，在这些文献中，苏洵详细记载了他与程氏夫人生养儿女的情况：婚后一年，生下长女，随即夭折；其后又生一子，取名景先，又病故；其后又生一女，又死去；接下来生的是女儿，活下来了；接下来生的是苏轼；三年之后，生苏辙。此后没再生育。可见，苏轼并无妹妹，只有一个姐姐。那么，是否他的姐姐嫁给秦观了呢？也不是，据上述文献记载，苏轼的姐姐嫁的是舅舅程浚的儿子，程家是眉山县的恶霸，横行乡里，为富不仁，糜烂声色，苏轼的姐姐十六岁嫁出，不到两年就被折磨死了。为此苏洵还写了一首《自尤》诗，"自尤"就是自我检讨错误，诗中说道，"嗟哉此事余有罪，当使天下重结婚"，希望天下做父母的能够从自家汲取教训。

冯梦龙编造的这个故事，流毒甚远，直到前些年还有人根据它拍电视剧，不知误导了多少年轻人对历史的认识。笔者以为，编写历史人物故事并非轻易的事，它比编写当代人物故事要困难得多，不要以为过往之事没人知道，可以任意操纵笔墨。编写历史人物故事，必须懂得历史，也只有尊重基本史实，才可以驰骋艺术想象而不被人们病诟。冯梦龙的失误足可引为当今历史剧作家和编导之借鉴。

# 唐诗中的重阳节

重阳这个词有三种意义：一是指天，洪兴祖注屈原《楚辞·远游》“集重阳入帝宫”句，解释说：“积阳为天，天有九重，故曰重阳。”另一个是中医学的概念，指周身发热、脉象旺盛。第三个意义就是指夏历九月九日，《易经》称奇数为阳数，偶数为阴数，九是“阳数之极”。九月九日，两九相重，所以称为“重阳”，又称“重九”。

重阳作为节日，是什么时候才有的，先秦的文献中找不到记载，但不能因此而断定那个时候没有这个节日，因为生活中存在而文献失载的事情很多。就现在能够见到的文献记载是在汉魏时期。曹丕《九日与钟繇书》中，就有了记载：“岁往月来，忽复九月九日。九为阳数，而日月并应，俗嘉其名，以为宜于长久，故以享宴高会。”

在唐代，重阳节是个重要的节日。这一天，上自天子，下及庶民，都要参与节日活动。《唐会要》记载了唐代皇帝过节的情况，一般是在曲江岸边的亭子里举行，皇帝赐宴文武百官，还要即兴作诗，臣子应制唱和。例如，贞元四年的重阳节，唐宣宗在曲江亭宴饮群臣，宣宗把诗作成之后，群臣蜂拥唱和，当场交上来诗的有36人，宣宗还把这36首诗评出三个等级：甲等4人，乙等4人，剩下的是丙等。君臣尽欢而散。

从唐人的诗作来看，当时的过节活动主要有三项：一是登高，一是赏菊采菊，一是饮菊花酒。有的地方习俗还佩茱萸。茱萸是一种落叶乔木，有浓烈香味，是中药材。古人认为茱萸可以辟邪去恶，使人延年益寿。王维《九月九日忆山东兄弟》："遥知兄弟登高处，遍插茱萸少一人。"杜甫《九日蓝田崔氏庄》："明年此会知谁健，细把茱萸仔细看。"杜甫写诗善用细节来抒情，仔细看手里的茱萸，这个细节有忧生之意，有寄希望于茱萸的意思。

唐诗写重阳节的作品有200多首。李白、杜甫、王维、岑参、白居易、杜牧等诗人都有这个题材的诗作。

表现重阳节习俗的诗写得最简洁的要属李白的《九月十日》："昨日登高罢，今朝更举觞。菊花何太苦，遭此两重阳。"登高、举觞（即饮酒）、赏菊，三件事都写到了。唐人以九月十日为"小重阳"，故李白有"两重阳"之说。宋人陈元靓《岁时广记》卷三五引《岁时杂记》："都城士庶，多于重九后一日再集宴赏，号小重阳。"李白叹息菊花两遭采掇，活得太苦，是调侃的口吻，颇能表现他的玩笑取乐的风神面貌。

借重阳的习俗表现无聊的心情，写得最绝妙的是岑参的《行军九日思长安故园》："强欲登高去，无人送酒来。遥怜故园菊，应傍战场开。"想登高而实未能登，想喝酒而无人来送，想赏菊而菊花远在故乡。三件习俗都写了，却一件也没如愿，何其失落！

重阳诗写得最苦的是杜甫的《九日》："重阳独酌杯中酒，抱病起登江上台。竹叶于人既无分，菊花从此不须开！殊方日落玄猿哭，旧国霜前白雁来。弟妹萧条各何在？干戈衰谢两相催。"杜甫晚年诸病缠身，不能尽兴饮酒，只能喝"杯中"少量的酒。而抱病"登台"，境况之艰难自不必说。既然如此，也就无心赏菊了，所以请求菊花不要再开。自己身在荒凉的夔州，日落之时，但闻黑猿哭啼；故乡远隔，音信不通，霜降之前，但见白雁飞来。弟弟妹妹远在他乡，生死不明。而战火频仍，诸病作祟，真像两个催命之鬼！此诗题目平常，却典型地揭示出作者晚年的心境。

重阳诗写得最洒脱、爽快的应属杜牧的《九日齐山登高》："江涵秋影雁初飞，与客携壶上翠微。尘世难逢开口笑，菊花须插满头归。但将酩酊酬佳节，不用登临叹落晖。古往今来只如此，牛山何必泪沾衣？”“上翠微”就是登上青翠的齐山，背着酒壶登山，其状可笑，其情可喜。想到人生多难，当此佳节自应将菊花插个满头，尽情作乐。还要尽情饮酒，一醉方休，何必面对落晖而感慨迟暮呢？人生苦短，古来如此，谁也逃脱不了，想那齐景公登临牛山，为生命短促而泪洒衣襟，真是徒劳之举。全诗格调高爽，令人耳目一新。

唐诗的妙处在于写同一个题目，而面目各异，绝不雷同。根本原因是他们敢于写出个人的生活感受，缘情而发，避免人云亦云，弃绝假大空话。这对我们有着深刻的启示。

# 文禁松弛是唐诗繁荣的根本原因

唐诗是中国诗歌群峰中的珠穆朗玛。“诗莫胜于唐”是历代文论家的公论。对于这一现象的历史成因，从宋代到今天，讨论不绝。归纳起来，主要说出了以下几点：一是由于唐代特别是初盛唐时期经济繁荣，国力强大，人心振奋，精神高扬；二是唐代结束了南北朝分裂局面，实现了南北文化的融合；三是唐朝统治者实行文化兼容政策，对内允许儒、释、道思想并行发展，对外吸收各种有益的文化营养。以上三条是共识。此外，还有说科举以诗赋取士者，还有说唐代皇帝于诗歌创作身体力行者，还有说诗在唐代具有多方面社交功用者。

笔者以为，如果就唐论唐，这些理由未尝不可成立。但如果从纵向考虑，从整个中国历史着眼，这些理由恐怕难以解释唐诗的辉煌。因为上述这些情况，在其他时代也有存在。论经济繁荣，国力强大，清代的康乾盛世未必就比唐代差；论国家统一，南北文化交融，宋、元、明、清，率皆如此；论儒、释、道并行发展，唐以后的历朝历代，大体如此。论皇帝带头写诗，唐以后的皇帝哪个不会附庸风雅？连大字不识几个的朱元璋不是也在哼哼唧唧吗？而乾隆一个人就干了四万首。论科举以诗赋取士，北宋前期也是这么办的，可是未见有多少好诗写出来。至于诗歌的社交功用,可以说在唐以后,这些功用并未消失。

笔者以为,上述种种对唐诗繁荣的解释,虽有一定道理,却并没有说出根本的原因。唐诗繁荣的根本原因,是由于唐代的统治者奉行了相对开明的政治,文禁松弛,允许人们说话,更不因诗人写诗抨击朝政而定其有罪。唐代的统治者对自己的统治抱有十足的信心,他们相信不会被人批倒;同时,他们又没有像其他王朝的统治者那样把自己的智慧凌驾于世人之上,他们能够做到广开言路,虚心纳谏。这个思想观念是由唐太宗确定的,他的后代子孙也基本能够奉行此种作风。唐人吴兢《贞观政要》记载了大量的太宗诚恳求谏、虚心纳谏的言论和事迹,现举几例。李世民曾对大臣们说:“人欲自照,必须明镜;主欲知过,必藉忠臣。主若自贤,臣不匡正,欲不倾危,岂可得乎?”又说:“若人主所行不当,臣下又无匡谏,苟在阿顺,事皆称美,则君为暗主,臣为谀臣,君暗臣谀,危亡不远。……公等各宜务尽忠谠,匡救朕恶,终不以直言忤意,辄相责怒。”有时甚至责令大臣必须给他提意见。这些表明,太宗不以圣明自许,他恳切希望臣子直言进谏,以“匡救朕恶”,并且表示决不因为不合自己的心意而责怒进谏的人。有这样的明主,自然会有诤臣出现,如魏征、刘洎、岑文本、马周、褚遂良等。对于臣子的批评意见,太宗能够认真考虑,他把谏书贴在墙上,出来进去的反复观看琢磨,正确的意见就采纳。例如,他接受了黄门侍郎王珪的意见,放出某女官(此人原为叛臣李瑗的妾)回家;他接受了给事中张玄素的意见,把即将上马的洛阳乾元殿建筑工程停办;他接受大理寺少卿戴胄的意见,收回了处死犯人的成命等等。对于提意见中肯的人,他则给予物质奖励,或赐绢,或赐金壶瓶,或赐金碗。

太宗既然欢迎臣子的批评,对于诗人的诗文批评自然不在话下。众所周知,唐代没有“文字狱”,唐代没有哪个诗人因为写了不满朝政、讽刺皇帝的诗而被收监入狱。李白痛斥统治者“珠玉买歌笑,糟糠养贤才”,杜甫批判玄宗的开边战争:“边庭流血成海水,武皇开边意未已!”“君不闻汉家山东二百州,千村万落生荆杞。纵有健妇把锄犁,禾生陇亩无东西。”他还辛辣地讽刺唐代宗在吐蕃进攻长安时带领百官弃城而逃："犬戎直来坐御床，百官跣足随天王。"跣足，就是光着脚，连鞋子都来不及穿就落荒而逃了。杜甫甚至连唐肃宗宠宦官、怕老婆的事也给抖落出来："关中小儿坏纪纲，张后不乐上为忙。"这个"张后"，就是肃宗的老婆。白居易虽不曾讽刺过皇上，但对各级贪官污吏却不手软："虐人害物即豺狼，何必钩爪锯牙食人肉！""地不知寒人要暖，少夺人衣作地衣！"唐代诗人诸如此类的作品不胜枚举。这些深刻反映社会现实的作品，能够写出来，传开去，正是得益于唐代统治者的文禁松弛。因为唐代统治者并未把写这些诗的人抓来治罪，顶多也就是下放到地方（如白居易、刘禹锡），让他们去做地方官而已；而且往往为时不久，即将其招回京都，重新予以重用。这种事情，在整个中国历史上是绝无仅有的。唐代以后就不行了，苏轼因为写诗反对新法而蹲了监狱，险被杀掉。朱元璋把不愿意为其效力的文人也抓来杀了。清代"文字狱"的酷烈自不必多说。试想，处于这种政治高压下，诗人保命犹恐不及，谁还敢于写诗招祸？北宋诗人黄庭坚就曾胆战心惊地说：写那些大胆抨击时弊的诗，就等于是"引领以承戈，披襟以受矢（伸着脖子等刀砍，敞开衣襟等箭射）"（《书王知载朐山杂咏后》）。南宋人洪迈说："唐人诗歌，其于先世及时事，直辞咏寄，略无避隐。至宫禁嬖昵，非外间所应知者，皆反复极言，而上之人亦不以为罪。"接下来引杜甫、白居易、张祜、李商隐抨击时弊的诗例，然后说："今之诗人不敢尔也"（《容斋随笔·唐诗无讳避》）唐人之所以敢于"反复直言"，就是因为"上之人（皇上）不以为罪"，宋朝诗人"不敢尔"，就是由于宋朝文网的严密。

中国社会的知识分子，在经济上不能独立，在政治上需要依附朝廷，孟子所赞美的"富贵不能淫，贫贱不能移，威武不能屈"的大丈夫精神，随着封建集权制的加剧，是越来越暗淡了。他们中的绝大多数人，在政治的高压下变得消沉。所以，他们的诗才，是需要凭借政治环境的宽松才能发挥出来的。李唐统治者恰好在政治上为他们提供了宽松的环境。他们得以放心、放手地去写，无所顾忌地去唱。这种宽松的政治环境，对于加强诗歌反映现实的深度，对于披露诗人丰富多彩的内心世界，无疑是起着决定性作用的。大凡从上个世纪五六十年代过来的人，对于政治对文学的制约作用,是应该有切身体验的。

笔者当然不是认为只有文禁松弛一个条件就能导致唐诗的繁荣,只是在于强调它的根本性作用。有了这个基本条件,再加上经济繁荣、国力强大而导致的时代精神的高扬，南北文化、中外文化以及儒释道思想的兼容，科举以诗赋取士等等条件的并存，方才造就出唐诗的瞬间辉煌。

# 唐人的稿酬意识

今之所谓“稿酬”，古时称为“润笔”。求人作文，必以财货为报；为人作文，也以索取报酬为常例。这是古代人的常识，唐代人尤为看重。洪迈《容斋续笔·文字润笔》云：“作文受谢，自晋、宋以来有之，至唐始盛。”（《容斋随笔》，中国世界语出版社，1995年版，第182页）唐人具有浓厚的稿酬意识。卖文者要价既高，买文者付酬亦厚。

唐代文人所获得的文字酬劳是相当丰厚的。初盛唐时的文章大家、书法家李邕，擅长作碑文，朝中官员多有持重金求其作碑文者，李邕因此而巨富。《旧唐书》李邕本传记载：“邕早擅才名，尤长碑颂。虽贬职在外，中朝衣冠及天下寺观，多赍持金帛，往求其文。前后所制，凡数百首，受纳馈遗，亦至钜万。时议以为自古鬻文获财，未有如邕者。”（《旧唐书》卷一九〇，中华书局，1975年版，第5043页）李邕可以说是靠卖文发财的首户了。中唐散文大家韩愈的“润笔”也非常可观。他奉旨作《平淮西碑》，宪宗把碑文的拓片赐给韩弘，韩弘寄给韩愈绢五百匹。（《全唐文》卷五四九，上海古籍出版社，1990年版，第2464页）他为检校左散骑常侍王用作碑文，得到马一匹（附带马鞍、马衔）、白玉腰带一条。（《全唐文》卷五四九，第2463页）刘禹锡说韩愈“三十余年，声名塞天，公鼎侯碑，志隧表阡，一字之价，辇金如山。”（《全唐文》卷六一○，第2733页）这样丰厚的稿酬是我们难以想象的。韩愈一生为他人作碑文65篇，所得财货之多可想而知。所以，韩愈虽然在《进学解》中发贫穷的牢骚，在《送穷文》中驱遣“穷鬼”，但他的生活日用还应该是富裕的。又，《新唐书》韦贯之本传记载，裴均死后，他的儿子拿着万匹缣，登门求韦贯之写墓志铭。（《新唐书》卷一六九，中华书局，1975年版，第5155页）缣，是一种细绢。以一万匹缣换取一篇墓志，可见当时人们对文章的礼重。又，《新唐书》司空图本传记载，王重荣父子雅重司空图，请其作碑文，赠绢数千匹。（《新唐书》卷一九四，第5574页）又，孙光宪《北梦琐言》记载，庐山道士李德阳善写欧书，下猛和尚圆寂，其徒请李德阳书写碑志，许奉一千匹缣。（《北梦琐言》卷一二，学苑出版社，2000年版，第246页）这些史料足以说明，唐代的文字酬劳是相当可观的。

一方面是买文者肯于高价求购，一方面是卖文者敢于高价售文。唐代文人十分重视自己文章的价值，按文索值，毫不客气，无论买文者官职多高，照收不误。《新唐书》皇甫湜本传记载，皇甫湜为东都留守裴度作《福先寺碑》，裴度以丰厚的车马缯彩相赠，皇甫湜算了一笔细账，还是嫌酬赠太少，大怒曰：“自吾为《顾况集序》，未尝许人。今碑字三千，字三缣，何遇我薄邪？”裴度于是增加了酬码。（《新唐书》卷一七六，第558页））每个字三匹细绢，这要价高得可以。又，张嘉贞罢相，来定州作刺史，定州辖区曲阳县有北岳庙，嘉贞作《北岳恒山祠碑》，此碑白石黑字，今存于北岳庙中（韩成武等《北岳庙碑刻选注》，中国文联出版社，2003年版，第24页），碑成之后，酬劳怎取？他是定州的最高长官，没有付酬的人了。他有办法——从北岳庙的香火钱中取出“数万”，作为酬劳。《旧唐书》张嘉贞本传记载了这件事，同时又说：“嘉贞虽久历清要，然不立田园。及在定州，所亲有劝植田业者，嘉贞曰：‘吾忝历官荣，曾任国相，未死之际，岂忧饥馁？若负谴责，虽富田庄，亦无用也。比见朝士广占良田，及身没后，皆为无赖子弟作酒色之资，甚无谓也。’闻者皆叹伏。”（《旧唐书》卷九九，第3092页）可见，张嘉贞是一位颇有远见的清官。他居官不贪，却又取香火钱为自己谋取酬资，其实这并不矛盾，该着我得的我就必得，理直气壮，义无反顾，这也正好说明唐人对文章酬劳的重视。还有一事也很能说明这种现象。白居易和元稹是生死至交，元稹临终之际，请白居易给他写墓志铭，许以舆马、绫帛、银鞍、玉带之物，作为酬劳，价值六七十万。白居易念及平生交谊，再三推辞，最后还是收下，把这笔钱用于修香山寺了。（《全唐文》卷六七六，第3060页）作为一对有着生死交谊的朋友，求文付费，尚且如此，足以见出唐人对稿酬的重视程度。

但也不是所有买文者都这样慷慨大方。遇到吝啬其囊的人，唐代文人每每咬住不放，拉下脸来要账。唐肃宗上元二年，杜甫客居成都草堂，唐兴县令王潜修建客馆，请杜甫作文记之，杜甫作《唐兴县客馆记》（仇兆鳌《杜诗详注》，中华书局，1979年版，第2205页）文章作成，交付王潜，这位县令却在酬劳上不肯大方出手，杜甫接连写了两首诗《敬简王明府》《重简王明府》，以诗代简，催他付资，诗中说"骥病思偏秣"，希望对方给自己吃点偏饭，多付些酬资，又说"看君用高义，耻与万人同"，这是激励对方要讲意气，在酬资的付给上别与一般人等同。须知，杜甫是个讲斯文、爱面子的人，他说"有求常百虑，斯文亦吾病"（《早发》），如果没有注重文章价值的时代文化习俗作背景，他是不会这样向王潜开口的。杜甫的南邻居有个叫斛斯融的，擅长作碑文，为了讨回酬劳，他不惜舍家投远，到南郡去找买文者，一去多日，搞得家属无依无靠，杜甫作诗记之曰："故人南郡去，去索作碑钱。本卖文为活，翻令室倒悬。"（《斛斯六官未归》）看来，这斛斯融也是个讲死理、重文价的主。

唐代人重视稿酬，这种文化习俗的形成，与唐代的社会背景有密切的关系。唐代，特别是初盛唐时期，经济繁荣，国强民富，这就为付给丰厚的稿酬提供了经济基础。另外，唐代人思想活跃、自由、解放，勇于追求个体人生价值，唐代文人对文章价值尤为看重，杜甫所说的"文章千古事"是当时文人的共识。总之，重视稿酬的文化习俗是物质文明与精神文明发展到一定程度的产物。一个物质贫瘠的社会，不会产生这种习俗；一个精神麻木的社会，也不会产生这种习俗。

# 理解王翰，认识唐人

“葡萄美酒夜光杯，欲饮琵琶马上催。醉卧沙场君莫笑，古来争战几人回！”这首著名的《凉州词》把盛唐人的豪迈精神挥洒得淋漓尽致。历代的著名唐诗选本、现代的几种文学史书，从无遗落对这首诗的选录或评述。作者王翰是盛唐诗坛的骄子，凭着这首诗，他的名字流传千古，家喻户晓。可见，作诗原不在多而在乎精。乾隆作诗四万余首，却无一句流传，人们只知道他是个皇帝，从未把他纳入诗人之列。倘若乾隆地下有知，岂不汗颜？

说起王翰，他还有个让后人惊骇的故事。唐睿宗景云元年（710年），他考中了进士，在参加吏部铨选之前，他在吏部东街贴了一张文告（类似于“大字报”），文告中把天下文人分为九等，第一等仅有三人：一个是被时人誉为“一代文宗”的张说，一个是大名士李邕，还有一人就是他自己。对于王翰的这种举动，有人很不理解，例如有的文学史编者就说他此举“近于狂妄”。

笔者以为，这话说得过头了。何谓“狂妄”？放肆妄为，妄自尊大是也。倘若王翰本无实才，却自命不凡，那倒可以这么说他。然而，笔者经查阅有关文献，得知王翰之才确属非常。

《新唐书》卷二百二载："王翰，字子羽，并州晋阳人。少豪健恃才，及进士第。然喜蒱酒。张嘉贞为本州长史，伟其人，厚遇之。翰自歌以舞属嘉贞，神气轩举自如。张说至，礼益加。复举直言极谏，调昌乐尉，又举超拔群类。方说辅政，召为秘书正字，擢通事舍人，驾部员外郎。"这段史料，使我们得知：(1)王翰确实有才可恃，他在进士及第之后，又举"直言极谏"和"超拔群类"两制科；(2)他的才学受到前后两位宰相(张嘉贞、张说)的器重。《旧唐书》卷九十九载：开元初，张嘉贞历任秦州都督、并州长史，"为政严肃"，开元八年，迁中书令。张嘉贞在任并州长史的时候，对王翰"伟其人，厚遇之"，这足以说明王翰才学的超常。《旧唐书》卷九十七载：开元初年，张说任中书令，开元七年，检校并州长史。上面引《新唐书》所云"张说至"，就是指张说任检校并州长史之事。张说来到并州，对王翰"礼复加"，又足以说明王翰的特殊才学。《旧唐书》卷九十七载：开元十年，张说代张嘉贞为中书令，正是由于器重王翰的才学，才召他"为秘书正字，擢通事舍人、驾部员外郎。"

杜甫对王翰也有超常的赞誉，在《奉赠韦左丞丈二十二韵》诗中说："甫昔少年日，早充观国宾。读书破万卷，下笔如有神。赋料扬雄敌，诗看子建亲。李邕求识面，王翰愿为邻。"这首诗是杜甫投赠给韦济(韦济当时任尚书左丞)的，他所说的李邕表示希望跟他见面、王翰表示愿意跟他做邻居，这情况应属不虚，否则韦济会怎样看他呢？杜甫写此诗的时候，已在长安困居多年，投诗给韦济，是为了求得对方的援引，故诗中伸张个人的文学才能，必然要竭尽其词，把"过硬"的材料拿出来给韦济看。说自己获得名流的器重，举出李邕、王翰二人，而不及其他人，这也足以说明王翰在时人眼中的崇高地位。

具有非常之才的王翰，为了给自己在吏部铨选时铺平道路，用张贴文告的方式张扬声名，这种做法是不能称之为"狂妄"的。他之所以这样做，与他出身的地域文化风俗和盛唐人的时代精神有着密切的关系。

王翰是并州晋阳(今山西太原)人，自古以来，幽、并之地，民风豪爽，良多豪侠之士，一旦理据在手，便敢于行事言事，非江左之委婉、中原之敦朴风气所可相比。唐代诗人歌咏幽并民风者颇多，如杜甫诗云，

“高生跨鞍马，有似幽并儿”（《送高三十五书记》），刘禹锡诗云，“借名游侠窟，结客幽并儿”（《赠尹果毅》）。王翰出生在这样的地方，他所受到的文化习染自然是侠胜于儒，由此而形成的性格也必然是豪爽、旷放，他的代表作《凉州词》所表现出的豪迈乐观、视死如归的情怀，集中地反映了他的性格特征。

王翰生活的时代正值盛唐，盛唐的时代精神是乐观向上、积极浪漫、敢作敢为，他所接受的时代习染自不必多说。然而时过境迁，后代文人能够真正理解盛唐精神者究竟能有几人，实在不敢估量。以所谓“谦谦君子之风”来评论唐人，未免不合时宜。

# 老杜在七夕

在古代，七夕是个浪漫的夜晚。天上，盼了一年的牛郎织女要渡河相会了；人间，青年女子在自家的院子里摆上瓜果，等候蜘蛛在上面缠丝，如果被缠了丝，就意味着自己“乞巧”成功，针线活的手艺就会有长进。这风俗，在梁朝人宗懔《荆楚岁时记》中就有了记载。总之，人间的七夕是年轻妇女们的节日，杜甫一个大老爷子，他来掺和什么呢？

老杜并非也来“乞巧”，他的诗歌写作技巧够高的了。他作为一个写实的诗人，凡事喜欢较个真，他是来做调查研究的，调查研究的课题是：牛郎和织女两颗星是否真的在银河上面相会了。这个课题，他已经调查了多年，结论都是否定的。但是他不甘心，怀疑自己年老眼神不济，或者是由于长夜困倦，打个瞌睡，把那精彩的一幕错过了。他决心做最后一次观察，然后结项，下个终极结论。

这一年他客居夔州，七月初七这天，楚空晴朗，万里无云。太阳沉落了，群鸡入窝了，睡足了觉、养足了精神的杜甫搬出椅子，放在庭院当中，坐好，开始仰视天空。星儿渐次出现，银河露出身影，牛女二星清晰在望：“牵牛出河西，织女处其东。”（杜甫《牛郎织女》）银河的走向是由东北而西南，杜甫背南向北而坐，所以看牛郎星是在银河的西面，织女星是在银河的东面。笔者小时候,常在夏秋之夜,自家的院子里,躺在芦席上观看银河,那是五十年代,中国的上空基本没有灰尘污染,看银河历历在目,两边的星星个个贼亮贼亮的。妈妈指给我说,银河西岸那颗很亮的星星是牛郎,身边还有两颗小星星,那是牛郎用担子挑着他的两个儿女。银河东岸那颗很亮的星星是织女,她身边有四颗星星呈菱形,那是她织布用的梭子。奇异的星相交织着美丽的传说。可惜今天的人们再也没有这个眼福喽。

且说老杜睁大了眼睛,聚精会神地张望那浩瀚的银河,等候那精彩的一幕出现。半夜了,参与“乞巧”活动的两个女儿,打着哈欠回屋睡觉了。那牛女二星却纹丝没动,依旧在隔河遥望。你们还等什么呢?莫非担心天上和人间在窥视你们,不好意思?想到这里,杜甫倒觉得自己有些不好意思了,可是为了搞好科研,还是请求牛郎织女谅解些吧。

后半夜,草虫沉寂,秋风渐冷,屋里传出老伴和儿女们的鼾声,杜甫裹紧了衣服,坚持着。他这个时期身体多病,肺病、糖尿病、半身不遂,可谓诸病缠身。但既然是最后一次观察,要下结论了,就不能草率行事,这也是他一生的行为准则。好在白天睡眠充足,杜甫没有丝毫睡意,炯炯目光,从一个寂静的小院里射出,投向浩渺的天宇。

晨鸡啼鸣,东方发白,银河渐落,牛女依然寸步未动。终于可以下结论了:“万古永相望,七夕谁见同?神光竟难候,此事终蒙胧。”自古以来牛女二星总是隔河相望,谁曾见过他们在七夕相逢呢?在古代,在神话传说弥漫的时代,这个结论来得不容易,是老杜经历许多不眠之夜查证的结果。由此,他还进一步从理性角度对这个故事提出质疑:“飒然精灵合,何必秋遂逢?”牛女二星乃是精灵,他们的会合应该是不择时间的,何必要等到秋天这个夜晚呢?问得有道理。

老杜一生反对迷信,求真务实。除了《牛郎织女》这首诗,他还写了《石笋行》《石犀行》,前者破除成都有“海眼”的迷信,后者破除石犀能镇水怪的迷信,号召以人力治水患。这在当时的历史条件下是难能可贵的。

# 武则天的嗜好

作为中国历史上唯一的女皇帝,武则天柔弱的身体包容的是一颗勃勃雄心。质弱而心雄,构成了人世间少见的表里矛盾体。她的个人嗜好也与一般女性截然不同,她不喜欢纤细,不喜欢柔美,而喜欢硕大,喜欢壮美。

高宗死后,她不失时机地夺取了唐朝的政权,把国号改为“大周”,为了给新国立个标志,她建造了一个震惊世人的巨型铜柱,立在京都长安定鼎门内。这个铜柱名叫“大周万国述德天枢”。中唐刘肃在《大唐新语》卷八中详细地记载了“天枢”的情况。书中说:长寿三年,武则天征集天下五十多万斤铜,三百三十多万斤铁,二万七千贯钱,在定鼎门内铸造八棱铜柱。铜柱高达九十尺,直径一丈二尺,上面题写“大周万国述德天枢”八个大字。柱子的底座是铁山,铁山由铜龙、狮子、麒麟环绕。柱子的顶端有云盖,云盖上面筑有盘龙,龙嘴衔着一个巨大的火珠,火珠的直径为一丈,周长三丈。远远望去,“金彩荧煌,光侔日月”。这么一个金光闪闪、顶天立地的家伙,往长安城里一戳,着实令人心惊目炫,由衷感到王朝的新变。武则天眼瞅心乐,她是在用这么个巨大的东西来“纪革命之功,贬皇家之德”。到了开元初年,玄宗即位之后,就下达诏书把它毁掉了，史料记载，焚烧铜柱的烟火“弥月不散”，也足以见其规模之大。还有一事，著名的龙门石窟大佛也是以武则天时期所造者最为雄伟壮观，传说最大的那个佛像头部是仿照武则天的面容而雕刻的。这都说明她对于硕大之物的倾心迷恋。

对于人物的鉴定，武则天也赏识那些胆大过人、心怀壮志的臣子，例如她对郭震这个人的使用。郭震在做通泉县尉的时候，为了应付开支，竟私自铸造钱币，还贩卖人口达一千多人，百姓深受其苦。按唐朝的刑律，私自铸造钱币者，处以三千里的流放刑，贩卖人口者，处以绞刑。郭震罪行披露之后，武则天审问他，他痛诉身居下位，雄才大略难以施展。武则天见他谈吐不凡，大为惊奇，又向他索取诗文，他呈上所写的《宝剑篇》，诗中以“龙泉宝剑”自比，表达自身才干之卓绝，“龙泉颜色如霜雪”，“错镂金环映明月”，然而生不逢时，无人赏识，只好“零落漂沦古狱边”，虽说“尘埋无所用，犹能夜夜气冲天！”一腔英雄壮怀，深深感动了武则天，认为眼前这人虎胆雄心，是条真汉子，不但把他的罪刑赦免，还当即授予他左武卫铠曹参军的官职。

对于诗文创作的审美取向，武则天也以宏壮为美，追求景观的宏大、情感的雄豪、意境的开阔，完全不同于一般女性的手笔。《全唐诗》收录武则天诗歌46首，这些诗歌多写高山、大川、风云、日月，如《石淙》所写：“三山十洞光玄箓，玉峤金峦镇紫微。均露均霜标胜壤，交风交雨列皇畿。万仞高岩藏日色，千寻幽涧浴云衣。且驻欢筵赏仁智，雕鞍薄晚杂尘飞。”石淙，在今河南省登封县东南，此处高山屏列，气象万千，久视元年五月十九日，武则天带领群臣来此处游览，即兴成诗，首联赞美此地群山壮美，道教辉煌。颔联歌唱圣土风调雨顺、霜露均匀。颈联笔墨尤其宏大；万仞高山，遮天蔽日，千寻幽谷，纳雾藏云。诗境之大，气象之雄，使唱和的群臣黯然失色。

爱硕大之物，喜胆大之人，作境大之诗，加之取名“则天”，国号“大周”，将这些加以综合，断定武则天的嗜好为一“大”字，当不为虚妄。

# 古代诗人与毛驴

中国古代诗人大多有骑毛驴旅行的经历，诗人喜欢骑驴，似与毛驴有着不解之缘。骑驴几乎成了诗人的标志。《唐诗纪事》引《古今诗话》中的一条记载：有人问诗人郑綮新近有无诗作，郑綮回答说："诗思在灞桥风雪中驴子上，此处何以得之？"这位诗人回答得很果决，诗思只有在驴背上才能产生，离开了驴背，哪还会有诗情？细想起来，他这话还真有道理。

唐代大诗人李白就有个生动的骑驴故事。据《唐才子传》记载：李白云游四方，某日，他想去登临华山，便醉醺醺的骑着毛驴向华山赶去，经过华阴县的衙门口，他没有按规定从驴背上下来，县令大怒，派衙役把李白抓来堂下，怒问："你是什么人？竟敢这般无礼！"拿出笔墨纸张，让李白写供词。李白在供状上没有写自己的姓名，只写道："曾令龙巾拭吐，御手调羹，贵妃捧砚，力士脱靴。天子门前，尚容走马，华阴县里，不得骑驴？"意思是说，你问我是谁，请看我的经历：我曾酒后呕吐，皇上用他的手绢给我擦嘴，皇上还亲手给我调制醒酒的汤。我写文章的时候，杨贵妃给我捧砚台，高力士给我脱靴子。天子门前，尚且允许我骑马奔跑，你华阴县里，竟然不允许我骑驴吗？这位县令虽不认识李白，但是对这段佳话早已听闻。于是慌忙下座，向李白道歉说：“不知李翰林到此，得罪，得罪。”李白大笑，爬上驴背，扬长而去。

被后人称为“诗圣”的杜甫，也有骑驴的经历，而且骑驴的年头还不短，他在诗中说自己“骑驴十三载，旅食京华春”（《奉赠韦左丞丈二十二韵》）。毛驴是他主要的交通工具，“平明跨驴出，未知适谁门”（《示从孙济》）。后来他做了官，上朝也是骑驴：“东家蹇驴许借我，泥滑不敢骑朝天”（《偪侧行赠毕四曜》）。

中唐诗人李贺，也是个终日骑驴游走的主，《新唐书》本传说：李贺每天早上太阳一出，就骑上毛驴到山野间转悠，背着个古旧的破锦囊，东瞧瞧，西望望，有了灵感就在驴背上记下来，装进锦囊里，晚上回家整理成篇。

晚唐诗人贾岛也有许多骑驴吟诗的佳话，略说一二。《唐才子传》记载：有一天，贾岛骑驴行走在京都大街上，当时秋风正紧，黄叶满街，于是吟道：“落叶满长安”，想对个上句，做成一联，却难以找到佳句。苦思片刻，忽然蹦出个“秋风吹渭水”来，一时乐得不知如何是好，正得意间，却唐突了京兆尹（相当于今北京市长）的大驾，结果被关押了一夜。“秋风吹渭水，落叶满长安”是贾岛的名句，能写出这样的好句，虽被关押一夜我看也值。还有一事也发生在驴背上，那是在他骑着毛驴拜访李凝幽居之后，他写出两句诗来：“鸟宿池边树，僧推月下门”，他对这个“推”字不太满意，整天思索好词。有一次他骑着毛驴在大街上行走，在驴背上沉吟这两句诗，一会用手做推门状，一会用手做敲门状，引得路人万分惊愕，以为他是个疯子。正在这时，京兆尹韩愈的车驾过来了，他也没看见，依然处在“推”“敲”的冥想之中，结果冲撞了韩愈的马头，韩愈的随从把他抓住，韩愈问他怎么回事，他告诉了实情。还好，韩愈也是个诗人，不但没有治他的罪，还帮助他选定了“敲”字。

南宋爱国诗人陆游，曾与抗金志士王炎屯兵南郑，准备收取关中地区，进而收复中原。后来遭到投降派的打击，被调任到成都做闲散官员。他在由南郑前线开赴成都途中，经过剑门关的时候，写了一首七绝《剑门道中遇微雨》：“衣上征尘杂酒痕，远游无处不消魂。此身合是诗人未？细雨骑驴入剑门。”作者一路风尘，一路饮酒，心情黯淡，神色沮丧。自我问道：难道我这辈子就该当是个诗人（而不是抗金的将军）吗？不然的话，我怎么也骑上毛驴了呢？显然，作者把“骑驴”看作是成就诗人的标志了。

以上事例说明了古代诗人与毛驴的密切关系。那么为什么会有这样的关系？我以为可能是出于以下的几个原因。一是毛驴比较驯顺，便于力气不大的诗人们驾驭。二是毛驴行走比较缓慢，便于诗人们在驴背上细致观察、凝神思索，而“走马看花”向来是被人们比喻为匆忙、粗略地观察事物的，这显然不利于作诗。第三个原因更为重要，在诗人的心目中，他们是一个散漫、洒脱、不修边幅、摆脱物欲、甘任贫穷、随情任性、浪漫不羁的群体，他们用不着高头大马以炫耀声威，摆弄阔气、散发铜臭是为他们所不屑的，他们自命为精神世界的骄子，为此，他们以毛驴为伴，这也真是天缘之合。

毛驴有幸啊，陪伴着千古诗人一路走来。

# 老槐留下苏轼影

前些年河北省保定地区文艺会演，定州参演的节目一直是大秧歌。演出者扮装成男女农民，头戴草帽，高挽裤腿，手舞足蹈，跳跃腾挪，摹仿插稻秧动作，伴以锣鼓管弦，节奏欢快，场面热烈，颇受观众欢迎。要说起这个节目的来历，还与苏轼有密切的关系。

宋哲宗元祐八年（1093年），新旧党争异常激烈，苏轼由于反对王安石的新法而遭到打击，于是请求出任边郡，为百姓做些有益的事情。宋哲宗批准苏轼的请求，任命他为定州知州。宋代的知州相当于唐代的刺史，是一个州的最高长官。苏轼来到定州，整顿了涣散的军备，惩治了扰民的官吏，上书朝廷请求赈济灾民，博得了百姓的爱戴。作为当时的文坛领袖，他是个在衙门里坐不住的人，经常到城外郊野体察民情。当时，定州城北面有一片土地，地势低洼，长年积水，约有两三千亩。苏轼看到水田荒着，觉得很可惜，就想在这里种植水稻。于是他找到当地的老农，询问愿不愿意种植。老农听了很高兴，但是苦于一无稻种二无技术，又怕种不成。苏轼下定决心让本地人民吃上稻米。他派人从南方运来稻种，并教给农民种稻技术，还亲自下到水田里示范插秧动作。

在水田里插秧，弯着腰低着头，是个很单调很繁重的体力劳动，定州百姓初行此事,感到十分疲劳。为了缓解农民的劳作之苦,苏轼调动了他的文学长处,编了歌词谱上曲,名曰“稻秧歌”,让农民边插秧边歌唱。这办法果然奏效,欢乐的歌声驱散了单调寂寞,在一定程度上缓解了疲劳。在他的具体指导和关怀下,当地农民很快学会了育秧、插秧、薅草以及稻田管理事宜。

“稻秧歌”后来俗称为“大秧歌”,演出的内容也由摹仿插秧而到歌唱四季劳动,地点也由田间而到舞台。演出内容和地点虽说发生了变化,但寻其根源却是出自苏轼的创意。一个州官能够如此关心百姓的生活和劳作,能够如此潜心为百姓做一些实际的事情,表现出他的社会良知和完美人性。定州大秧歌已把苏轼的美好人格永远烙印在音乐和舞蹈之中。存在于人民的记忆之中才是一座真正不朽的丰碑。苏轼来定州为官仅只半年,留给定州百姓的忆念却是永世的。

定州一带多槐树,槐树木质细致坚实,枝繁叶茂,花香宜人,苏轼很喜欢这种树木,他在文庙里栽种的槐树至今犹存。笔者前年去定州文庙看到了那棵槐树,树的主干虽已干枯,但从树的根部又长出许多新枝来,而且枝叶十分茂盛。那条干枯的主干呈现弧状,梢头接近地面,颇似人的躬身之状。这形象突然使我产生了联想,我想到了当年苏轼在水田里给农民做插秧示范的姿态,有情的槐树把那个历史的瞬间定格下来了。于是写了一首七绝《东坡槐》,诗云:

斯人已作千秋逝,此地犹存一树凉。
老干折腰还俯首,似教黎庶插粳秧。

# 唐宋诗人吟诗赞读书

书籍是人类智慧的结晶。读前人书是继往开来、创造人生业绩的必经之路。唐宋时期的诗人们深谙此道。总结起来，正是由于他们热心读书、潜心取精，才为创作两代不朽诗歌准备了必要的条件，使得两代诗歌双峰并峙于中国诗歌发展史上。

唐朝开国不久，就出现了《昭明文选》的学习热潮，高宗显庆年间出版了“李善注本”，玄宗开元年间又出版了“五臣注本”。《昭明文选》是南朝梁昭明太子萧统编辑的一部大型文学作品总集，选录自先秦至梁朝的诗文辞赋，千余年间的代表作家的代表作品，尽行囊括；文采风流，皆现其中。唐代诗人把这部文学巨编奉为至宝，精心阅读。大诗人杜甫对《昭明文选》就非常熟悉，几乎达到篇篇能够背诵的程度。这是有据可证的。杜甫客居蜀地期间，就开始指导孩子们诵读这部巨著了，在《水阁朝霁奉简云安严明府》这首诗中，他说“续儿诵《文选》”，孩子们背诵《昭明文选》中的作品，有时前后句子衔接不上，杜甫就在一旁给予提示。这说明《文选》作品已经烂熟于杜甫的心中。他还告诫小儿子宗武，要“熟精《文选》理”（《宗武生日》），这也说明他对《文选》中所蕴涵的文学理论高度精通。

唐代知识分子普遍的生活模式是“读万卷书，行万里路”，手不释卷，脚不停步，这种生活模式既为他们提供了前人思想和艺术的营养，也使他们得以接触到丰富的现实生活。在他们的诗歌作品中，反映读书生活是俯拾皆是的。著名的边塞诗人高适说自己 “常日好读书”（《答侯少府》），另一位著名边塞诗人岑参说“读书破万卷”（《北庭贻宗学士送别》），杜甫说“男儿须读五车书”（《题柏学士茅屋》）。白居易读书更刻苦：“读书眼欲暗，秉笔手生胝。”（《悲哉行》）读书读到眼前发黑，写字写到手指生出趼子，这功夫用得大！李颀年轻时崇拜剑侠，后来折节读书，他作诗检讨说：“早知今日读书是，悔作从来任侠非。”（《缓歌行》）这说明读书已经成为当时整个社会的主体意识。

唐代的文化政策是允许儒释道三家思想并行发展。唐代诗人的阅读面是很广的，除了阅读《文选》作品，对于经史子集、各家著述，无所不及。例如李白，他曾说自己“五岁诵六甲，十岁观百家。”（《上安州裴长史书》）他对于道家、道教的经典尤其倾心，这些著作成为他创作那些仙境仙人诗篇的材料来源。可以这样说，如果李白没有阅读道家道教的经典，他就无法创作出那些神奇瑰丽的浪漫主义诗篇。同样，如果杜甫没有阅读儒家的经典，他也无法创作出那些悲天悯人的现实主义作品。如果王维没有阅读释家经典，他也无法创作出那些静谧安详的山水田园诗歌。

读书需要安静的环境，唐代诗人读书多选择远离红尘闹市的深山老林、阒寂无人之处，那里生活虽然清苦，但能专心致志。正如唐代诗人皇甫冉所说：“读书惟务静”（《送薛秀才》），没有安静的环境是读不成书的。初唐诗人陈子昂，这位给唐诗奠定风骨兴寄特征的诗人，由于出身贵族，少年生活处于游乐状态，以至“年十八而不知书”，后来翻然悔悟，发奋攻读，读书的地点选在金华山的道士庙，三年之内遍览经史百家，其刻苦情形自不待言。杜甫晚年曾专程谒访金华山观，去参观陈子昂的读书堂，写诗称道：“陈公读书堂，石柱仄青苔。”（《冬到金华山观，因得故拾遗陈公学堂遗迹》）盛唐人张说，据传他少年时曾在河北满城县的抱阳山中穴居读书，至今那里还保留着遗迹，后来张说做到宰相。关于选择僻静之处作为读书之所，唐诗中不乏反映。例如高适就说自己“读书嵩岑间”（《酬别薛三》），储光羲《闲居》诗中说：“亲故不往来，园中时读书。”孟浩然《入峡寄弟》诗中说：“吾昔与尔辈，读书常闭门。”刘昚虚则以幽美的笔墨对他的读书堂作出描绘：“道由白云尽，春与青溪长。时有落花至，远随流水香。闭门向山路，深柳读书堂。幽映每白日，清辉照衣裳。”（《阙题》）这是一幅幽深静谧的图画，中心景物是读书堂，它处于白云尽处的远山凹里，门前一条青溪蜿蜒流过，落花随着流水把香气传向远方。读书堂的院门关闭着，山路上的行人无法进入；院内垂柳依依，掩映着屋檐窗牖，阳光穿过树叶间隙，洒落在读书人的衣服上……山静、水静、院静、人静，寂静中只有读书声时起时落。唐代人的读书环境是如此的宁静啊，其潜心攻读可想而知。

关于读书与精业的关系，唐代诗人也多有揭示。杜甫说：“读书破万卷，下笔如有神。赋料扬雄敌，诗看子建亲。李邕求识面，王翰愿为邻。自谓颇挺出，立登要路津。”（《奉赠韦左丞丈二十二韵》）由于读过万卷书，写起诗文来便觉得似有神助。由此，自己的辞赋才得以匹敌扬雄，诗歌造诣才得以接近曹植。由此，大文豪李邕要求与自己见面，诗坛名流王翰愿意与自己作邻居。自认为文才出类拔萃，立马就可以身居要职了。这段文字的逻辑起点就是“读书破万卷”，之所以能够下笔有神，之所以诗赋匹敌前辈，以致名流对自己器重，仕途立等可取，就是由于读书广博，学识渊深。这个看法在王维诗中也有表露，他在《戏赠张五弟》中说：“张弟五车书，读书仍隐居。染翰过草圣，赋诗轻子虚。”读了五车书之后，不但诗歌精进，超过前人之作，连书法也登峰造极了，因为文学艺术是彼此相通的。

到了宋朝，由于国家的大政方针是“偃武崇文”，人们的读书热情被极度地调动起来。宋朝继承唐朝的选官作法，实行科举取士制度，而每年录取的名额却相当于唐朝的十倍，一条通过读书而进身的大道向知识分子敞开了。适应这种崇文政策，宋朝开国伊始，统治者便积聚人力编撰四部大型书籍：《太平广记》《太平御览》《文苑英华》《册府元龟》。这四部大书是对前代诗文典籍的全面总汇。再加上活字印刷术的发明，书籍得以大量印行。宋代文人的读书量远远超过了唐代文人。宋代诗人用来与唐代诗人相抗衡的最主要的一手,就是诗歌中典籍的蕴涵量。宋诗大量使用典故,诗中充满了书卷气,形成了有别于唐诗的独特风貌:唐诗是才子诗,宋诗是学者诗。关于宋代诗人刻苦读书的生动故事,限于本文篇幅,不能多叙,仅举大诗人陆游作为代表。陆游说:“我生学语即耽书,万卷纵横眼欲枯。”(《解嘲》)从学说话的时候就开始读书了,启蒙很早。他又说:“少小喜读书,终夜守短檠。”(《幽居》)檠是灯架,这里指的是灯。他还说:“读书四更灯欲尽,胸中太华蟠千仞。”(《读书》)读书早,彻夜读,珍重年华,博览群书,是宋代文人的共同之处。

“书山有路勤为径,学海无涯苦作舟”,用这两句诗来概括唐宋诗人的读书热情,是十分恰当的。这两代诗人付出了读书的艰辛,也赢得了诗坛的光彩。中国古典诗歌的两座高峰在他们手中形成,岿然矗立在历史的烟云之中,使得前前后后的诗歌峰峦都相形见绌。

# 杜诗记载:重庆附近曾出产拇指猴

近年来,媒体对拇指猴作了广泛的报道,报道说:“在南美亚马逊河流域的森林中,生活着一种世界上最小的猴子——绒猴,又称拇指猴。这种猴长大后身高仅10~12厘米,重80~100克。新生猴只有蚕豆般大小,重13克。这种猴子喜欢捉虱子吃,且生性温顺,因此饲养它们便成为当地印第安人的嗜好。”有报道说,重庆动物园引进了拇指猴。

读了这则报道,我不禁想起唐代诗人杜甫的一首诗《从人觅小猢狲许寄》,诗云:“人说南州路,山猿树树悬。举家闻若咳,为寄小如拳。预哂愁胡面,初调见马鞭。许求聪慧者,童稚捧应癫。”这首诗是杜甫寓居成都草堂时写的。杜甫在成都西郊建筑草堂以后,生活有所安顿,于是想给他幼小的孩子找点乐趣。他听说南州一带出产一种“小如拳”的猴子,就写信向人索要,对方答应了,杜甫写了这首诗提前“支取”快乐。诗中所写的“小如拳”猴子,与报道中所说的“身高仅10~12厘米”的情况相一致。杜甫说这种猴子能给孩子们“捧”在手里戏耍,当然不会凶猛,这就与报道中所说的“生性温顺”相一致。由此,我判断杜甫索要的这种小猴子与报道中所说的“亚马逊流域的森林中”出产的拇指猴应是同一品种。

那么，杜甫诗中所说的小猴产地“南州”在哪里呢？笔者查阅《新唐书·地理志》，看到如下记载：“南州，南川郡下，武德二年，开南蛮置。三年，更名僰州。四年，复故名。”又据《汉语大词典》第一卷“南州”条注释：“唐武德二年，初置南州。宋改南川县。即今四川省南川县。”“武德”是高祖李渊的年号，“武德二年”即公元619年，也就是说，唐朝开国的第二年，“南州”就已设置。笔者又查阅谭其骧《简明中国历史地图集》，可知它处在綦江北岸，与今日的綦江县城隔江相对。严耕望《唐代交通图考》对南州的标示与前书相同。从《中华人民共和国分省地图集》看它的位置，它在成都的东南方，与成都的直线距离为三百多公里，且水路交通十分便利。杜甫向人索要的小猴其产地“南州”应是这里。南川县如今已称南川市，位于重庆市东南，相距不过百余公里。今天的南川市附近山林是否还有这种小猴？笔者曾向南川市的友人询问，答曰没有见到过。这或许是当地的人们未曾留意搜寻，或者是由于地理气候等原因，这种“小如拳”的猴子已经灭绝。

杜诗向来以纪实性著称，诗中所记无论国家大事、人物生平，均与史书所载相合。其家庭状况、儿女成长之事，亦记载得十分细致。八世纪的中国四川的南州出产“拇指猴”，应该是可信的。

# 杜甫对两个儿子的不同教育

“望子成龙”是自古以来为人父母的传统意识,有谁会希望自己的后代当个虫子呢?然而,人的天赋各异,材质不同,有的能文,有的善武,有的精于脑力,有的善于体力,有的适合制造火箭,有的擅长养猪养鸡,是很难按照家长的主观意图去显示其人生价值的。作家长的,应该准确辨识孩子的天赋材质,任其自然发展,不可主观设计,强行干扰。在这个方面,唐代大诗人杜甫的教育思想值得我们学习。

杜甫大半生穷困潦倒,生的孩子不少,却只活下来两儿两女。这两个儿子,大的叫宗文,小的叫宗武。取这样的名字是什么意思?就是希望他们能够继承儒家心目中的两位圣王——周文王、周武王的思想遗绪,为太平盛世贡献力量。设想杜甫在给孩子们取名之时,他的希冀是何等的殷切!可是,随着孩子的逐渐长大,他发现两个儿子情况完全不同。老大宗文天性鲁钝,念书不灵,根本就不是块学文的料。杜甫没有强迫他读书,只教他干些农务,诸如怎么盖鸡窝,夹篱笆,砍毛竹等等,全然没有失意之叹。老二宗武天资颖异,早在呀呀学语的时候,就能断断续续地背诵乃父的诗歌了:“骥子好男儿,前年学语时。问知人客姓,诵得老夫诗。”(《遣兴》)骥子是宗武的乳名。对于这个有文学天赋的孩子,杜甫则下了很大力量去培养。从小就教他读书识字，到十来岁时给他讲析《昭明文选》，还让他背诵文选原文，背不下来的地方，杜甫还给予提示。《宗武生日》这首诗写道："小子何时见？高秋此日生。自从都邑语，已伴老夫名。诗是吾家事，人传世上情。精熟《文选》理，休觅彩衣轻。"告诫宗武，要继承家学传统，要精心弄懂文学理论。到十五岁左右，杜甫就开始指导他作诗作文了，《又示宗武》诗中说："觅句新知律，摊书解满床。试吟青玉案，莫羡紫罗囊。"意思是说，宗武作诗能够按照格律去遣词造句了，还能做到广泛查阅书籍，去寻找词语的出处，去检索典故。"青玉案"，本是指古代珍贵食器，后来用以指称古诗。杜甫叮嘱孩子要精心作诗，不要把心思放在玩物上。

对于两个天赋不同的孩子，杜甫在施教上采用了不同的内容。能念书的就培养他念书，不能念书的就指导他干农务。总之，是顺应天性。杜甫认为这样做才算是"达道"，为此，他还批评了陶渊明错误的教子心态："陶潜避世翁，未必能达道。有子贤与愚，何其挂怀抱！"（《遣兴五首》其三）陶渊明有五个儿子，一个比一个蠢笨（有人对此作出研究，认为这是陶渊明饮酒过度所致），盛怒之下作了一首《责子》诗，对五个儿子挨个数落一遍："白发被两鬓，肌肤不复实。虽有五男儿，总不好纸笔。阿舒已二八，懒惰故无匹。阿宣行志学，而不爱文术。雍端年十三，不识六与七。通子垂九龄，但觅梨与栗。天运苟如此，且进杯中物。"对儿子们的"不好纸笔"、"不爱文术"表示了莫大的遗憾和伤感。杜甫认为这是不对的，这是未能"达道"的表现。教育孩子的正确方法是顺其自然天性，不可强迫孩子只走父亲的路。

道家主张尊重天性，顺应自然。这种思想反映在教育领域，就是因材施教，对于天赋不同的人给予不同内容的教育，后天的教育应该是立脚于对被教育者天赋认识的基础上，应该成为其发展天赋的推助器，而不是重塑器。当今，生存竞争已成定局，在"望子成龙"的世俗观念驱使下，不少家长不顾孩子的天赋材质，硬性逼迫孩子一定要成就个什么，致使有些心理脆弱者只好选择自杀一途以回报之，事与愿违，悔之晚矣，可惜可叹，可悲可恨！天下之大，工种之多，何必轰赶孩子去挤那独木桥？须知即便过了那个独木桥，也未必就有如意的结果。为人父母者，不妨学学杜甫的聪明做法。

# 杜甫的桃树情结

杜甫一生酷爱桃树，在他的诗歌中，使用“桃”字多达41次。他亲手栽种桃树，用桃树美化庭院，他热情赞美桃花的丰姿，专心护理桃树，还高度称颂桃树的功德，留下不少感情深挚、文笔绮丽的诗篇。

唐肃宗乾元二年（公元759），安史之乱尚未平息，杜甫带着全家到成都避难，在当地友人的帮助下，他在成都西郊建筑了草堂，草堂落成之后，他就写诗向县令萧实索要桃树秧苗，而且要了一百根：“奉乞桃栽一百根，春前为送浣花村。河阳县里虽无数，濯锦江边未满园。”（《萧八明府实处觅桃栽》）浣花村，就是杜甫草堂所在的村庄，邻近锦江。（即诗中说的“濯锦江”）晋代人潘岳任河阳县令时，在县内遍种桃树，这里用河阳县比拟萧实所在的县。杜甫胃口很大，开口就要一百根，而且让对方春前送到，以便应时栽种。杜甫打趣地说，贵县境内桃树之多数不胜数，即便是如数送来一百根，也还不能把我的园子种满呢。这位萧县令不负杜甫之望，如期按数送到了。杜甫把这些秧苗统统栽好，又选择了五棵茁壮的栽到院子里。春风送暖，春雨滋润，树苗长势喜人，生出茂密的枝条，把院子里的甬路都挡住了，杜甫爱惜这些枝条，不忍心把它们剪掉，宁可绕着走。有一夜，狂风大作，吹折了几条树枝，杜甫伤心，进

而恼怒，大骂这风欺人太甚："手种桃李非无主，野老墙低还是家。恰似春风相欺得，夜来吹折数枝花。"（《绝句漫兴九首》其二）

杜甫用他那支生花的诗笔，描绘出桃花的各种姿色。他描写院子里的桃花开得鲜明耀眼："栽桃烂漫红"（《春日江村》），他描写冬季野外水边初绽的桃花："短短桃花临水岸"（《十二月一日》），他描写农户篱边的桃花："江上人家桃树枝，春寒细雨出疏篱"（《风雨看舟前落花》），他描写春雨滴红桃花的细微景致："点注桃花舒小红"（《江雨有怀郑典设》）。野外出游，每逢看见桃花，他便停下脚步，细心观赏，如痴如醉："桃花一簇开无主，可爱深红爱浅红？"（《江畔独步寻花》）深红色的桃花好看，浅红色的桃花也好看，自己到底喜欢什么颜色的呢？拿不定主意，就是都喜欢。又说："桃花气暖眼自醉"（《昼梦》）桃花不但颜色美丽，而且散发出温暖的气息，观赏之间，不禁醉眼朦胧了。

那么，杜甫何以如此看重桃树呢？爱与憎不是无缘无故的，杜甫爱桃树自有其原因，他在《题桃树》这首诗中，道出了个中缘由："高秋总馈贫人食，来岁还舒满眼花。"在他看来，桃树的功德很大，从物质层面来说，桃子可以供人食用；从精神层面来说，桃花可以供人欣赏。尤其是物质层面，民以食为天啊，桃树可以说是功高盖天了。另外，我们还须注意"贫人"二字，杜甫说桃树赐予穷人的吃食，富人就不吃桃子吗？富人当然也吃桃子，但富人吃桃子是酒肉之后解油腻、助消化的行为；穷人就不同了，穷人在无粮可吃的情况下，要靠桃子充饥，正是这桃子挽救着穷人的生命啊。由此可见，杜甫是站在穷人的立场和视角来赞美桃树的。至于杜甫何以能够有这样的立场，那自然是与他的生活处境有关。杜甫在漂泊期间，没有经济来源，是经常揭不开锅的，他切身感受到桃子对他的饥肠所产生的作用，所以他才能具有穷人的立场、穷人的视角。杜甫被称为"人民的诗人"当之无愧。

# 打喷嚏也能杀虎

说起打虎英雄,人们自然会想起宋代那个山东好汉武松。他在醉酒的情况下,居然凭着过硬的身手把老虎打死,传为千古佳话。不过,他也着实费了一番气力,出过一身大汗。唐代也有一位在醉酒中杀虎的人物,同好汉武松相比,他却没费吹灰之力。

他的尊姓大名已不可考知,据唐人张鷟《朝野佥载》记载,他是越州诸暨县(今浙江诸暨)人,在诸暨县令傅黄中手下当差。一次,他外出办公,傍晚在一家酒店吃饭,多喝了几碗酒,觉得天旋地转。店主留他住宿,他不肯,踉踉跄跄上了路。山间小径,曲折迂回,坎坷不平,他不停地跌交,一路上跟头流水。实在走不动了,就想找个地方躺一会,歇歇腿脚。此时正值三更时分,一钩淡月遥挂西天,借着暗淡的月色,他找了一块大方石,躺倒便睡着了。他万万没有料到,这块方石正处于悬崖边上,身旁就是千尺深渊。酒醉加上劳累,此时的他睡得太舒畅了,打着鼾声,吧唧着嘴,还不住地翻身倒换姿势,有好几次他的一小半身体已经悬空,仰仗他的命大,居然又翻了回来,没有掉下崖去。

天色微明,他还在酣梦之中。这时,一只饿虎出窝寻找食物,远远看见有个人躺在石头上,便急匆匆跑过来,站在他身旁,闻他身上的味道。

原来，虎是不吃死尸的，必须检查出是活人才下嘴。这老虎检查得很仔细，把鼻子凑近他的头部，感觉到这个人还在喘气，心中大喜：早餐有了！而这位官差一点都没有察觉，依然做着美梦。就在老虎张开大嘴准备用餐的时候，一根虎须刺进了官差的鼻孔，他何曾受过这样的刺激，猛然一个喷嚏打出来，声如雷鸣炸响；那老虎何曾受过这样的待遇，心中一惊，忽地抬起上身躲避，却因用力太猛，把整个身子后仰，坠下悬崖，落在深谷，发出一声惨叫。这时官差才觉得有情况了，睁开惺忪睡眼，察看睡觉的地方，不禁倒吸一口凉气。停了一会，听到山下人声喧嚷，有个声音喊过来："山崖上的那壮士，你好身手啊！你把老虎推下了山巅！老虎的腿骨都摔断啦！"

说到这里，便有几句顺口溜来到嘴边：武松打虎太费力，血染铁拳汗水洗。难比唐人酣睡足，天机巧运一喷嚏。

# 改名的故事

近些年来，更改地名的苗头颇有长势。河北省的“完县”改成“顺平县”，大概是认为“完”有“结束”之嫌，于发展不利，却不知道古人是取其“完善”之意，“完县”乃是“完善之县”，意思本来很好。还有人认为河北省省会“石家庄”名字不响亮，提议改个响亮动听的，后经明达人士反对，没有弄成。日前媒体报道，江苏有着千年历史的“骆马湖”，最近也闹起了一场改名风波，有人把湖名改成了“马上湖”，据说是因为“骆马”谐音“落马”，于前途不利，“犯了忌讳”。如此更改地名，显示出更名者文化层次的低下和迷信思想的作祟。名称其实只是个符号，与事业的发展并无因果关系。但是，人一旦对自己失去信心，便只好听命于鬼神、寄望于名称了。

更名改字，在中国历史上时有发生，比如武则天就是个典型。武则天对自己的名字是煞费苦心的，她嫌“照”字太抽象，就造了“曌（音照）”字和“瞾（音照）”字代替之。《旧唐书·则天皇后纪》载：“则天皇后武氏讳曌。”“曌”的字形，上为日月，下为虚空，这是武则天对自己的“光辉形象”做出的描画：如同日月高临天空，光芒普照天下。“瞾”的字形，是双目之下，空无余物，这个字则表现出武则天居高自圣、目中无人的狂妄心态。但是这个名字并没有给她带来好处,她并没有如同太阳月亮那样永远光照人间,终归一个"土馒头"而已。

迷信思想严重的武则天,还对"国"字做了反复修改。唐人张鷟在所著《朝野佥载》中说:"则天好改新字,又多忌讳。"他举例说,有个幽州人,给武则天上疏,说"國"字中间是个"或"字,这个"或"字不好,理由是"或乱天象"。"或乱天象"是什么意思?此人认为,"或"字与"惑"字相通,而"惑"又可以指"荧惑",荧惑就是火星,火星隐现不定,令人迷惑,所以说它"乱天象",他请求把"或"字换掉,用"武"字代替,"以武镇之"。他的用意很清楚,就是要尊定武则天为一国之主,让武则天一统天下。武则天看了奏疏,大喜过望,深以为然,立即下达诏书:把"國"字的字形更改,挖掉中间的"或"字,把"武"字填进方框内。

过了一个多月,又有人上疏,说这样的字形更不好,理由是:把"武"字填进方框里,"是与'囚'字无异,不祥之甚。"他把那个方框想象为四面环墙的牢房了,把武则天的姓氏弄进牢房里,那还了得吗?武则天看了奏疏,吓了一跳,立刻有身陷牢房的感觉,于是急忙追回诏书,重新下令:赶紧把"武"字撤掉!

但是,方框里面是不能空着的,如果里面空无所有,岂不更是不祥!她经过苦思冥想,决定在方框里写入"八方"两个字,那意思是八方都来归属,疆土辽阔。如此造字,简直是不伦不类。直到武则天寿终正寝,"国"字才恢复了本来面目。

历史舞台,过客匆匆,虽心机费尽,亦难留住脚步。一抔黄土,几行文字,面对的是不老的青山、长流的江河。

# 雪花的联想

雪花纷纷扬扬，随风飞舞，引发出人们对它的诸多联想。不同身份和性格、不同胸襟和志向的人，对它的联想是不同的。于是就有不同的咏雪诗歌出现。

晋代名相谢安，曾于大雪纷扬之际，与他的侄儿、侄女联句作诗。谢安言道："白雪纷纷何所似？"这个发问是要后辈们对雪进行联想，侄儿谢朗接着说："撒盐空中差可拟"，侄女谢道韫不满意哥哥的比喻，说："未若柳絮因风起"。比较来看，把雪比为"空中撒盐"，确实没有"风吹柳絮"来的传神，所以谢道韫深得谢安的嘉赏。谢道韫写出这样的诗句，表现出她作为女性观察事物之细致，体物心态之婉约，这些是她粗心哥哥难以做到的。据《晋书》本传，谢道韫由此赢得了"咏絮才"的美名。

唐代诗人岑参作《白雪歌》，有"忽如一夜春风来，千树万树梨花开"的名句，描写雪花落在万树枝头，那种盛大的景象。身处严冬，却能感受春风到来，联想到梨花开放，生动地表达了作为豪放诗人的逸兴。

武人眼中的雪花像什么？孙光宪《北梦琐言》记载这样一件事：唐代的高崇文，河北渤海人，曾在蓟州边防任军官，后来因为讨伐有功，做了西川节度使。一天早晨，天降大雪，军营里的属官来了兴致，在酒席间对雪赋诗。高崇文走了过来，笑着说："你们在这里自顾饮酒作诗，怎么不请我来参与？我虽说是个武人，也能作得一首的。"于是口占一绝："崇文崇武不崇文，提戈出塞号将军。哪个髜儿射落雁，白毛空里落纷纷。"首联虽说与雪无关，只是申明自己的身份（将军）和兴趣（崇武），却也为尾联的奇特联想做了铺垫。面对纷纷大雪，他想到的是：不知哪个家伙（髜儿，渤海地方的俚语，指的是人）射落一只大雁，大雁的羽毛撒满天空。武将以骑射为职业，把雪花联想成大雁凋落的羽毛，是很合乎他的身份特点的。唯其能够如此，这样的诗才体现出一个"真"字来。

政治家、军事家眼中的雪花又是一番景象。诸葛亮的岳父黄承彦精通兵法，又有改天换地的宏伟志向。诸葛亮的政治蓝图、军事谋略其实是他一手制定的。当他得知东吴大将陆逊必定会身陷诸葛亮预先布下的八卦石阵，从而遭到覆灭时，深感政治时局的严重：曹魏大军会势如破竹地追剿蜀军，蜀国灭亡为期不远。于是，他不失时机地出现在八卦石阵中，为陆逊指明出路，并晓以厉害，使其不再穷追刘备，回师防御，去抵抗魏军。这是事关蜀国生死存亡的大举动，非远谋者能够做出。现在来看黄承彦的《咏雪》："长空雪乱飘，改尽江山旧。仰面观太虚，疑是玉龙斗。纷纷鳞甲飞，顷刻遍宇宙。"诗中把漫天乱舞的雪花联想为玉龙争斗时落下的鳞甲，颇能见出此人的政治怀抱，古人习惯用"龙争虎斗"来比喻英雄豪杰争夺天下，眼前这"改尽江山旧"的雪景与他心中的以武力结束军阀战争、恢复大汉王朝的政治蓝图正相吻合，于是便产生了这首气壮山河的佳作。

柳絮、梨花、大雁的羽毛、玉龙的鳞甲，在这些比喻里面，蕴涵的是种种不同的情致。有人说，西方诗人是在与上帝对话，中国诗人是在与自然对话。此话很有道理。

# 李世民的胸襟

在中国历史上,唐太宗李世民算得上是一位少见的开明天子。他的政绩是一手创造了“贞观之治”,“贞观四年,天下安康,断死刑至二十九人而已。户不夜闭,行旅不赍粮也。”(刘餗《隋唐嘉话》)由于实行了“均田制”和“租庸调法”,极大地调动了广大农民的生产积极性,粮食堆积如山,一斗米仅值三四文钱,出门旅行的人都用不着自带干粮了。若问他的能耐在哪,一句话,他的能耐就在于他不把自己的能耐看成是天下最高的能耐。他不以自己的智慧取代天下人的智慧,有了这个胸襟,他就能团结一切可以团结的人,甚至任用曾经与自己为敌、本该杀头的人,充分调动这些人的聪明才智,共谋兴国之大业。

李靖这个人有胆有谋,早年贫困,一次路过华山神庙,向神灵询问自己的进退机缘,对神灵发出警告:如果你沉默不语,就说明你有名无实,枉受人间香火,我就要砍了你的头,毁了你的庙!这种大胆的举动,吓得香客们面如灰土。后来,他做了隋朝的大将,曾在大业年间向隋炀帝上书,说李渊有造反之心,请求立即除掉。后来,李渊造反,夺取长安,李靖被俘,李渊要杀掉他。而李世民深知此人有大将之才,终于说服了父亲,免其一死,让他以布衣身份跟随赵郡王南征,果然屡立战功,迅速统一了南部山河。武德末年，突厥40万众大举入侵，杀到渭水河北岸，李世民总领兵马抗敌，但长安兵力只有几万，各州部队又难以及时赶到，情况万分危急。突厥骑兵每日挑战，李渊发怒，要出兵回击，但结果只能是惨败。危机关头，李世民召来李靖，问以对策。李靖说，突厥人是为财物而来，不如把国库里的财物都拿出来给他们，与他们讲和，同时派出部队在险要之处设下埋伏，利用地理优势阻击之。这一招果然奏效，突厥人猝不及防，丢弃老弱残兵和几万匹战马，国库里的财物全数夺回。试想，若无李靖之策，李渊的天下几乎不保。李世民保下一个想杀他父亲的人，从而保住了大唐王朝，这是他具有阔大的政治胸襟的结果。

还有那个魏征，他原是太子李建成的谋士，为了保驾李建成顺利继位，他提出杀死李世民的主意，机谋泄露，李世民发动玄武门兵变，杀了李建成，逮捕了魏征。按封建帝王的一般做法，杀掉魏征乃是必然之举。魏征也明白自己的结局，所以在审问期间慷慨陈辞，说后悔没有早一天动手杀了你。然而这李世民又做出惊人之举，非但没有杀他，反而让他做了重臣。因为他了解魏征其人具有济世之才，而且性情耿介，是难得的朝廷栋梁。果然如其所望，魏征做了重臣之后，忠诚履行谏官的职责，每每当着满朝文武的面，批评李世民的过失。他写的那篇著名的《谏太宗十思疏》，要求李世民每天在十个方面进行自我检查。正是得益于他的批评，李世民节制欲望，体恤民情，少犯了许多错误。魏征死后，李世民失声痛哭，对臣子说："以铜为镜，可以正衣冠；以古为镜，可以知兴替；以人为镜，可以明得失。朕尝宝此三镜，用防己过。今魏征殂逝，遂亡一镜矣。"为自己失去一面"人镜"而痛惜不已。

不以身居皇位而自傲，放下架子，宽厚待人，是李世民的长处。在私下与臣子交往的场合，他每每不向对方称"朕"，而是称兄道弟，或自称世民。刘餗《隋唐嘉话》记载："太宗燕见卫公（李靖），常呼为兄，不以臣礼。初嗣位，与郑公（魏征）语，恒自名。由是天下之人归心焉。"

在封建专制的国度里，君主的言行决定着国家的兴亡。匡正君主的言行向来是治国的关键。但是，忠言往往逆耳，谏臣每每遇害。"文死谏，武死战"概括了数千年血淋淋的历史。唐人有幸，他们遇到了李世民这样的君主。

# 古代的“起居注”

从两汉开始，封建朝廷设置了“起居注”这个官职。这个官职的任务是纪录皇帝的言行，无论大事小情、善行劣迹都统统纪录，以备后人修史时用。例行的规定，皇帝对所记的内容是不得过问的，所以历代的皇帝们都对“起居注”放心不下，生怕把自己那些不够光彩的事情记录下来。担任这个官职的人一般都享有正直果敢的社会声誉，敢于碰硬，同时也都冒着风险。倘若遇到开明的皇帝，那还好说；若遇到昏庸君主，其下场便不甚美妙。今举唐宋两代的两人两事，以便窥见这两代君主的心胸和品格。

据《大唐新语》卷三记载，唐太宗贞观年间，褚遂良担任起居郎（唐代负责写“起居注”的称起居郎、起居舍人）。一次，太宗问遂良：“卿知起居注，记何事？大抵人君得观之否？”意思是说，你执掌“起居注”，都记录了我的什么事？我这个当君主的能看个大概吗？听这口气，皇上不要求细看，只求看个大概其。这调门并不高，你该怎么办？褚遂良给予严词拒绝，说：“今之起居，古之左右史，书人君言、事，且记善恶，以为检戒，庶乎人主不为非法。不闻帝王躬自观史。”说得很明白，搞“起居注”的目的就是约束君主的言行，使他不做非法的事，不说非法的话。至于皇上您要看这记录,对不起,没有这个先例。太宗又问:“朕有不善,卿必记之耶?”遂良回答说:“守道不如守官,臣职当载笔,君举必记。”我的职责就是记录君主的言行,无论君主做何举动,都一定要记的。这话说得够硬气。太宗碰了一鼻子灰,却也不曾发怒,仍然让遂良担任这个官职。这是他的英明之处。能够约束自己的言行欲望,任用正直敢言的官员,这是“贞观之治”得以形成的必要条件。有唐一代奉行开明政治,太宗奠定了基础。

到了宋代就不行了。赵家皇帝是靠兵变谋得的政权,人心未顺,根基不稳,故时时刻刻绷紧了神经,警惕人们效法他们的做法,夺其天下。为了引导人们忽视武功,他们采用了“崇文抑武”的国策。对文人则采取两手策略,拉拢与恫吓,一只手抓着大把的胡萝卜,满足他们的物质欲望,另一只手则高举大棒,不老实就收拾你,文字狱就是他们的具体做法。他们最怕有人说他们的不好,对“起居注”格外关心,不但要审查所记的内容,还要让起居郎按他们的意思来记,你要是不听话,就把你治罪。北宋时期,有个影响最大的诗歌流派——江西诗派,其首领黄庭坚早年就曾担任过起居舍人,参加编写《神宗实录》,凭着年轻气盛,想效法唐人, 把神宗皇帝的言行无论善恶皆加记录。结果遭到了政治迫害,被贬谪到荒蛮的南方,少壮情怀从此一蹶不振,再不敢放言国是。所作诗篇,大抵描摹山水、题咏书画,兴趣落在花草树木、禽鸟虫鱼上面。有宋一代的诗歌缺乏深度,弱于气象,与赵家皇帝的心胸气度直接相关。

笔者纵观中国诗歌发展史,历览各朝各代的诗歌面貌,发现一条规律,那就是有什么样的政治就有什么样的诗歌,有什么样的皇帝就有什么样的诗歌。唐诗的恢弘气派,与以李世民为代表的唐代皇帝的心胸气度直接相关;宋诗的细密理性,与宋代统治者的谨慎细密的品格直接相关。这条规律或许不为那些想让诗歌摆脱政治影响的文学史家们所认可,却是客观存在的。

# 古代的吝啬鬼

法国著名作家莫里哀所写的喜剧《悭吝人》，由于刻画出一个吝啬鬼的典型形象而享誉世界文坛。剧中主人公阿巴贡爱钱如命，为了攒钱，招待客人时往酒里掺水；他还自制日历，把吃斋的日子延长；还到自己的马棚里去偷马料，结果挨了车夫的打。为了省钱，他让儿子娶寡妇，而他也可以为此放弃心爱的姑娘。这些“事迹”堪称典型，然而比起中国古代的那些吝啬鬼来，终有小巫见大巫之憾。唐人张鷟写的《朝野佥载》，其中记载了不少吝啬鬼的“事迹”，读来令人捧腹，远比莫里哀所写来得精彩。

唐朝有个叫夏侯处信的人，做荆州长史，为人吝啬超常。某日，有客人来访，时近中午，他让仆人去准备午饭。仆人凑近他耳边小声问道：“和多少面？”他说：“就两个人吃，和两升面吧。”两升，就是两斤，唐代一斤是今日的661克，两升面粉就是1322克，用这么多面粉做面条，两个人怎能吃得了？但你要以为他这是对客人的盛情招待那就错了。仆人遵嘱下了厨房，须知把这么多面做成面条，那是需要较长时间的。果然，客人见天已至午，饭还没做成，就告辞而去了。夏侯处信百般“挽留”，也没留住。回来见了仆人，他打了个“鸣指”（用拇指迅速划过中指和食指),意思是说:“干得漂亮!”比较一下《悭吝人》中的阿巴贡,他虽说在酒里掺了水,毕竟还招待了客人,我们这位夏侯氏却用技术让客人空腹而归。夏侯氏喜欢吃醋,把醋装在一个小瓶子里独自食用,家里人休想沾上一滴。某次吃饭时,仆人告诉他醋已吃尽,他把醋瓶夺过来,瓶口对着手心,使劲撞击,终于撞出几滴来,用舌头舔着吃了。他这样做,绝不是家境清贫,他的官职是荆州长史,长史的官阶是五品,月俸是相当可观的。

还有一位叫郑仁凯的,做密州刺史,他的童仆把鞋穿破了,要求给买双新的。他不肯,怕费钱,但是又考虑随身童仆穿着破鞋,自己的脸面也无光,于是处处留心找窍门。过了几天,主意终于想出来了:他看见门夫穿着鞋,就让门夫去爬院子里的一棵大树,去树上掏啄木鸟的窝,抓幼雏,说啄木鸟的幼雏特好玩。乘着门夫脱鞋爬树的机会,他让童仆把鞋穿走了。门夫从此只好光着脚走路。看着随身童仆有了鞋穿,他面带得意之色,认为自己居官有德。

还有一个叫韦庄的人,这个人应该不是唐末的那个诗人韦庄,因为《朝野佥载》的作者是初盛唐时人。这个韦庄是“数米而炊,秤薪而爨”的主儿,数准了米粒下锅,秤准了柴火做饭,多一粒米、多一两柴都不行,吃剩下的肉还有几块,都牢牢记在心里,少一块必严厉追查。他有个儿子,八岁上死了,妻子按照当时通行的衣服予以装殓,他很心疼,就把装殓的衣服剥下来,用破旧的席子裹尸体,等到把尸体放进墓穴,他又把那破旧的席子扛回了家。难道他不疼爱自己的骨肉吗?不是,《朝野佥载》说:“其忆念也,呜咽不自胜,惟悭吝也。”悲痛是悲痛,只是舍不得财物,哪怕是一领破席!

十分遗憾莫里哀,他没有听说过这些“事迹”,否则他的典型人物会更加生色。

# 君主的包袱

唐代大文豪韩愈有句至理名言:“闻道有先后,术业有专攻。”人生在世,生命历程短促,加上天赋的因素,是不可能精通世间所有学问和技术的。你打仗行,搞经济就不一定行;你治理国家有一套本事,盖房造桥却往往是门外汉。你喝酒行,写诗就不一定在行,“李白一斗诗百篇”,并非是说喝了大量的酒之后就能写出诗来,酒只是外因,它必须面对诗人才有作用,这应该说是常识。可是,封建时代的君主们一旦登上皇位,这个君临天下的位置就成了他们的包袱:老子事事都在行,事事都精通,事事都是天下第一,第二都不行。如若不然,何以为皇为帝?于是,便有一些残害人才的事情被他们干了出来。

曹操这个人虽说没有当上皇帝,却也是一方首领,他号称爱惜人才,但是这些人才的才能都是不许超过他的。一旦哪位超过了他,就要倒霉了。举个例子,杨修这个人天资聪颖,博学多才,是属于曹操人才库里的人物。由于在几个小事上露出才气,让曹操脸上无光,被曹操借故杀掉了。有一次,曹操视察新建的花园,看了以后,什么都没说,只在门上写了个“活”字,是想露一手难住别人,让自己风光风光。果然如其所料,众人看了,不解其意。只有杨修解出谜底:门里加“活”字就是“阔”,曹公是嫌门造得太宽阔了。谜底迅速被揭穿,这让曹操好生恼火。还有一事,有人送来一盒酥,曹操在盒上写了"一合酥"三个字,把它放在案上,众人不解其意,也是杨修揭出谜底,说这是操公体恤诸位,大家每人都吃一口酥,因为"合"字包含着"人一口"三个字,所以"一合酥"就是"一人一口酥"。这个事也让曹操暗地咬牙。不过,以上两事是曹操出谜,杨修揭底,顶多是两个人打了个平手,最让曹操不能容忍的是下面这个事。一次,曹操等人在蔡琰家中,看到蔡邕手书在曹娥碑阴上的"黄绢幼妇,外孙齑臼"八个字,曹操等人百思不解,又是杨修道出个中意思:这八个字蕴藏的是"绝妙好辞",这是蔡邕在赞美曹娥碑文。理由是,黄绢是有色的丝织品,"色"与"丝"组合成"绝"字;"幼妇"是"少女","少女"组合成"妙"字;"外孙"是女儿的孩子,"女"字与"子"字组合成"好"字;"齑臼"是捣草药用的器具,而草药用舌头一尝是辛味的,"受"字与"辛"字组合成"辞"字。揭谜若此,的确颇费周折,的确需要学力。才高过主,这使曹操下定了杀死杨修的决心。

再说隋炀帝这位花天酒地的皇帝,还偏偏想当诗坛盟主。隋朝的诗坛上,享有盛名的诗人是薛道衡,他的名作《惜惜盐》中"暗牖悬蛛网,空梁落燕泥"脍炙人口,广为传诵。隋炀帝对他怀恨在心,据刘餗《隋唐嘉话》记载:"炀帝善属文,而不欲人出其右。司隶薛道衡由是得罪,后因事诛之,曰:更能作'空梁落燕泥'乎?"古时以"右"为上,"不欲出其右"就是不愿意别人比他名气高,杀了薛道衡,吐了口恶气,看你还能写出好句来吗?写不过你就杀了你,杀了你我就是天下第一。《隋唐嘉话》还记载隋炀帝的又一杀人事件:隋炀帝写了一首《燕歌行》,文人们齐声叫好,纷纷唱和,只有著作郎王胄没有理睬,认为这样的东西不值得酬唱。炀帝怀恨在心,把他投入监狱,杀了他。王胄也是有诗名的人物,他如果来唱和,对隋炀帝的诗作无疑是个莫大的肯定。隋炀帝杀死王胄以后,背诵王胄诗的警句"庭草无人随意绿",得意地说,你还能写出这样的句子吗?一副残暴的流氓嘴脸。

至于清代乾隆皇帝,据说治国有功,缺点是也来附庸风雅,平生作诗四万首,数量超过了中国文学史上的所有诗人,可谓天下第一了。可惜的是连一句也没传诵下来。造成了空前的笔墨纸张浪费。中国的封建君主背的包袱真是太重了。

# 大诗人给孩子取名

古今中外的著名作家无不具有鲜明的个性，有了鲜明的个性，才有他体察生活的独特视角、反映生活的独特方法，从而形成作品的独特风格。可以说，作品的风格就是作家性格的体现。李白之飘逸、杜甫之沉郁、苏轼之旷达，其作品风格如此，其性格亦如此。他们的性格特征固然可从他们的作品中求得，也能从他们的生活细事中认知。给孩子取名，就是一个认知的角度。

先说李白。李白性格豪放、爽朗，心胸坦荡，直言快语，追求明朗无藏的人生境界。为此，他很喜欢透明发光物体，月亮、水晶、明镜、露珠，经常出现在他的诗句中，如“举杯邀明月”、“床前明月光”、“二水夹明镜”、“不知明镜里，何处得秋霜”、“玉阶生白露，夜久侵罗袜。却下水精帘，玲珑望秋月”，等等，可谓俯拾即是。他喜欢这些透明发光物体，给孩子取名也认准了这些东西。他有两个儿子，给老大取的乳名叫“明月奴”，给老二取名叫“玻璃”。玻璃这东西在当今触目皆是，在唐代那可是稀罕物，据《新唐书》记载，它是从西域引进来的，李白接受新事物超过一般人。但重要的是玻璃透明，与他的爱好相吻合。两个儿子的名字，一个亮堂，一个透明。这个生活细事可见出李白的个性特征。

再说杜甫。杜甫一生奉行儒家学说，个性温柔敦厚，敬妻爱子，珍重友情，忧国忧民，怜爱生灵，真正做到了“亲亲而仁民，仁民而爱物”。他也有两个儿子，给老大取名“宗文”，老二取名“宗武”。什么意思？“宗”的意思是效法、继承，“文、武”指的是周文王、周武王。在儒家眼里，以周文王、周武王为代表的“岐周文化”，乃是儒家学说的思想源头。杜甫给孩子取这样的名字，就是希望他们能够继承儒家之道，为国家、社会、百姓做些有益的事情。这样的取名也体现了杜甫的性格。

苏轼给孩子取名也富于个性特点。他一生多灾多难，从家庭角度来看，婚姻不幸，频遭丧妻之痛，原配夫人叫王弗，婚后11年就病死了。第二任夫人是王弗的表姐，没过几年也死了。第三任夫人叫朝云，本是苏轼的丫鬟，也没活上几年。朝云死后，苏轼仿佛悟出点什么，没有再娶，光棍一条，一直到死。从仕途上看，由于他心性耿直，也是频遭打击。初入仕途不久，便遇到王安石变法。他反对新法，被外放做地方官，这个时期他写了一些对新法不满的诗文，被投入监狱，险遭不测。后来，守旧派当权，他从地方上回到京都，当他看到守旧派要把新法一废到底，便根据在地方上执行新法的体验，提出对新法应该“较量利害，参用所长”的主张，结果被看成是第二个王安石，又被外放，而且放得更远。等到革新派重新当权，他被贬到海南岛去了。去世前，他总结自己一生经历，写道：“问汝平生功业，黄州、惠州、儋州”（《自题金山画像》），越贬越远，却说成是平生“功业”，够诙谐，够风趣。的确，苏轼是个乐观旷达的人，面对家庭、仕途的双重打击，他始终没有消沉，做到随遇而安、超然物外，总能从不幸的境遇中发现积极因素。例如，他被贬到黄州，写诗说道，“长江绕郭知鱼美，好竹连山觉笋香”；被贬到更远的惠州，他又写诗说，“日啖荔枝三百颗，不辞长作岭南人”；被贬到海南岛，他又写诗说，“九死蛮荒吾不恨，兹游奇绝冠平生”。他的一生长期处于调动的状态中，不停地走路，足迹遍布大半个中国，北至河北定州，南至海南岛，东至登州（今山东蓬莱），西至陕西凤翔。他有四个儿子，这些孩子跟着他南北东西地赶路，乐观的他索性给儿子取名都带上“走之儿”：迈、迨、适、遁。那意思是说：“儿子们，跟着老爹赶路吧！”

# 唐诗的社会功用

唐诗是中国古典诗歌群峰中的珠穆朗玛,其思想成就与艺术成就令其他时期的诗歌无法企及。究其原因,除了政治开明、文禁松弛、经济强盛、民气高扬之外,广泛的社会功用,也是重要的因素。俗语说:有用则兴,无用则废。诗歌在唐代,因其有用于社会生活而得到高度重视,唐诗不仅用于审美,更重要的是具有实用价值。

首先是用于科举考试。早在高宗、武后时期,命题作诗就出现在考卷上了,形式是写五言六韵的律诗。知识分子要想金榜题名,诗作不好是绝对不行的。这样的考试制度,一下子就把准备进入仕途的人统统变成了诗人。唐代的知识分子都会写诗,差别只是写作水平高与低而已。唐代的选官制度,科举及第之后,并不马上授予官职,还要候选几年,你要想提前获得官职,还得经过一次考试,叫作“科目选”,其中的“博学宏词科”,要考生写出论文一篇、诗一首、赋一篇。可以说,诗在唐代是知识分子走上仕途的“上马石”。你要是没有这方面的能力,干脆就归田务农或经商算了。

其次,诗歌在唐代还应用于广泛的社交活动。唐代人无论迎客来访或是送人离乡,无论贺人及第或是慰人落榜,诸如婚丧嫁娶、生辰祝寿、思亲忆旧、乃至请客吃饭，都用诗歌来表情达意。唐代的送别诗有许多名篇，如王勃的《送杜少府之任蜀川》、王维的《送元二使安西》、李白的《黄鹤楼送孟浩然之广陵》，都是用于社交而产生的。白居易想请朋友来家中喝酒，既不写信更不写便条，他以诗代简："绿蚁新醅酒，红泥小火炉。晚来天欲雪，能饮一杯无？"（《问刘十九》）绿蚁，是酒面上漂浮的酒渣，表示这酒是刚刚酿成的，还没来得及过滤，味道十分鲜美。唐代还没有烧酒，所酿度数较低，时间一长就不好喝了，所以人们喜欢喝新酒。这诗先以新酒来吸引对方，接着又说自家的炉火旺盛，然后说天气寒冷正需饮酒暖腹，最后点明邀请之意，一片盛情见于字里行间。想那姓刘的朋友，不来才怪！杜甫贫穷，秋天来了没钱置办衣服，就向时任彭州刺史的高适求援，也是写诗："百年已过半，秋至转饥寒。为问彭州牧，何时救急难？"（《寄高彭州》）杜甫在成都西郊盖了一所茅屋，为了美化周围环境，向附近几个官员索要各种树苗，都是用诗达意，甚至还向县尉韦班要吃饭用的瓷碗："大邑烧瓷轻且坚，扣如哀玉锦城传。君家白碗胜霜雪，急送茅斋也可怜。"（《又于韦处乞大邑瓷碗》）诗中赞美大邑县烧出的瓷碗又轻便又坚固，白如霜雪，用手一敲，声如哀玉。把大邑县的瓷碗说得这么好，对方还好意思不赠送吗？这就是诗歌的功用。

再次，写诗可以获得尊贵的社会地位，甚至可以免于灾祸。这与唐代帝王喜欢写诗有关系。唐代的帝王都喜欢写诗，《全唐代》中收录了不少帝王作品，比较多的如太宗李世民的诗有90多首，玄宗的诗60多首，武则天的诗40多首。这是个了不起的事情。俗话说，"上有所好，下必甚焉"，有唐一代，写诗由于皇帝的身体力行而获得极高的行为品位。会写诗的人由此而获得尊贵的社会地位，受到世人的尊重，"诗人" 在当时是一顶辉煌的桂冠。李白一生是靠诗歌扬名天下的，"敏捷诗千首，飘零酒一杯"，这是杜甫给他的定论。杜甫后半生漂泊西南天地间，也是靠写诗结交朋友，取得生活的资助。倘若他不能写诗，怕是早已葬身沟壑了。还有个典型的例证，安史之乱发生以后，王维被叛军捉到，被迫接受了伪职。两京收复之后，他被唐政府押回长安，按刑律当判死罪，正是由于他在叛军营中写了一首怀念故国的诗（万户伤心生野烟，百僚何日更朝天?秋槐落尽深宫里,凝碧池头咽管弦),才免于死罪。王维不死,当然还有他弟弟王缙起的作用,但这首深蕴故国之思的诗歌,确实打动了朝中大员。前文中提到的李涉写诗退贼故事也充分说明诗歌的免祸功用。写诗能让强盗退避,这在别的朝代是难以想象的。

在中国诗歌的历史长河中,唐诗是个辉煌的瞬间。这个辉煌瞬间的形成,是由于诗歌繁荣所需要的条件——政治的、经济的、文化的诸多条件的一时兼备。后代王朝由于某些条件的缺失, 遂不能使诗歌重现辉煌。全面总结唐诗繁荣的原因,对于检讨当今诗歌创作局面具有重要的历史借鉴意义。

# 唐人过冬

唐朝人的取暖设备是相当简陋的，冬天是他们难熬的季节。农村人有土炕，烧火做饭也就取了暖，境况或许稍好一些，苦的是那些在长安机关上班的臣子。三省六部、九寺三监这些官署，只能放置火炉，燃烧木炭，但由于房间较大，也解决不了取暖的问题。据王仁裕《开元天宝遗事》记载：李白在长安供奉翰林，曾在便殿里为玄宗撰写诏书，“时十月大寒，笔冻莫能书字。帝敕宫嫔十人，侍于李白左右，令各牙笔呵之，遂取而书其诏。”毛笔都被冻结，可见便殿里温度之低。为了撰写诏书，皇上下令后宫过来十个嫔妃，把李白围起来，每个嫔妃都手握一支毛笔，用牙齿叼着，把笔头放进嘴里，靠肚子里呼出的热气维持它不被冻僵，这才完成了诏书的撰写。设想当时的李白，一定是不停地搓着手，哈着气，鼻涕眼泪一齐流。便殿的温度尚且如此，其他官署的苦境可想而知。在唐代，作为文房四宝之一的砚台，冬季结冰是常见的事，据说玄宗有一方名砚台叫“七宝砚炉”，它的奇妙之处是，“每至冬寒砚冻，置于炉上，砚冰自消，不劳置火。冬月，帝常用之。”（见《开元天宝遗事》）这条记载说明，即便是皇帝用的砚台，冬季也要结冰的，足见后宫室内之寒冷。

即便是在官员的府邸，冬天也是不好过的。为了取暖，他们想出了各种招数。《开元天宝遗事》记载："杨国忠于冬月常选婢妾肥大者，行列于前，令遮风，盖藉人之气相暖，故谓之'肉阵'。"这是用人的气息来挡风御寒。好在盛唐时期社会的审美思潮是以"丰腴"为美，妇女大多是肥胖型的身材，体内热量充足，才使得杨国忠能行此道。这种做法大有人在，尤其是王子们多采用之，《开元天宝遗事》记载："申王每至冬月，风雪苦寒之际，使宫妓密围于坐侧，以御寒气，自呼为'妓围'。"岐王李范则是更进一步，"每至冬寒手冷，不近于火，惟于妙妓怀中揣其肌肤，称为'暖手'。"这些用人气、人肉取暖的宰相、王子们，无疑是一群瑟缩于严寒中的怯弱的灵魂。

皇上和贵妃是怎么过冬的？史书记载，天宝之际，每年十月初一，玄宗就带着杨贵妃到骊山行宫里去避寒，整个冬季都在行宫里度过。骊山距离长安60里，行宫有温泉池，暖气宜人，君王日夜行乐，不再过问朝政，致使奸相杨国忠乱政于内，叛臣安禄山发难于外。就在安史之乱已经爆发而朝廷尚未得知之际，杜甫从长安前往奉先县探望家属，经过骊山脚下，他想到了玄宗君臣的腐化生活，作诗言道："凌晨过骊山，御榻在嵽嵲。蚩尤塞寒空，蹴踏崖谷滑。瑶池气郁律，羽林相摩戛。君臣留欢娱，乐动殷胶葛。"（《自京赴奉先县咏怀五百字》）在寒雾弥天、冰天雪地之季，玄宗君臣躲在暖气蒸腾的行宫里，举办通宵达旦的音乐会。杜甫认为朝政如此，国家将要发生动乱，事实被他言中，此时安禄山已经起兵范阳。玄宗君臣长期住在骊山行宫，身上是暖和了，但唐王朝的政治寒流就此到来了。

# 唐人避暑

唐代京都长安的夏季异常炎热，纪实诗人杜甫在诗中写道：“飞鸟苦热死，池鱼涸其泥。”（《夏日叹》）又说：“七月六日苦炎蒸，对食暂餐还不能。”（《早秋苦热》）即便到了初秋，依然热得连饭都吃不下。在热浪的煎熬中，那些权贵人家便去想法子避暑，主要有以下几种措施。

一是窖冰驱暑。每年隆冬季节，流经长安北郊的渭水河河面结出一尺来厚的冰凌，权贵人家动用民工去河面凿冰，把冰凌凿成长方形的冰块，运回城中，放在宅院附近的地窖里。地窖深广，底部铺上柴草，四周立有木桩，把冰块一层层码好之后，再用厚厚的柴草和泥土封顶，搞得严严实实，风丝不透，里面的冰块不会融化。到了盛夏，挖开窖口，把冰块取出来，放在房间里，用冷气驱除暑气。王仁裕《开元天宝遗事》记载：“杨氏（国忠）子弟，每至伏中，取大冰，使匠琢为山，周围于席间。座客虽酒酣，而各有寒色，亦有挟纩者，其骄贵如此也。”把冰块雕琢成冰山模样，颇能引发人们的联想，心理上增加了寒冷的感觉。难怪宾客们各有寒色，甚至还有人盖上丝绵了。杨国忠子弟还用这些冰块交结朝臣，“每至伏日，取坚冰，令工人镂为凤兽之形，或饰以金环彩带，置之雕盘中，送与王公大臣”。伏天送冰如同雪中送炭，这种交结方法不可谓不高。

二是高搭凉棚。夏天屋里如同蒸笼，太阳伸出无数条手掌，把人们从屋里抓了出来。然而暴晒在太阳底下也不是办法，于是人们想出了高搭凉棚的对策以遮挡阳光。《开元天宝遗事》记载：长安富家子“每至暑伏中，各于林亭内植画柱，以锦绮结为凉棚，设坐具，召长安名妓间坐。递相延请，为避暑之会。时人无不爱羡也。”不但能取凉，而且有坐具，还有名妓唱小曲，这在当时也算是高级的消夏方式了。

三是各寻出路。夏天最难熬的当属杨贵妃了。这位以肥胖著称的女人，冬天她可以用手玩弄房檐垂挂的冰柱，不觉得冷；到了夏天可就傻了眼，“贵妃每至夏月，常衣轻绡，使侍儿交扇鼓风，犹不解其热。”（《开元天宝遗事》）轻绡是一种特别薄的丝织品，一匹（约合33米）的重量才二两半，这样的东西做成衣服，穿与不穿相差无几，但是她仍然热得难受，一天到晚让侍女们不停地给她摇扇子。她还把玉石含在嘴里，多少得些凉意，“贵妃素有肉体，至夏苦热，常有肺渴，每日含一玉鱼儿于口中，盖借其凉津沃肺也。”（《开元天宝遗事》）这种做法其实也起不了多大作用。

皇上的日子也不好过，当太监们轮番扇起的热风无法解除暑热之后，他们想到了进山，躲到深山里去避暑。当然不能住在山洞里，需要在山里建造离宫。而建造离宫要耗费巨大的人力物力，折中的办法是简易行事。例如太宗在山里建造的玉华宫，只在所居的正殿上加瓦，其余偏殿都用茅草苫顶。（《寰宇记》）

这就是大唐王朝君臣子民的夏季生活。要说起避暑的条件，今天的人们已经高踞皇帝之上了。

# 杨玉环的“诃子”

题目中的“诃子”就是胸罩,但杨玉环的胸罩是用黄金薄片制成的,那自然是非常的高级,非常的漂亮。其实,她戴着这玩意儿心情并不好,恐惧之感时时窝在心头。因为这“诃子”遮盖着她与安禄山的私密:安禄山的粗手抓伤了她的胸乳。

堂堂国母失身于番将之手,说来蹊跷。其根本原因在于唐玄宗晚年的昏庸。这位曾经亲手缔造“开元盛世”的皇帝,到了晚年内信李林甫,外信安禄山,直接导致了安史之乱。他对安禄山的信任异乎寻常,不但把东北三镇交给安禄山管辖,还想让安禄山做宰相。超常的待遇刺激了安禄山的野心。这个体重350斤的番将,外蠢而内奸,对唐王朝的政权和杨玉环的美貌垂涎三尺,于是采取了一系列步骤。先是请求当杨贵妃的干儿子,杨贵妃、唐玄宗欣然同意,虽说干儿子的年龄比干妈大十几岁。有了这层关系,安禄山取得了出入后宫的自由,唐人姚汝能在《安禄山事迹》中记载:“禄山恩宠寖深,上前应对,杂以谐谑,而贵妃常在座。”杨玉环对安禄山也是心有灵犀一点通,为了向后宫众人明确干娘、干儿子的身份,她在后宫搞了一场“洗儿”的闹剧,“召禄山入内,贵妃以绣绷子绷禄山,令内人以彩舆舁之,欢呼动地。”绣绷子就是裹小儿的花布，用花布把安禄山包起来，让太监用彩轿抬着他，在后宫里游行。这个事玄宗事先不知道，听到巨大的欢呼声，派人去问原由，才得知贵妃在“洗儿”，于是前去看热闹，看罢龙颜大悦，“赏赐贵妃洗儿金银钱物，极乐而罢。自是，宫中皆呼禄山为禄儿，不禁其出入”。这位昏头昏脑的皇上不知道，一顶绿头巾就此悄悄戴在了头上。

唐人著作以“不禁其出入”后宫作为煞笔，含蓄之语隐藏着耻辱之心。其实，他们对这两人的关系是心知肚明的。举个例子，当安史叛军逼近长安，玄宗带着杨国忠、杨玉环等人弃城西逃，走到马嵬驿的时候，护驾的陈玄礼将军借机杀死了杨国忠，按说这已经了结了安禄山的心愿，因为安禄山起兵是打着铲除杨国忠的旗号的，可是陈玄礼还要求杀死杨贵妃，原因之一就是让安禄山断绝占有她的念头，不再追击这支逃难的君臣队伍，从而完成护驾的任务。

唐朝人出于耻辱心不便明言，宋朝人自然不管这些，曾慥在其所著《类说》中直言不讳地披露了安禄山与杨玉环的苟且之事：“贵妃日与禄山嬉游，一日醉戏，无礼尤甚，引手抓伤妃乳间。妃泣曰：‘吾私汝之过也。虑帝见痕，以金为诃子遮之。’后宫皆效之。”宋人高承在所著《事物纪原》中也记载了这件事，文字大同小异。唐代的妇女胸部袒露面积较大，杨玉环的忧虑是自然的，倘若她紧锁胸衣，反倒会引起人们的怀疑，她以装饰物来遮丑，小鬼点子竟能蒙混过关。

曾慥的记载有“后宫皆效之”这句话，想来当属实录，这是由于杨玉环特殊的地位造成的，作为“三千宠爱在一身”的贵妃娘娘，她的一举一动，自然会引来后宫嫔妃和宫女们的关注和效法——说不定这个“诃子”一经戴上，会引来皇上的光顾呢！至于有人从这句话产生联想，进而作出结论，说杨玉环的“诃子”开创了使用胸罩的先河，说杨玉环是胸罩的首创者，笔者以为这种说法缺乏历史文献的依据，谁敢断定此前没有类似的衣物呢？须知，历史上有关饮食衣物失于记载的现象是难以数计的。

# 唐诗中的除夕习俗

唐诗反映社会生活是广阔而生动的。除夕作为重要的节日,其习俗自然要反映在诗歌中。春节即将到来之际,笔者翻阅了《全唐诗》中有关除夕的诗歌,从中了解到唐人过除夕的一些活动内容,择其三个要点,成此一文。

守岁是除夕的一项重要习俗,家人团聚,从入夜一直坐到天明。有资料显示,早在汉代,文武百官在除夕要朝贺天子,饮宴作乐。最早将“守岁”二字写入文献的,是西晋人周处,他在《风土志》里记载蜀地风俗:“至除夕,达旦不眠,谓之‘守岁’。”到了唐代,守岁的习俗更是风行朝野。唐太宗、唐高宗都以“守岁”为题作过诗。初唐诗人杜审言在《守岁侍宴应制》诗中写道:“季冬除夜接新年,帝子王孙捧御筵。宫阙星河低拂树,殿廷灯烛上熏天。弹弦奏节梅风入,对局探钩柏酒传。欲向正元歌万寿,暂留欢赏寄春前。”诗中描写了宫廷除夕守岁的盛况,皇上举办宴会,公子王孙、文武百官前来赴宴。此时,宫殿上空星河低垂,宫殿内外灯火辉煌,光照天宇。皇家乐队演奏着音乐,臣子们有的下棋、有的做藏钩的游戏,尽情娱乐。待到天明大年初一,齐声祝福皇上万寿无疆。诗题中的“应制”二字,说明这是由皇上下令而进行创作的,可见唐代的帝王很注意用诗歌来渲染节日气氛。在民间，无论家境贫富、做何营生，除夕都是要守岁的，甚至客居他乡，只身一人，也要通宵不寐，例如白居易，在《客中守岁》中写道："守岁无樽酒，思乡泪满巾。始知为客苦，不及在家贫。畏老偏惊节，防愁预恶春。故园今夜里，应念未归人。"虽说眼前无亲，杯中无酒，也还是要守岁的。有的人客居他乡，难忍寂寞，就去亲戚或朋友家中守岁，唐代社会的人际关系比较密切，允许旁人在家中过除夕。例如杜甫困居长安期间，就曾去他的叔伯弟弟杜位家中守岁，作《杜位宅守岁》，说"守岁阿戎家"。孟浩然曾去张少府家中守岁，作《岁除夜会乐城张少府宅》，说"畴昔通家好，相知无间然"。即便是身居寺院里，也要强打精神遵循这个习俗，戴叔伦曾在二灵寺里过除夕，作《二灵寺守岁》，写道："守岁山房迥绝缘，灯光香火共萧然……忧心悄悄浑忘寐，坐待扶桑日丽天。"虽说身在佛门，却也难逃世俗，说明唐代守岁之风确实非常强劲。

守岁之外，在庭院里燃烧火炬，在犄角旮旯点亮蜡灯，是又一个重要习俗，这是为了造成一个亮堂堂的环境，以取吉利。唐代许多表现除夜的诗歌都写到了这个习俗。例如杜甫《杜位宅守岁》有"列炬散林鸦"之句，说成行成列的火炬在院子里燃烧，明亮的光焰惊散了树林里乌鸦。王建《宫词一百首》，其中一首写除夜的火炬灯光之盛大，说"院院烧灯如白日"。沈佺期《岁夜安乐公主满月侍宴》说"岁炬常燃桂"，除夕之际，适逢安乐公主满月，宫廷举办宴会，庭院里烧的不是一般的木柴，而是贵重的桂木，其奢华程度可知。丁仙芝《京中守岁》写道："守岁多燃烛，通宵莫掩扉。"张说《岳州守岁》也写道"寒庭燎火多"。总之，唐代的除夜，从京都到城镇直至村寨，到处都是烛灯、火炬，那是一个非常明亮的夜晚。

吃年夜饭、饮长寿酒，是又一个重要习俗。从入夜到天明，要经历十几个小时，吃年夜饭势在必行。这个活动一般在半夜时举行，而且拖的时间较长。孟浩然《岁除夜会》写道，"续明催画烛，守岁接长筵"，说的就是这种情况。长寿酒是用柏树枝叶浸泡而成的，是取柏树寿命长久之意，或许也有些医学道理。唐代守岁诗经常提到"柏酒"，如杜审言《守岁侍宴应制》中说“对局探钩柏酒传”，孟浩然《岁除夜会》中说“新正柏酒传”，就是说的这个习俗。

# 花团锦簇的宋代春节

说到花与春节的关系，最早的记载是《晋书·烈女传》：刘臻的妻子陈氏，天性聪明而且能写诗文，曾经在正月初一那天，向丈夫赠送椒花，并且进献一篇《椒花颂》，诗中写道：“标美灵葩，爰采爰献。圣容映之，永寿于万。”意思是说这枝美丽的灵花，我亲手采来献给你，让它映照你的容颜，祝你长寿万年。晋代以后，人们便以椒花作为春节时亲人之间的赠品。唐代文人咏除夕的作品中，经常提到椒花，例如初唐诗人王勃在《守岁序》中说：“柏叶为铭，未泛新年之酒；椒花入颂，先开献岁之词。”杜甫《杜位宅守岁》写道：“守岁阿戎家，椒盘已颂花。”意思是说自己在杜位的家里守岁，看见杜位的媳妇已经向丈夫进献了椒花。刘长卿在病中过春节，心情郁闷，有“病对椒花倍自怜”之句(《岁日见新历》)。

赠送椒花，虽说涵义深挚，但其花朵纤小，实不足与如此盛大的节日相衬。到了宋代，这个缺憾被彻底弥补了。宋代无论男女都喜欢在节日里戴花，硕大的花朵插在帽檐上，颤颤悠悠，红红火火，把节日装点得喜气洋洋，春光满眼。另外，宋代的花市也很繁荣，卖花买花的人流摩肩接踵，熙熙攘攘，欢声笑语，灌满长街。笔者查阅了若干文献，成此一文，向读者展示宋代人尤其是南宋人过春节那种花团锦簇的盛况。

## 君赐臣花，欢度春节

宋代人酷爱簪花，每逢重大节日，皇上都要向臣子赐花，让他们戴在头上，装点节日的气氛。尤其是到了南宋，都城在杭州，气候温暖，皇家的花室、花农的花圃、花棚，冬天也有鲜花盛开。每逢春节到来之前，宦官们除了采摘皇家花室的鲜花，还要去郊区的花棚、花市采购鲜花，一筐筐姹紫嫣红，一车车云流霞涌，从郊区到京都，构成了一条条川流不息、五彩缤纷的河流。此外，地方官员也要向朝廷进贡大量的鲜花。为什么要这么多的鲜花？因为皇上赐花是春节前的一项重要的礼仪，对鲜花的数量要求特别大。据南宋人吴自牧《梦粱录》记载：每年入冬以后，朝廷要行“孟冬礼”，一个重要的内容就是皇上赐花给群臣，所赐予的花朵数量，按照官阶的高低而定：宰臣枢密使赐大花十八朵、栾枝花十朵，枢密使同签书枢密使院事赐大花十四朵、栾枝花八朵，敷文阁学士赐大花十二朵、栾枝花六朵，知阁官系正任承宜观察使赐大花十朵、栾枝花八朵，正任防御使至刺史各赐大花八朵、栾枝花四朵，横行使副赐大花六朵、栾枝花二朵，待制官大花六朵、栾枝花二朵，横行正使赐大花八朵、栾枝花四朵，武功大夫至武翼赐大花六朵，正使皆栾枝花二朵，带遥郡赐大花八朵、栾枝花二朵，阁门宜赞舍人大花六朵，簿书官加栾枝花二朵，阁门只候大花六朵、栾枝花二朵，枢密院诸房副使承旨大花六朵，大使臣大花四朵，诸色只应人等各赐大花二朵。自训武郎以下、武翼郎以下，以及带职人员也依官阶的高低赐花簪戴。可见，无论官职高低，只要是个朝官，就有花可戴。给这么多的官员赐花，当然需要大量的鲜花了。这些鲜花主要来自京都的郊区，郊区有种植鲜花的园圃，《重修政和证类本草》引北宋人苏颂《本草图经》上的记载：“栾花，生汉中川谷，今南方及都下园圃中或有之。”这里明确指出京郊的园圃中种植栾花。栾花，就是上文所提到的栾枝花。

这些大大小小的官员，下得朝来，个个乌纱插大花，在京都大街上款款而行，那景象是非常的壮丽。“都人瞻仰天表，御街远望如锦”（《梦粱录》）京都百姓远远向他们望去，真如一片锦云在缓缓游动。南宋诗人姜白石有诗单道此景之壮观：“六军文武浩如云，花簇头冠样样新。惟有至尊浑不戴，尽将春色赐群臣。”说皇上自己不戴花，把春色都送给了群臣，如此“颂圣”可谓妙笔生花。他又言道：“万数簪花满御街，圣人先自景灵回。不知后面花多少，但见红云冉冉来。”把簪花的臣子队伍比喻为“红云冉冉”，生动地表现了簪花规模之盛大。南宋诗人潘牥写得细致：“辇路安排看驾回，千官花压帽檐垂。”一朵朵大花把乌纱帽檐都压塌了，足见花朵分量之重。南宋诗人杨万里写道：“春色何须羯鼓催，君王元日领春回。牡丹芍药蔷薇朵，都向千官帽上开。”这真是一道奇异的风景线，为历朝历代所没有。

这些臣子过春节，只要是走出家门，帽子上就离不开花。南宋人周密《武林旧事》记载：“正月元日，再举庆典，其日文武下僚，集大成殿，各服朝服。自皇帝以下至群臣、禁卫、吏卒，往来皆簪花。”正月初一搞庆典，不光是臣子，就连禁卫军士兵、下吏小卒，也都头戴鲜花，这些人往来奔走，人头攒动，花朵招摇，分明是花的河流、花的海洋了。

宋人孟元老在《东京梦华录》中记载：“正月十四，车驾幸五岳观迎祥池，亲从官皆顶球头大帽，簪花。”又据宋人王巩《闻见今录》记载：“绍圣二年上元，皇帝幸集禧观，始出宫花，赐从驾臣僚各数十株。”这两条史料说明，在北宋时期，皇上赐花给臣子这种做法就已经开始了，但赐花的规模还不大。那时候，京都在开封，鲜花主要是从南方运来。

臣子节日簪花，这种时尚影响到民间，平民百姓紧随潮流，也喜欢头戴鲜花了，节日里，无论男女，个个花枝招展，大街小巷，洋溢着春天的气息，那真是名副其实的过春节。而且，这种本来是节日的习俗，渐渐演变为日常的打扮。《水浒传》里所写的梁山好汉们就有不少这样的打扮，刽子手蔡庆平生爱戴一枝花，被人称为“一枝花”蔡庆，病关索杨雄“鬓边爱插芙蓉花”，阮小五“斜戴着一顶破头巾，鬓边插朵石榴花”，浪子燕青“鬓边长插四季花”。可以说，有宋一代，无论官员百姓，无论是男是女，老老少少，都爱插花于头上，这个风俗是空前绝后的。

## 花圃如云，花市兴隆

君主的赐花行为，臣民的簪花风气，直接带动了宋代花市的繁荣兴盛。由于社会对鲜花的大量需求，南宋京都四郊的花圃星罗棋布。前文说到，春节之前，皇上要把大量的鲜花赐给朝臣，这些鲜花主要来自京郊。为了满足供求之需，官方设置了专门用于鲜花交易的市场。宦官来到花市购买大量的鲜花以供朝廷之需。宋人王观在《扬州芍药谱》中记道："扬州之人无贵贱，皆喜戴花。开明桥之间，方春之月，拂旦有花市焉。《西湖志》：'杭州寿安坊俗称官巷，宋时谓之花市，亦曰花团。'盖汴京寿安山下多花园，春时赏宴，争华竞侈，锦簇绣围。移都后，以花市比之，故称寿安坊。今两岸多卖花之家，亦其遗俗也。"北宋时期，汴京附近的寿安山下多置花园，当时的花市设在寿安坊，迁都到杭州以后，花市设在官巷，但出于故国之思，仍旧称之为寿安坊。北宋学者邵伯温在《邵氏闻见录》中对当时人们赏花、购花的情景做出细致的描写："岁正月梅已花……于花盛处作园圃，四方伎艺举集，都人士女载酒争出，择园亭胜地，上下池台间引满歌呼，不复问其主人。抵暮游花市，以筠笼卖花，虽贫者亦戴花饮酒相乐，故王平甫诗曰：'风暄翠幕春沽酒，露湿筠笼夜卖花。'"这里虽然只提到正月梅花，但花农的花棚里是四季鲜花盛开的。在鲜花开放之际，便有四方伎艺前来花圃观赏，京都士女携带酒肴来到花圃，面对群芳，纵情地饮酒放歌，欢呼笑闹。到了傍晚，花农们用竹笼盛着鲜花来到花市叫卖，这些游人们则来到花市遂意购买。这段记载传递了一条信息：北宋时期的花市，买卖是在夜间进行的。尤其是在正月十五元宵之夜，灯火鲜花，交相辉映。这盛大的景象被宋代众多诗人写入诗词作品。

司马光《次韵和宋复古春日五绝句》写道："车如流水马如龙，花市相逢咽不通。"花市上车水马龙，游人拥挤，竟到了难以通行的地步，其热闹程度可想而知。宋人文彦博《游花市示之珎》写道："去年春夜游花市，今日重来事宛然。列肆千灯争闪烁，长廊万蕊斗鲜妍。"花市上，千灯闪烁，万蕊争妍，年年如此。宋人家铉翁《上元夜》写道："沙河红烛暮争燃，花市清箫夜彻天。客舍风光如昨梦，帝城歌酒又经年。"花市上，红烛争相燃烧，箫声响彻云天，是从另一个角度写花市之盛况。欧阳修的著名词篇《生查子》则又从一个新角度写花市："去年元夜时，花市灯如昼。月上柳梢头，人约黄昏后。今年元夜时，月与灯依旧。不见去年人，泪湿春衫袖。"花市，就是"卖花、赏花的集市"（见《唐宋词鉴赏词典》，江苏古籍出版社），《汉语大词典》注释"花市"一词，也说是"卖花的集市"。可知，这个芳香四溢的花市，还是情人约会的场所呢。宋人毛滂的《浣溪沙》词写道："花市东风卷笑声，柳溪人影乱于云。梅花何处暗香闻？露湿翠云裘上月，烛摇红锦帐前春。瑶台有路渐无尘。"简直把花市写成了人间仙境。

宋朝的皇帝把臣民引进了一个花的世界，让臣民们簪花、爱花、栽花、买花。他们之所以这样做，是与其制定的"崇文抑武"这个基本国策直接相关的。赵家的天下是靠兵变赚来的，兵不血刃，没费征伐之力，这固然是美事，却也暗藏着危机：人心未附啊，万一有人效法，如何是好？于是，他们决定引导人们致力于学文，而抑制对武功的进取。簪花，这个柔性的行为是很容易把男人的性格女性化的。将男人变成文绉绉的书生，泯灭其抗争意志，这就是他们的目的所在，正如赵匡胤所说："我现在用文人来执政，即便他们都去贪污，其为害也不如一个武将大。"的确，一个赵匡胤就把后周的政权推翻了，一百个秦少游也干不成这事。所以，簪花不妨可以看成是一种权术。但是，凡事都有正反两个方面，从美化人的心灵、发展文化事业的角度来看，还是值得肯定的，宋代的诗词散文取得的巨大成就，不能说与此举无关。

# 诗里元宵春意闹

正月十五元宵节，古代又称为“上元节”、“元夕”、“元夜”，是一年中仅次于春节的隆重节日。这个节日起于汉代，至唐宋两朝而极盛。这是个欢乐、热闹的夜晚，官府取消了“宵禁”，千家万户，扶老携幼，纷纷出来观看彩灯，欣赏歌舞。那些平素被限制在闺房之内的妇女，也都破例加入赏游的人群。真可谓是普天同庆、万民同欢的好日子。本文检索唐宋两代的诗词作品及相关史料，力图再现这个节日的盛况。

## 千丛灯树　万人空巷

元宵节又称“灯节”，是以展示各种各样的彩灯为主要活动内容的。说起当时的彩灯规模之大，着实令人瞠目结舌。据唐人郑处晦《明皇杂录》记载，元宵节时，唐玄宗在东都洛阳张列灯盏，“结缯丝为灯楼三十间，高百十尺，垂以珠玉，微风一动，铿然成声。其灯为龙、凤、虎、豹之状。”这灯楼不但高大，灯盏的造型也异常生动，而且还有美玉传音，形、声、光、色，一应俱全。豪门贵族也都不惜巨资，各出心裁，造出五光十色的巨大灯盏，五代王仁裕《开元天宝遗事》记载："韩国夫人置百枝灯树，高八十尺，元夜点之，百里皆见，光明夺月色也。"这些壮丽的彩灯，吸引着满城市民出来观赏，初唐诗人苏味道在《正月十五日夜》记其盛况："火树银花合，星桥铁索开。暗尘随马去，明月逐人来。游妓皆浓李，行歌尽落梅。金吾不禁夜，玉漏莫相催。"长安城的元宵之夜，简直就是个花灯的世界，环顾四周，到处都是火树银花。连护城河上的桥梁也布置了灯盏，远远望去，如同星桥，由于官府解除了"宵禁"，所以桥上的铁索也打开了。游人涌动，遮掩了马匹蹬起的尘土，明月升起，似乎是追随游人也来观灯。人群中还有打扮得花枝招展的歌妓，她们边走边唱着《梅花落》。京城的禁卫军（即"金吾"）也放了假，时钟（即"玉漏"）啊就不必催促人们回家了吧。表现出游人们留连不舍的心情。诗人段成式在《观山灯》中对彩灯作出细致的描写："火树枝柯密，烛龙鳞甲张。"高大的灯火之树，勾画出密集的枝柯；巨大的龙形灯盏，张开了鲜艳的鳞甲。如此造工，可谓惊人。诗人张说在《踏歌辞》中写道，"龙衔火树千灯艳，鸡踏莲花万岁春"，所谓"龙衔火树"、"鸡踏莲花"，也是对花灯造型的具体描绘。如此盛况，难怪诗人崔液在《上元夜》中说："谁家见月能闲坐？何处闻灯不看来？"到了晚唐，游人观灯的场面仍未减弱，李商隐在《正月十五夜闻京有灯》写道："月色灯光满帝都，香车宝辇隘通衢。"展示了当时观灯规模之宏大。

在唐代，元宵灯火要放置三个夜晚，以供世人充分享受。到了宋代就变成了五个夜晚。《大宋宣和遗事》记载："前代庆赏元宵，只是三夜。盖自唐玄宗开元年间，谓天官好乐，地官好人，水官好灯。上元时分，乃三官下降之日，故从十四至十六夜，放三夜元宵灯烛。至宋朝开宝年间，有两浙钱王献了两夜浙灯，展了十七八两夜，谓之五夜元宵。怎见得？昔人有只曲调，道是：'帝里元宵风光好，胜仙岛蓬莱。玉动飞尘，车喝绣毂，月照楼台。三官此夕欢谐。金莲万盏，撒向天街。讶鼓通宵，花灯竞起，五夜齐开。'"可见，宋代的元宵节更是热闹。词人辛弃疾在《青玉案·元夕》词的上片写道："东风夜放花千树，更吹落，星如雨。宝马雕车香满路，凤箫声动，玉壶光转，一夜鱼龙舞。"火花千树，火星如雨，宝马香车，游人汇集，鼓乐喧天，箫声悠扬，鱼龙之舞，彻夜不停。南宋时期虽说国力已呈衰微之势，但元宵节日的欢乐依然不减。

## 清歌曼舞　直到天明

元宵之乐，不只是观赏灯火，还有轻歌曼舞，为人助兴。歌舞演出者多由官府组织的歌妓充当。在明朗的月光下，在火树银花旁，衣装艳丽的歌妓们，在鼓乐箫笛的伴奏中，或清展歌喉，或翩然起舞。唐诗中，有大量的作品反映出元宵歌舞的盛况。诗人王諲在《十五夜观灯》中写道："停车傍明月，走马入红尘。妓杂歌偏胜，场移舞更新。"歌舞的场地由歌楼舞榭移到了大街上，唱得更妙、舞得更新了。这显然是大众节日的欢乐气氛助长了歌妓们的情绪。诗人顾况在《上元夜忆长安》中写道："处处逢珠翠，家家听管弦。"珠翠，这里是代指歌妓，说处处都能遇到歌妓的演出，可见此夜歌舞场面之繁多。诗人崔液在《上元夜六首》中，反复记录歌舞之妙，"公子王孙意气骄，不论相识也相邀。最怜长袖风前弱，更赏新弦暗里调"。一个"弱"字，写出舞姿之轻盈，一个"暗"字，写出演奏之娴熟。欣赏这样的轻歌曼舞，自然令人留连忘返："星移汉转月将微，露洒烟飘灯渐稀。犹惜路旁歌舞处，踌躇相顾不能归。"月亮西沉，灯火稀疏，歌舞已罢，游人仍旧徘徊相看，不忍离去。宋代的元宵歌舞也非常盛大，辛弃疾《青玉案·元夕》词所写的"凤箫声动"、"一夜鱼龙舞"反映的就是这种盛况。篇幅所限，不多举例。

## 女子出游　自由片刻

在封建社会，官宦人家的妇女是不得参与群众性活动的，特别是在夜间，尤其是理学盛行的宋代。但是，元宵之夜却可以出去"放风"。这是她们一年之中仅有的一次接触社会大众的机会，十分难得。宋代词人对这个特殊现象做出了反应。李清照在《永遇乐》词中写道："中州盛日，闺门多暇，记得偏重三五。铺翠冠儿，捻金雪柳，簇带争齐楚。""三五"，就是指正月十五，"偏重三五"是说最珍重正月十五了。因为别的日子夜间是不许出门参与社会活动的。在这个难得的时刻，她要好好打扮一番，头上戴着翡翠冠子，鬓发簪上"捻金雪柳"的首饰，打扮得整整齐齐，才出门观看灯火。辛弃疾在《青玉案·元夕》下片写道："蛾儿雪柳黄金缕，笑语盈盈暗香去。众里寻他千百度，蓦然回首，那人却在灯火阑珊处。"也是写女子出门观灯，她们戴着蛾儿、雪柳、黄金缕这些首饰，笑语盈盈地走出家门。有的还借看灯的机会，寻觅心中的恋人。但也有不被允许"放风"的女人，例如司马光的妻子，在元宵之夜向丈夫提出要去看灯，司马光说："咱家不是点着灯吗？"她说："我还想看看游人。"司马光把眼一瞪说："难道我是鬼吗？"（吕居仁《轩渠录》）遇到这样的保守型丈夫，那是没辙，只好自叹命苦了。

正是：千丛火树照唐诗，五夜笙歌入宋词。独有温公心地冷，高墙深院闭娇妻。

# 唐诗中记载的端午节

农历五月初五是端午节，又称端阳节，起源于先秦时期。在唐代，端午节是个盛大的节日，朝野上下，许多活动要在这一天举行，诸如龙舟竞渡、君臣互赠夏衣、门前插艾、手臂缠五彩丝线等等。唐诗的触角广博而细密，对这些习俗都有生动的反映。

## 龙舟竞渡

先说龙舟竞渡。这个习俗传说是为纪念屈原而产生的。屈原含恨投汨罗江自尽，当地百姓得知，便驾驶船只争相打捞。这个传说，在唐代诗人的作品中有所反映，例如诗人文秀在《端午》诗中说：“节分端午自谁言？万古传闻为屈原。”唐人继承了前朝人的做法，在端午节这天各地都举行规模盛大的龙舟竞渡活动。诗人卢肇在《竞渡诗》中写道：“石溪久住思端午，馆驿楼前看发机。鼙鼓动时雷隐隐，兽头凌处雪微微。冲波突出人齐喊，跃浪争先鸟退飞。向道是龙刚不信，果然夺得锦标归。”龙舟之上鼓声咚咚，如雷滚动；船头劈开水面，掀起如雪的浪花。岸上看热闹的人们为冲锋在前的龙舟齐声呐喊，连鸟儿都退避三舍不敢前飞了。刚才还怀疑那条龙舟能否取胜，眨眼之间它便夺得了锦标，胜利回归了。诗人张建封的长诗《竞渡歌》最被人们看好，其中描写竞渡场面十分精彩："鼓声三下红旗开，两龙跃出浮水来。棹影斡波飞万剑，鼓声劈浪鸣千雷。"到了冲刺阶段，场面更加热烈了："鼓声渐急标将近，两龙望标目如瞬。坡上人呼霹雳惊，竿头彩挂虹霓晕。"望着即将靠近的终点锦标，两条龙舟上的健儿们眼睛闪出亮光，"目如瞬"，传说舜有双瞳，所以视觉特别明亮，这里是用来比方龙舟健儿急切、热烈的眼神。看着决胜的关头，坡上的观众发出了惊雷般的呼叫。胜负转眼间已见分晓："前船抢水已得标，后船失势空挥桡。疮眉血首争不定，输岸一朋心似烧。"这是写输了一方的表现，眼看着别人夺了锦标，只好徒劳地挥动船桨向前划。他们互相埋怨、打斗，以致头破血流，而赌输了的一位朋友更是心急火燎。那么，赢的一方又做什么？"竞脱文身请书上"，他们竞相脱掉衣服，露出文身，请求裁判官员在身上写个"上"字，以张扬自己的胜利。在胜者皮肤上面"书'上'"看来是个法定的程序，因为诗人王建在《宫词》中也有这样的记载："竞渡船头掉彩旗，两边溅水湿罗衣。池东争向池西岸，先到先书上字归。"诗人徐凝的《竞渡》诗写得短小而精彩，只有20个字而境界全出："乍疑鲸喷浪，忽似鹢凌风。呀呷汀洲动，喧阗里巷空。"鲸喷浪、鹢凌风，想象奇绝，把龙舟疾驰之状写得惊耸动人，这是正面下笔。后两句是侧面烘托，汀洲动、里巷空，写出观众之多，惊讶之巨。从上述这些诗歌不难看出唐代龙舟竞渡的盛况，生动的生活场景调动了诗人的丰富想象，绽放出朵朵绚烂的竞渡诗花。也有对年年搞龙舟竞渡不以为然的，例如白居易，他在《和万州杨使君绝句竞渡》诗中说："竞渡相传为汨罗，不能遏止意无他。自经放逐来憔悴，能校灵均死几多！"意思是说，年年都搞竞渡，年年都在救屈原，这就是说年年屈原都跳江自杀，这不是让屈原死的次数太多了吗？写诗讲究立意新颖，出语不凡，白居易也是想这么干，但是效果不佳，有强词夺理之弊病。

## 君臣互赠夏衣

按照时令，端午节之后进入夏季，人们需要更换衣服了。节日这天，皇上要向朝中的臣子赐予夏衣。这个工作很仔细，所赐的衣服用轻薄的细葛为料，还要根据臣子的身材缝制，让他们穿着合身。杜甫《端午日赐衣》诗中写道："宫衣亦有名，端午被恩荣。细葛含风软，香罗叠雪轻。自天题处湿，当暑着来清。意内称长短，终身荷圣情。"首句表达出乎意料的心情：宫衣上面居然还有我杜甫的名字啊！这是怎么回事，原来，此时肃宗正在打击他老爹的臣子，把房琯、张镐、严武、贾至、高适、岑参等人贬出京都，杜甫也在打击之列，端午节过后没有几天也被外放了。所以，他对受赐夏衣这份"恩荣"感到意外。三四两句写夏衣的轻软高级，细葛含着微风，香罗白如积雪，杜甫的想象力令人叹服。五六两句写穿着的惬意，夏衣上面的题名墨迹尚湿，穿在身上感到十分清凉。第七句写衣服长短合身，结句写自己终身感戴皇恩。杜甫当时任左拾遗，是个八品小官，他能受赐夏衣，可见皇上端午赐衣的范围十分广泛。

一方是皇上赐予臣子夏衣，另一方是地方官吏向皇上敬献夏衣。关于后者，史书未记，长于记事的杜甫却写把它进诗中。杜甫有《惜别行送向卿进奉端午御衣之上都》，向卿其人生平不详，他制成了一件高级的夏衣，去上都（即京都长安）进奉给皇上，杜甫写诗给他送行。诗中写道："裁缝云雾成御衣，拜跪题封向端午"，云雾比喻夏衣的轻柔，拜跪题封是表示对皇上的敬重。

## 长命缕与插艾草

五月是民间信仰的恶月，五月五日有被看作恶月中的恶日。汉代《风俗通议》上说："俗云：五月到官，至晚不迁。"意思是说在五月份上任,你这官是不能升迁的。又说:“五月盖屋,令人头秃。”“五月五日生子,男害父,女害母。”这当然都是迷信,但是颇有信奉的市场。宋朝的徽宗皇帝和童贯就是五月五日出生的,心里难免疙疙瘩瘩,于是改为十月十日生的。(周密《齐东野语》)大宋皇帝一般都喜欢弄虚作假。由于有了这个说法,五月初五这一天就成了辟邪防祸的日子。具体的做法有两个:在门上或手腕上挂结长命丝绳,在门上插艾草。早在汉代,就有这种习俗,《汉书·礼仪志》上说:五月初五,“以朱索五色为门户饰,以止恶气。”到了唐代,朝野仍然沿袭这种风俗。诗人和凝《宫词》写道:“绣额朱门插艾人,羞将角黍近香唇。平明朝下夸宣赐,五色香丝系臂新。”“朱门插艾”,“香丝系臂”就是这种风俗的体现。据《荆楚岁时记》载:“五月五日,采艾以为人,悬门户上,以禳毒气”。这是对端午节插艾草的风俗所作的解释。艾,别称“艾蒿”、“家艾”、“蕲艾”,菊科,多年生草本植物。艾叶有清香怡人味,舒畅肺腑。茎和叶皆含花香油,可做调香原料,亦可用于杀虫,中医学上以叶入药。在古代,人们没有蚊帐躲避蚊虫叮咬,而端午节后蚊虫渐多,在门上插艾草,也可以阻止蚊虫进屋。

每年端午节,皇上还要向臣子赐赠“百索”,百索,就是长命丝绳,是用五色丝线编结的绳索,又名长命缕。诗人窦叔向有《端午日恩赐百索》,诗云:“仙官长命缕,端午降殊私。事盛蛟龙见,恩深犬马知。馀生倘可续,终冀答明时。”道教称有尊位的神仙为“仙官”,这里指皇上。皇上赐予长命缕,深深感动了这位诗人,他说此事之大足可惊动蛟龙,恩情之深足可晓谕犬马,表示在有生之年尽力报答圣明的时代。唐人韩鄂《岁华纪丽·端午》也有“百索缠臂”的记载。长命丝绳为什么要用五色丝线编成,这里是有说法的,古人以五色(红、黄、青、白、黑)对应五行(火、土、木、金、水),五行相生相克,所以能够辟邪除祸。

华夏文明长流不息,从唐代到今天,历史的长河风急浪高、百曲千折,而端午节的若干习俗仍在延续。这些被赋予民族文化精神和美好心愿的习俗,将随同中华民族永世长存。

# 浓情重彩绘清明

作为二十四节气之一的清明节，在古人的心目中，不仅仅是个“清明前后，种瓜点豆”的农事节日，它还具有丰富的精神文化内涵。它既有因为祭祀活动而泪洒坟茔的悲情，也有因为春游踏青等习俗活动而赋予的欢乐。它是一个悲喜交加、哭笑并存、多姿多彩的节日。唐宋两代诗人们积极参与了这些活动，用生花妙笔，描绘出一幅幅清明节的生动图画，既表达了他们的节日感受，也为后人留下了若干习俗方面的记载，具有史料价值。

需要提及的是，在唐宋诗人的笔下，常常把清明节与寒食节连带着写。清明节的前三天是寒食节，它是为了纪念春秋时期的晋国廉士介子推而订立的，由于介子推不愿当官而被火烧死，遂将其遇难日定为寒食节，节日里要禁火三天，人们只吃冷食，到清明节时才起新火做饭。既然如此，本文题目中的“清明”自然也就包含了寒食节。

## 凄风冷雨烘扫墓

从寒食节开始到清明节的这几天里，是人们祭扫坟茔的日子。这天一早，白居易带着儿孙和仆人，前往祖茔去扫墓。郊外的道路上，行走着扫墓的人群。有的已经到达墓地，正在铲除荒草，给坟头添加泥土，有的在焚香、上供、送纸钱，行跪拜礼，洒泪恸哭，寄托对逝者的哀思。早在开元二十年，政府就下达了诏令：将此时的扫墓祭祀活动编入“五礼”。这条诏令，使得清明扫墓活动更加深入人心。

下雨了，风很凉，老天似乎也在悲泣。白居易环顾四周扫墓的悲哀情景，不禁情动于中，随口吟出下面的诗句：“乌啼鹊噪昏乔木，清明寒食谁家哭？风吹旷野纸钱飞，古墓累累春草绿。棠梨花映白杨树，尽是生死别离处。冥冥重泉哭不闻，萧萧暮雨人归去。”（《寒食野望吟》）白居易充分调动了精于刻画的长处，他以细致的笔墨，助以凄风苦雨的景物烘托，描写了人们扫墓上坟时的悲戚情景。作者对墓地环境的描写令人悲伤：旷野苍茫，古墓累累，暮雨萧萧，凄风劲吹，乔木昏暗，纸钱纷飞。黄壤之上，人在哭泣，九泉之下，寂寞无声。此时此刻，点点泪滴与潇潇暮雨，合流为一，苍天也在与人同悲呢！字字句句充溢着作者的泪水和对同类的伤悼，反映了唐人“慎终追远”的孝道理念和思亲情怀。

诗中提到“送纸钱”这个细节，这个细节有许多诗人都提到了，例如薛逢在诗中写道：“清明纵便天使来，一把纸钱风树杪。”（《君不见》）是说纸钱被风吹到树梢上。诗人王建在《寒食行》中写道：“三日无火烧纸钱，纸钱哪得到黄泉？”作者认为，既然寒食节里不许动火，纸钱就不能焚烧，那么黄泉之下是收不到了。“三日”这个措辞提供了一个信息：寒食节的节期是三天，有不少人认为“寒食节在清明前两天”，看来这说法是不对的。如果是在清明节上坟，由于可以动“新火”了，烧纸钱就成为可能。关于清明节这天启动新火，有诗为证：杜甫在《清明二首》其一中说“朝来新火起新烟”，韦庄在《长安清明》中说“内宫初赐清明火”。当今有人说清明节这天也要禁火，是错误的。

唐人十分重视祭祀祖墓，即便是流落他乡，也在此时念念不忘，杜甫晚年客居夔州（今重庆奉节县），写诗给两个儿子，说有好几年没给祖先上坟了，深感不安：“几年逢熟食，万里逼清明。松柏邙山路，风花白帝城。”（《熟食日示宗文、宗武》）邙山，在今河南省偃师市北，杜甫祖坟在那里。“万里逼清明”的“逼”字写出身在万里之外的诗人对清明节的强烈感受：本应该给祖先扫墓，却因路途遥远不能如愿而无可奈何。杜甫是儒家文化的优秀代表，他身居异地而不忘祖茔的情怀，反映了唐朝人的共同心理。

## 宏声壮语赞拔河

清明节前的这个夜晚，诗人薛胜翻来覆去睡不着，一想到明天京都要举行拔河比赛，两眼就冒光，他太喜欢看这个显示力量的赛事了。这是展示人的坚强意志和集体力量的活动，场面异常壮观。去年他曾经看过一次，留下深刻的印象，可惜有些细节内容没看清楚，想写诗竟然没写成功。今年这次一定要早去，争取站在人群前面，把绳子的长度、双方的人数、参赛者的神情等等看个详细，写出一篇好作品来。

好不容易盼到天色放明，薛胜爬起身来，连早饭也没顾得吃，就急急忙忙往赛场赶。还好，赛场上人不多，负责赛务的人员刚刚把绳子抬到，在场地上展开。这绳子足有小孩胳膊那么粗，有一千尺长。正在惊诧之际，就见比赛的双方喊着号子进入了赛场，一个个虎背熊腰，精神抖擞，摩拳擦掌，意气风发。裁判官也到了位置，命令双方把绳子拉紧，随即把手中的红旗往下一摆，喊了声“着！”比赛开始了，参赛者瞪圆了双眼，抿紧了嘴唇，把绳子拉得几乎迸出火花。围观的人群发出海啸般的呐喊助威声……

太棒了！太过瘾了！回到家中，薛胜把目击的场面写成了《拔河赋》，赋的开头先写阵形之壮大，“壮士千人，分为二队”，继而写绳索之长达“千尺”。比赛开始，“於是勇士毕登，嚣声振腾。”“然后一鼓作气，再鼓作力，三鼓兮其绳则直。”战鼓如雷，号子震天，壮士们“身挺拔而不动”，由于用力登地竟然把鞋子踩进泥里，流出的汗水可以用手去捧。巨大的力气简直能够撼动不周之山，甚至要把地轴踏弯。双方阵式如同“秦皇鞭石而东向，屹不可推；巨灵蹋山而西峙，巇乎难摧。”赋的最后揭示了壮观场面的力量来源:“超拔山兮力不竭,信大国之壮观哉!”这是大唐国威的表现,是盛世精神的闪光。“名拔河于内,实耀武于外”,是这篇壮赋的思想升华:向敌国展示国力之强大、民心之强悍——尔辈老实待着,不要以卵击石!薛胜用豪迈奔放的笔触,为后人留下这精彩的一幕,使我们得知中华民族曾经有过的辉煌。

## 彩笔摇荡秋千影

唐宋诗人喜欢在清明节观看荡秋千与踢皮球(当时称为“蹴鞠”,“蹴”就是用脚踢,“鞠”就是皮球)是因为这两大习俗活动为节日增添了空中飞动的姿影,具有生动的气氛。当时的诗人们经常把二者并列摄入诗境之中,为作品增加气韵之美。例如王维的《寒食城东即事》:“蹴鞠屡过飞鸟上,秋千竞出垂杨里。”说男人们屡次把皮球踢得高过飞鸟,少女们相竞把秋千荡出垂杨,正是力与美的交相辉映。在描写荡秋千的优美作品中,当属晚唐诗人韦庄的《鄜州遇寒食》、韩偓的《秋千》两诗最为出色,前者诗云:

满街杨柳绿如烟,画出清明二月天。好是隔帘花树动,女郎撩乱送秋千。

绿柳如烟,花树芬芳,晴空明净,在这美好的环境中,一位女郎在用力荡动秋千,时时把美丽的身姿送上晴空,“撩乱”二字写出秋千摆动之快。这显然是一位健壮的女郎。而韩偓的《秋千》则描写了一个体力不支的少女荡秋千的窘况,诗云:

池塘夜歇清明雨,绕院无尘近花坞。五丝绳系出墙迟,力尽才瞵见邻圃。下来娇喘未能调,斜倚朱栏久无语。无语兼动所思愁,转眼看天一长吐。

春雨初停，庭院无尘，花坞附近，秋千晃动。荡秋千的少女用力登踏，摆动的高度却总是超不过墙头，直到拼尽全部力气，才勉强看到邻家的菜园。她累坏了，从秋千上下来，倚着栏杆娇喘吁吁，久久说不说话来。何时才能像别人那样把身体送上空中呢？她转动眼珠望着蓝天，发出一声深长的叹息。作者精于选取生活细节，把少女的形与神做出生动的描写，给人留下难忘的印象。

## 郊原斗草诞华章

宋初宰相晏殊，喜欢在清明节里出郊踏青，迎着和煦的春风，顶着高悬的丽日，浏览吐艳的群芳、清洁而明净的草木。这位宰相兼词人十分喜欢唐人咏清明的诗歌，此时，他一边走一边吟诵着顾非熊的《长安清明言怀》："明时帝里遇清明，还逐游人出禁城。九陌芳菲莺自啭，万家车马雨初晴。"眼前的风光人物，与诗中所写正相吻合。走着走着，不经意间走进了桑林间的小路，看见两个农家姑娘在做"斗草"游戏。"斗草"就是看谁认识的野草名多，是清明时节人们喜欢做的游戏。比赛之前，双方各自采摘多种野草，积累成束，然后进行较量，多识者为赢。这美丽的生活画面使他看入了神。他于是把适才见到的春天景象与斗草游戏填写成一首《破阵子》词，以清新的笔触纪录了这一生活的瞬间，词曰：

燕子来时新社，梨花落后清明。池上碧苔三四点，叶底黄鹂一两声。日长飞絮轻。

巧笑东邻女伴，采桑径里逢迎。疑怪昨宵春梦好，原是今朝斗草赢。笑从双脸生。

这首小词，上片写景，下片记事。内容的重心在于下片，即描写"斗草”游戏,上片是以景物作为陪衬,给“斗草”游戏布置环境背景。全词的感情基调是清新淡雅,先看取景:燕子、梨花,乃轻盈小巧之物;池塘上的碧苔只有三四点,颜色轻淡;黄鹂藏在树叶后面,偶尔发出一两声鸣叫,声音不杂;太阳缓缓地移动,柳絮轻轻地飞舞。再看记事:人物是农家少女,年纪轻轻,正处于生命的春季;笑声是“巧笑”,妩媚而文雅;地点是桑间小路,清洁而宁静;游戏是斗草,欢乐而轻松。总之,景是清新淡雅之景,人是清新淡雅之人,事是清新淡雅之事,景物与人事紧密融合,构成一幅婉丽清雅的新春图画,是作者为人生唱出的一曲深情的清明颂歌。

唐宋文人以其亲身经历写下这些诗词歌赋,表达了他们的生活感受,也记录了清明节的若干习俗,这些作品因此获得了永久的生命力。

# 王子们的丑行

中国的封建帝王们，例行广选嫔妃的罪恶制度，妻妾成群结队，有所谓“三宫六院七十二嫔妃”之称，再加上为数众多的宫女，足有一个军的兵力。有学者统计，中国皇帝从黄帝到溥仪，人均占有女人多达三千。以唐代而论，李世民听取臣子的进谏，曾一次放出宫女三千人，当然他还得留下一批。这足以说明封建帝王拥有妻妾之众多。这么多的妻妾，自然会生出大批的王子来。据《唐书》记载，高祖李渊有儿子22个，太宗李世民有儿子13个，玄宗李隆基有儿子22个。虽说朝廷给这些王子确定了老师，教之以仁心善行，那也只是门面而已。当老师的装装样子，混个清闲自在；倘若当真行事，就得换个地方了。于是，王子失教，就成了普遍的现象。这些人仗着自己是皇上的儿子，胡作非为，胆大包天，干出许多令人不齿的丑事。

那座号称“江南三大名楼之一”的滕王阁，是李渊儿子滕王李元婴任洪州都督时建造的，据史书记载，永徽三年（652年），李元婴调任洪州都督时，从苏州带来一批歌舞乐伎，终日在都督府里盛宴歌舞。后来又临江建此楼阁作为别居，滕王阁实乃歌舞淫乐之地。这位花花王子还有另类嗜好：奸淫属官的妻子，而且无论属官的官阶高低，一个都不放过。他假托自己的妃子召唤属官之妻闲聊，把人引入室中，即行奸污。那些被奸污的妇人，慑于王威，不敢抗拒；那些属官也无可奈何。不过也有例外，有个叫崔简的属官，他的妻子郑氏也被召唤，去不去呢？去了肯定会被侮辱，不去吧又怕王子陷害。郑氏说："事在人为，看他会把我怎么样！"到了王府，她被带入一间小屋子，滕王已在屋里等候，一见人来，便像饿狼一样扑上去。郑氏大声呼叫，左右侍从说："你别叫喊，这是王子。"郑氏说："王子怎么会做这种事？肯定是你们这些家奴干的！"说着，脱下一只鞋子，猛击滕王的头部，又用手抓他的脸，霎时间头破血流。这时候，滕王的妃子闻声赶到，郑氏得以平安归还。这就是滕王阁的建造者李元婴的丑恶行径。滕王阁的规模是如此的辉煌壮丽，而它的主人竟是如此的灵魂卑下，二者之间很难找到相通之处。

还有一个号称成王的，是唐肃宗的儿子。他出使岭南，花天酒地自不必说，还以戏弄地方官为乐事。所到之处，当地官员都要拜访他，他想出了不少损招来取乐。据张鷟《朝野佥载》记载，他曾经找来八九尺长的巨蛇，用绳子把蛇嘴捆住，把蛇放在门槛后面。晋见的官员迈进门槛，就会踩到蛇而跌倒，那蛇就把人缠住，吓得官员魂飞魄散，成王见了哈哈大笑。他又找来大龟大鳖，命令晋见的官员脱下衣服，让龟鳖去咬官员的肉，这些龟鳖们一旦咬上了肉，就舍不得撒嘴，你越是拽它，它咬得越紧，官员疼得哇哇大叫，成王和他的姬妾坐在一旁观赏，直到看够了，才让侍从用竹尖扎龟鳖的嘴，或者用艾火熏烤龟鳖的背，龟鳖们这才撒开嘴。有些胆小的官员被活活吓死，有的吓得失魂落魄，从此疯疯癫癫。

中国封建社会有所谓"王子犯法，与庶民同罪"之说，其实那只是个美丽的说辞，顶多是臣子们的政治理想，（那些被处死的或被贬谪的，多是因为他们阴谋篡政或被认为是阴谋篡政的。）

# 水边上的节日

上巳节是我国古代重要的节日。两汉以前，以农历三月上旬巳日为上巳节，魏晋以后，定为三月初三，不必是巳日这天。如果说重阳节可以称为山顶上的节日，那么上巳节就可以称为水边上的节日了。这个节日的习俗是临河洗浴，以祛除不祥。时当暮春，风和日暖，官民人等聚集水边，撩水于身，踏青于野，别有一番生活情致。

这绝对是个历史悠久的节日。《论语》中记载，孔子和他的几个学生在暮春之时，穿着春装，在沂水中沐浴，就是这种节日习俗在春秋之际的留痕。最早记录这个节日的是西汉初期的文献，郑玄《周礼》注："岁时祓除，如今三月上巳，如水上之类。"晋人王羲之著名的《兰亭集序》，就是记录诗人们的节日活动和感受的："永和九年，岁在癸丑，暮春之初，会于会稽山阴之兰亭，修禊事也。"修禊，就是临水洗浴，以祛除灾病。这群诗人洗濯完毕，便依次临水而坐，搞"流觞曲水"的游戏：把酒杯放在弯曲的水流上，诗成者饮酒。他们用诗歌抒发宇宙永恒、人生短促的浩叹，成为诗坛佳话。经过文化名人的点缀，这个节日便具有了高雅情调。

到了唐代，上巳节已成为重要的节日。唐诗中不乏表现这个节日的作品，查阅《全唐诗》，出现“上巳”字面的诗歌就有29首。比较著名的有陈子昂《三月三日宴王明府山亭》：“暮春嘉月，上巳芳辰。群公禊饮，于洛之滨。奕奕车骑，粲粲都人。连帏竞野，绚服缛津。”节日这天，洛水岸边，群公齐聚，捧水沐浴，饮酒赋诗，帐篷相连，占满了原野；服装绚丽，挤满了水滨。这些描写可能有夸张的成分，却也大体反映出节日的热闹景象。杜甫《丽人行》诗中描写了长安曲江边上士女如云的盛况：“三月三日天气新，长安水边多丽人。”她们穿着艳丽，打扮入时，神态清远，一派太平盛世的景象。王维《三月三日曲江侍宴应制》写道：“万乘亲斋祭，千官喜豫游。奉迎从上苑，祓禊向中流。”可知这一天玄宗和群臣都来到曲江过节了，君臣乘船，到曲江的中流捧水洗浴，那盛况是可以想见的。乘船到河水的中流洗浴，大概是由于中流水质更为清纯，有不少诗篇反映了这个细节。一年之计在于春，在上巳节里洗浴身体，祈求身体康健，表现了唐代人积极的生活态度。不知何种原因，上巳节从汉民族现代生活中淡出，仅在个别地方还保留着踏青的习俗。在西南少数民族中还保留着，如土族的三月三，傣族的泼水节等。

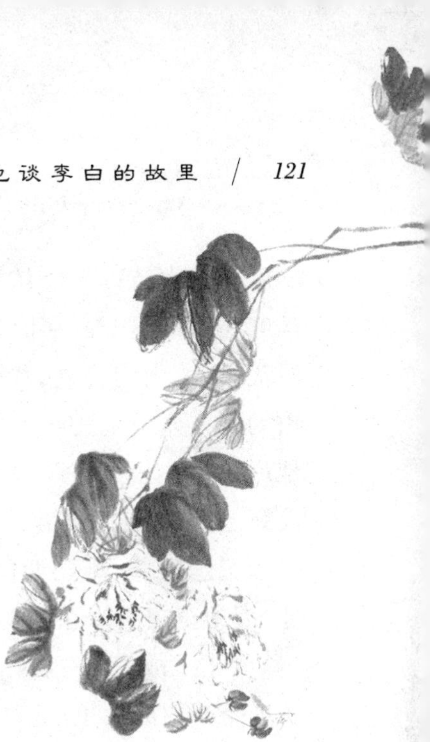

# 也谈李白的故里

媒体报道中国三地（四川江油、湖北安陆、甘肃天水）与吉尔吉斯斯坦的托克马克市争夺李白故里的事，四个城市纷纷自称是李白的故里，展开了李白故里的争夺战。由于有外国人的插入，这场争论就格外引人注意。

李白的故里究竟是哪里？要回答这个问题，先来搞清楚什么是故里。据《汉语大词典》的解释，故里就是故乡，而故乡是指出生地或长期居住过的地方。按照这样的解释，四川江油、湖北安陆、吉尔吉斯斯坦的托克马克市，都有资格称自己是李白的故里，谁也别说自己是唯一的。

先说吉尔吉斯斯坦的托克马克市（唐时称“碎叶”），这确实是李白的出生地。依据是，李白的朋友范伦之子范传正，在给李白写的墓碑中，明确说出李白的出生地是碎叶，请看墓碑中的这段文字：“公名白，字太白，其先陇西成纪人。绝嗣之家，难求谱牒。公之孙女搜于箱箧中，得公之亡子伯禽手疏十数行，纸坏字缺，不能详备，约而计之，凉武昭王九代孙也。隋末多难，一房被窜于碎叶。流离散落，隐易姓名。”（《唐左拾遗翰林学士李公新墓碑文》）郭沫若在《李白与杜甫》中对“碎叶”作出了考证，认为就是指“中亚碎叶”，“即托克马克”，郭老以大量的历史文献和李白诗歌作为依据,证实这里就是李白的出生地,同时还考证出碎叶在唐代属安西都护府管辖,也就是说,碎叶属于唐代的版图之内。时代更替,山河易主,如今的那个地方已经属于吉尔吉斯斯坦了。但李白的汉人血统是任何人也改变不了的,他从小接受的是汉文化的熏陶,他说自己"五岁诵六甲,十岁观百家",六甲、百家,指的绝对是汉文化典籍。如今,吉尔吉斯斯坦愿意为中国的大诗人李白在托克马克"修建一个纪念雕像,推动两国李白文化的经济合作",我们对此应该表示欢迎,因为李白出生在那里毕竟是历史事实。

根据"故里"一词有"长期居住过的地方"这个义项,四川江油也可认为是李白的故里。李白在5岁的时候随父亲移居到江油县,在这里居住的时间长达20年之久,直到25岁才由三峡出川,来到湖北的安陆。李白的幼年、少年和青年时代,是在四川度过的,在这20年里,他读书、学剑,还到家乡附近的紫云山接受道教,紫云山是道教圣地,对形成他的神仙道教信仰影响很大,他说:"家本紫云山,道风未沦落"(《题嵩山逸人元丹丘山居》),"十五游神仙,仙游未曾歇"(《感兴》),可以说,主导李白一生的道教思想就是在四川奠定的基础。既然如此,四川江油称为李白故里也是没有问题的。

李白25岁时"仗剑去国,辞亲远游"(《上安州裴长史书》),离开四川后,云游洞庭、庐山等地,然后落脚在湖北安陆,而且定居下来,和故宰相许圉师的孙女结了婚,妻子知书能文,又多才情,据《柳亭诗话》记载,李白曾写了一首《长相思》,诗中有"不信妾肠断,归来看取明镜前"之句,妻子看了以后说,你这两句是从武则天诗里趸来的,武则天有诗言道:"不信比来常下泪,开箱验取石榴裙。"可见,这位娘子读书很多,还有鉴赏诗歌的能力。夫妻生活虽说和美,但李白并没有沉浸于其中,而是以安陆为中心,开始干谒和漫游,寻求政治出路,以实现自己"安社稷、救苍生"的宏伟抱负。然而仕途坎坷,虽经多方努力,亦未能如愿,"酒隐安陆,蹉跎十年"(《秋于敬亭送从侄》),是他对安陆十年生活的总结。十年,在人的一生中也算是"长期"了。因此,安陆称为李白的故里也没问题。

接下来该说甘肃天水了。说李白的故里是天水市秦安县，是近期出现的说法，而且认为“李白真正的、唯一的、被史书早就无数遍肯定下来的故里，只能是陇西成纪（现今甘肃天水秦安县，秦属陇西郡，汉属天水郡）。”言辞十分果决，但依据不足。笔者认为，依据《汉语大词典》对“故里”一词的解释，天水市秦安县既不是李白的出生地，也不是他长期住过的地方。持论者引用“陇西成纪”作为依据，岂不知“陇西成纪”只是李白先人的居住地，笔者前文引用唐人范传正写的《唐左拾遗翰林学士李公新墓碑文》明确地说：“公名白，字太白，其先陇西成纪人。”至于李白诗文中说“白陇西布衣，流落楚汉”、“家本陇西人，先为汉边将”，这其实是古人的习惯性说法：用祖居之地来称呼某人是哪里哪里的人，例如，唐肃宗给杜甫发的“告身”（即委任状）上，称其为“襄阳杜甫”，其实襄阳既非杜甫的出生地，他也从来没有去过那里，襄阳只是杜甫祖先的居住地。考察李白一生的行迹，他没有去过天水市秦安县，更不用说长期居住过了。

笔者以为，除天水秦安外，其余三城市都有称为李白故里的资格；同时，谁也别妄称自己是“唯一”的，那样做显得缺乏历史知识。旨在弘扬李白诗歌的思想和艺术，那才是有品位的。如果仅仅打着李白的旗号去吸引游客：只须到我这里来，不必到他那里去。那岂不是玷污了我们这位伟大的诗人？

# 猫儿、狗子助诗名

唐代以诗取士，读书人参加进士考试，其中有一张考卷就是写诗。由此，诗歌在唐代获得尊贵的地位。一个人诗写得好，就会受到人们的尊敬，仕途就会顺利。但是，要想把诗写好也是不容易的。首先是题材问题，陈旧的题材难能写出新意，总是高山大川，总是大漠长云，总是老梅新柳，人们一看题目就厌烦了，何谈交游效果。于是，题材创新就成了诗人们追求的目标。晚唐诗人卢延让在这个方面收效甚大，他的一生官运亨通，诗名显赫，靠的就是写了许多前人未曾写过的猫儿、狗子之类，他把这些诗作投给公卿大人，赢得了青眼相看，晚年时他总结平生诗歌创作的体会，说："平生投谒公卿，不意得力于猫儿狗子也。"庆幸之意，溢于言表。

据孙光宪《北梦琐言》记载，卢延让凭着这类写猫儿狗子的诗，前后获得了三次嘉赏。第一次是他把诗卷投给税务官张浚，卷中诗有一联是"狐冲官道过，狗触店门开"，张浚对此联大为赞赏，说他曾经亲眼见过这种景象，写得特别真实，每逢官员聚会，就朗诵这两句，卢延让从此声名鹊起。此联妙处何在？想来倒有可说，狐狸冲过的是官道，而不是山野小路，可见官道上行人稀少；店门由狗子触开，而不是由人打开，可见市面冷清。这一联正是从动物的角度下笔,写出人世的萧条,视角新颖,也深合古典诗学"含蓄"为美的艺术追求,联想晚唐的社会局面,应该说是真实反映。

第二次是他把诗卷投给中书令成汭,卷中诗有一联是"饿猫临鼠穴,馋犬舐鱼砧",成汭读到此联,激赏不已,多次为卢延让张扬诗名。究其原因,笔者以为描状真切,写出了猫儿、狗子的饥饿程度,又由此反映出人世间的饥荒。

第三次是他获得蜀主王建的赞美。卢延让晚年来到西蜀,依附王建。在他投给王建的诗卷中,有一联写道:"栗爆烧毡破,猫跳触鼎翻。"王建读罢,觉得眼新,便记住了。后来,某年冬夜,王建与臣子在内殿商议国事,令宫人在火炉中烤栗子,有几颗栗子爆裂蹦出,落在地毡上,把地毡烧出几个破洞。与此同时,又有宫中的猫儿相戏,把煮茶用的鼎器撞翻了。这两件事,让王建忽然想起卢延让的那一联诗,情况正好相合,不禁感叹道:"乃知先辈裁诗,信无虚境。"不久,王建就把卢延让的官职提升为工部侍郎。但是他没有深究此联的酝意,"毡破""鼎翻"分明预示着国家的败亡。

导致卢延让诗名彰显、官运亨通者,不过就是六句三十个字,却不可小视之。前文已经说到,他在诗歌题材上的执意创新,刷新了天下人的耳目;同时,以眼前俗事寄寓国运民生的感慨,于游戏的文字中表达凝重的主题,令人玩味。除此以外,从对仗的角度看,这三联对仗工巧,用语传神,其间付出多少心血,读者自可感知。他曾经写诗自道创作的辛苦——"吟安一个字,捻断数茎须",信哉此言!

# 品尿、耍鸟与摇舌

古代官场历来多谄媚之徒，这类人往往胸无点墨，腹无经纶，本事全在于谄媚上司，投机逢迎，阿谀奉承，一天到晚快速挪动两只腿脚，奔走于权门之下，厚着一张脸皮，做些令人作呕之事。此辈真如野草，世代繁衍不绝，即便在政治相对清明的唐代，也是野火不能烧尽的。

据唐人刘肃《大唐新语》卷二十一记载，御史大夫魏元忠得了病，御史台所属的官员们结伴同去探望，人群中只少了一个，这个人叫郭霸，他并非不想去，而是另有打算。等到别人探视完了，他只身一人前往魏家，进门之后，便立即将满面春风换成了一脸愁容，装出万分关切的样子询问病情，还要求察看魏元忠的尿液，用嘴尝尝它的味道，说这样做能够检验出病的轻重来。这个要求太出格，魏元忠予以拒绝。但郭霸苦苦哀求，表现出“一片赤心，天地可鉴”的样子。病中的魏元忠被纠缠不过，只好撒了点尿让他品尝。郭霸如获至宝一般，把尿液倾入口中，不住地摇动唇舌，咂摸滋味，高兴地说：“大夫泄味甘，或难疗；而今味苦矣，即日当愈。”用嘴尝尿，致贺吉祥，郭霸何以如此下贱？原因就是撒尿者是御史大夫，是他的顶头上司。唐代御史台是国家的最高监察机构，而御史大夫是御史台的长官，负责检察、弹劾百官，官阶从三品，位高权重。郭霸当时是侍御史，官阶为从六品下，是魏元忠的下属。把这位顶头上司伺候好了，就等于给自己的仕途进取铺平了道路。不过，让他没有想到的是，魏元忠生性刚直，对他的行径十分厌恶，不但没有领他的情，还在朝廷上揭露了他，弄得他声名狼藉。

以探病为名而献媚求宠的不乏其人。宰相姚崇得了病，时任大理寺正卿的成敬奇，前往姚家探望，他带的礼品与众不同，可谓绞尽脑汁，独出心裁。进了房门，小心翼翼地来到姚崇的床前，坐定，突然间失声痛哭，泪水横飞，哭得姚崇好生烦恼。哭罢，从怀里掏出一只麻雀，放在姚崇的手里，让他放生，在一旁念念有词："愿令公速愈。"姚崇放走一只，他又从怀里掏出一只，放在姚崇手里让他放生，又在一旁念道："愿令公速愈。"如此，折腾了五六次，方始罢休。姚崇皱紧眉头，勉强听他摆布。等他走后，姚崇对子弟们说："你们知道他的眼泪是从哪里来的吗？"意思是并非来自真情，是为了讨好而勉强挤出来的。从此，不再接见成敬奇。

以上二人品尿、耍鸟，枉费了一番心计，落了个不妙的下场。却也有凭借三寸不烂之舌保全自身的人，这个人叫宇文士及。有一次，他跟随唐太宗闲游，太宗在一棵树下停了脚步，说这棵树是"嘉树"。宇文士及赶紧接过话题，跟着叫好，说这棵树如何如何好，根好、干好、枝好、叶子也好，好得不能再好，絮絮叨叨，没完没了。太宗听罢，严肃地对他说："魏征尝劝我远佞人，我不悟佞人为谁矣，意常疑汝而未明也，今乃果然。"士及一听吓得魂不附体，急忙磕头谢罪，但他很快就冷静下来，巧言辩解说：朝廷里的群臣，整天给您提意见，弄得您抬不起头来。今天我有幸陪伴您，如果再不顺从您的心思，您岂不是白当皇上了吗？太宗听罢，居然消了怒气。可见，所谓一代明主，也终究不能时时处处战胜佞臣。

# 老杜小杜赋重阳

唐朝时的重阳节是个重要节日，上自天子，下及庶民，百司衙府，三教九流，都是要过的。重阳节的节日习俗主要是登高、赏菊、饮酒。诗人们过此节日，每每触景生情，借事写意，留下许多诗篇。其间优秀的诗人，能够借助这个节日的习俗活动抒写个人的生活感受。由于诗人们各自的思想境界不同，性格不同，人生体验不同，因而同样的节日习俗却过得情调各异，导致诗篇呈现出全然不同的风貌。杜甫的《九日》与杜牧的《九日齐山登高》就是两首风貌迥异的诗篇。

**《九日》**

杜甫

重阳独酌杯中酒，抱病起登江上台。

竹叶于人既无分，菊花从此不须开！

殊方日落玄猿哭，旧国霜前白雁来。

弟妹萧条各何在？干戈衰谢两相催。

## 《九日齐山登高》

杜　牧

江涵秋影雁初飞，与客携壶上翠微。
尘世难逢开口笑，菊花须插满头归。
但将酩酊酬佳节，不用登临叹落晖。
古往今来只如此，牛山何必泪沾衣！

这两首诗不但题材相同，而且体式上都是七言律诗，从诗中涉及的节日习俗来看，也完全相同，都是登高、赏菊、饮酒。但是，诗的情感蕴涵却迥然不同：老杜沉郁，小杜高爽。

先看老杜这首。老杜写这首诗是在他晚年客居夔州的时候，此时他已是漂泊多年，衣食拮据，诸病缠身，加上满目烽烟的时代环境，心境是悲慨苍凉的。《九日》这首诗借用节日活动引发的感受，典型地揭示出他的这种心境。

首联为点题之笔，“重阳”二字正面点题。酌酒、登台，扣住了节日的两种习俗，写出个人过节时的活动情况。至于过节的心情，则见之于“独”、“杯中”、“抱病”、“起”等字。“独酌”是说没有酒友，独自饮酒，喝的是闷酒，这个细节十分典型地写出客居者的凄凉处境。“杯中”二字是对饮酒数量的限定，也就是说，只能饮此一杯，不能多饮。为什么会这样？从杜甫写的其他诗篇来看，此时他已是贫病交加，肺病、糖尿病、风痹，这些病都在制约着他的饮酒行为。酒可消愁，试想杜甫当时那么多的忧愁（忧国，忧民，忧家，忧身），是正需要借助节日的习俗来一番痛饮、一醉解千愁的。然而，他连这个消愁的资格都没有，这就平添了又一种忧愁，他只能在清醒中过此节日，在清醒中品味愁苦，则其苦情自可知晓。重阳节的习俗还要登高望远，杜甫以年迈之身（此时杜甫56岁，距逝世仅有3年）攀登高台，已属艰难，何况是“抱病”即有病在身呢？所以“抱病”的这个交待，为他的苦情又加重了一分。“起”字是个细节描写，“起”就是从卧病的床上爬起身来，去勉强登高，强打精神去过节。这个细节就把他的病情具体化了，也把他的苦情深刻化了。总之，首联扣住重阳节的两个习俗——饮酒、登高来写，通过“独”、“杯中”、“抱病”、“起”等字，写出个人从事这些活动的方式和特征，遂使他的抒情形象具有“这一个”的鲜明性质。杜甫的抒情诗每每采用细节蕴情的做法，他善于在看似客观的描写或交待中蕴涵深厚的主观情感，这是我们鉴赏时需要静心留步的。

颔联承接首联意思而展开，继续写重阳节的习俗活动——赏菊，却是使用议论的笔墨，说自己既然无缘饮酒，菊花也就从此别开了，因为开了也无心欣赏，反倒招来许多烦恼。这是在发泄牢骚，倾吐愤懑。命令菊花别开，这显然是有悖于事理的；但也正是在这种有悖于事理的愤语中，方才极度地表达了他的苦闷心情。这是一种“悖理达情”的手法。清人贺裳说：“子野《一丛花》末句云：‘沉恨细思，不如桃杏，犹解嫁春风。’此皆无理而妙。”今人刘永济先生选注的《唐人绝句精华》，选录了戴叔伦的《湘南即事》，诗云：“卢橘花开枫叶衰，出门何处望京师？沅湘日夜东流去，不为愁人住少时。”永济先生赞道：“此怀归不得而怨沅湘，语虽无理，情实有之，读来使人为之黯然。”所谓“无理而妙”、“语虽无理，情实有之”，说的就是这种“悖理达情”的手法。

律诗的中间两联要求对仗，此联的对仗艺术也堪称绝妙。这是一副身兼“流水对”、“借对”、“工对”特征的对仗，不但工整、巧妙，而且流动、自然，表现出杜甫营造对仗艺术的高超腕力。先说它的“借对”艺术，“竹叶于人既无分，菊花从此不须开！”从内容的角度来看，“竹叶”显然是指酒，今天也还有“竹叶青”这种酒名。与此同时，作者还借用“竹叶”这个词所具有的植物学意义，与下句的“菊花”构成工整的对仗，古人把所有的名词分为14个小类：天文、地理、时令、草木，等等，同一小类名词出现在对应的位置上，就显得十分整饰，称为“工对”。所以，“竹叶”在这里是身兼二职的，它给人一种灵动、巧妙的审美感受。再说它的“流水对”艺术，“流水对”是一种特殊的对仗形式，说它特殊，是因为它摆脱了一般对仗（如“青山横北郭，白水绕东城”）上下两句“对举式”的关系，而让两句成为表达一个意思的有机体，从内容上看，是一个意思由两句合起来才表达清楚；从形式上看，这两句又呈现为对仗的关系。也就是说,这两句诗是在表意的流程中构成了对仗。“流水对”分为单句形式和复句形式两种。单句形式的“流水对”,上下两句实际上是一个单句,如“忽闻哀痛诏,又下圣明朝”(杜甫《收京》)。复句形式的“流水对”,上下两句则表现为多种关系,有顺承关系、因果关系、假设关系、递进关系、转折关系五种。“竹叶于人既无分,菊花从此不须开!”属于因果关系的“流水对”,这两句在表达“因无酒饮而无心赏菊”这个意思的过程中,呈现为完美的对仗形式。“菊花”对“竹叶”,名词相对;“从”对“于”,虚词相对;“此”对“人”,代词相对(此处“人”义为“我”);“不”对“既”,虚词相对;“须”对“不”,动词相对;最后一个词,“分”是指缘分,是名词,而“开”是动词,是否不能成对呢? 否。原来, 名词前面如果出现否定词 “无”, 动词前面如果出现否定词“不”,则这个名词和这个动词就可以构成对仗。如,“无边落木萧萧下,不尽长江滚滚来”(杜甫《登高》),“边”是名词,而“尽”是动词,是应该看成对仗的,这是古人的习惯做法。“流水对”能够克服一般“对举式”对仗的凝固、板滞缺陷,给人流动的、畅达的感受,杜甫在此处也正是借助于“流水对”的美学特征,将他的烦恼心情脱口而出。

颈联是就眼前的重阳节节令物候下笔, 写客居之苦与故乡之思。“殊方”即远方,指作者客居的夔州而言。“玄猿”,黑色的猿猴,夔州地处山峡,颇多猿猴。“哭”是作者对猿猴啼鸣的感受,猿猴啼鸣,其声凄切,令人心哀,古代民歌唱道:“巴东三峡巫峡长,猿鸣三声泪沾裳。”值得注意的是,作者为这悲切的猿鸣安排了“日落”的时令,日落之时,天地昏暗,于昏暗之中听猿猴的悲啼,更见氛围的凄凉。而且,作者还用一个“玄”字强调猿猴的毛色,造成了昏天暗谷有黑猿的景象,更增加了环境的可怖。总之,此联前句是写“黑”,用环境的“黑”来写心境的暗,从而写出客居夔州的苦情。后句则是写“白”,用亮色调的“白”来写故乡的美好,以表达对故乡的思念。“故国”是指故乡,杜甫的故乡在洛阳,与夔州呈南北方位。“白雁”,白色羽毛的雁。沈括《梦溪笔谈》记载:“北方有白雁,似雁而小,色白,深秋则来。白雁至则霜降,河北人谓之‘霜信’。”重阳节处在霜降之前,故称“霜前白雁来”。这里,作者为了凸现故乡的亮色调，取用“白雁”以代“鸿雁”，又用“霜”字以增其亮度，把他的故乡之思写得深长、绵邈。由此可见，作者是长于意象组合的，“日落”与“玄猿”相组合，愈见其昏黑；“霜”与“白雁”相组合，愈见其光亮。这是以光感之差异写出对夔州厌弃和对故乡的思念。

尾联承接“故国”的字面写出对弟妹的思念，同时也交待出全诗情调悲慨的原因所在：弟妹离散、战乱不止、年老多病。从诗的章法来看，是对全篇的总合。杜甫有四个弟弟、一个妹妹，只有四弟杜占一直跟随着他，另外四人都在战乱中流离失散，不知所在，故云“弟妹萧条”，此处“萧条”意谓音信断绝。“干戈”指战乱，此时安史之乱虽然平息，但吐蕃入侵、地方军阀混战，正值万方多难之时。“衰谢”，是指自己年老多病。“催”字惊耸而沉痛，“催”就是催命，作者说：一个战乱，一个衰病，这二者正在催促、逼迫自己早点死去。如此催人命绝，却又不知弟妹的下落，唯恐有生之年，难以见到亲人。这就是作者过重阳节的一番心事，是全诗情感的结穴所在。

全篇感情沉郁、悲慨，笔墨多变而情调如一，无论叙事、写景、议论均能围绕情感基调而布设。使用细节蕴情、意象组合、流水对式等抒情手段，表现出诗人高超的艺术造诣。

相比之下，杜牧的《九日齐山登高》则写得高爽、洒脱，完全是另一种风貌。

首联即高唱而入，以飒爽的秋色、快乐的人事活动，为全诗定下情感的基调。“江涵秋影”是写下景，“雁初飞”是写上景。下景澄明，上景朗阔，高秋大气，晴空万里，令人呼吸畅快，心旷神怡，作者用生花之笔，对重阳节的物候特征作出典型的概括。在这样的爽丽背景下，作者展示出他那一小群人的活动——登高，则其心情之怡悦自不待言。而且，作者将其登高写成“上翠微”，“翠微”一词乃是形容山的青翠之色，这里代称青翠的高山，有了这样靓丽的形容，则心情之喜悦自在其中流露出来。再者，“携壶”这个细节描写，也在展示着美好的心情，“壶”显然是指酒壶，背着酒壶登山，其状风流，其情超迈。比较一下看，老杜是“独酌”，小杜是“与客”共饮；老杜是仅饮“杯中酒”，小杜则是畅饮“壶中酒”，境况是绝然不同的。诗家抒发情感的不同，正是依赖这些细节来实现的。总之，首联点题，扣合重阳节的登高、饮酒两个习俗，在景物的陪衬、细节行为的描写中，把佳节之喜悦作出含蓄的表达。

颔联扣合重阳节的另一习俗——赏菊，承接首联之意，把节日之喜悦作出更为浓烈的表达。“尘世难逢开口笑，菊花须插满头归”，这两句的意思一反一正，作者的目的是以反托正。前句借用典故，写出人生的苦难之多。《庄子·杂篇·盗跖》说：“人生上寿百岁，中寿八十，下寿六十，除病、瘐、死、丧、忧、患，其中开口而笑者，一月之中不过四五日而已矣。”杜牧把这段话的意思凝缩为七个字，作为后句的反托，意思是说：正因为人生苦难多多，所以当此佳节更须纵情欢乐才是。作者在表达节日的欢乐心情时，取用“菊花插满头”的诗意形象，既扣合重阳节的赏菊风俗，又饶多风趣感，富于个性化，成为杜牧诙谐、豪爽性格的艺术表征。这真是诗的形象，诗的意趣，与那些直呼欢乐的泛泛之词，绝无共同之处。另外，这两句也是“流水对”，而且也是因果关系的“流水对”，出现的位置也与杜诗相同，但情感内容完全不同，杜甫是弃绝赏菊，杜牧是热烈赏菊；杜甫是发泄愤懑，杜牧是倾吐怡情。一个大叫“菊花从此不须开”，一个高呼“菊花须插满头归”，笔者认为，这是由于小杜读过老杜的诗篇，在有意做反面文章。不过，在借用重阳节习俗来抒发情感这一点上，二人之作实有同工异曲之妙。

颈联写登上山顶之后的活动：一是承接“携壶”细节进而写到醉饮，继续写节日之乐；一是登高眺望，以放达之胸怀面对生命的衰老。“但”，这里作“只须”讲，“但将酩酊酬佳节”，意思是说只须用酩酊大醉来答谢这美好的节日。这里，作者把重阳节人格化了，把它看成是可以酬谢的对象，用笔轻松、风趣，也颇能见出作者的个性。后一句“不用登临叹落晖”，出语旷达，胸臆超卓，已将生命的衰老和终结视为平淡。“落晖”这个词语，在古人的作品中已经成为一个意象，它象征着人的晚年、生命的即将终结。例如，黄巢在起义失败后，作《自题像》诗云：“记得当年草上飞，铁衣著尽著僧衣。天津桥上无人识，独倚栏杆看落晖。”“看落晖”就是在感叹英雄末路、生命的即将终结。杜牧这一联里，前者用肯定句，后者用否定句，肯定的是尽情欢乐，否定的是消极悲叹，如此布局，将作者的立场、态度表达得异常鲜明、坚定。

尾联将颈联的意思做进一步的扩展，说自古以来，人皆有一死，这是客观规律，是不可逾越的，任你哭天抹泪，也无济于事，还是明智一点，在有生之年，得乐且乐为佳。结句“牛山何必泪沾衣”，是使用《列子》中的典故。《列子·力命》说：“齐景公游于牛山，北临其国城而流涕曰：‘美哉国乎！郁郁芊芊。若何滴滴去此国而死乎？’”牛山在齐国都城的北面，齐景公登上牛山眺望，看到都城的壮美景观，产生贪生怕死的念头，虽说有此念头，他还是作古了。杜牧对他的行为不屑一顾，以反诘的口气加以质问，不仅鲜明地表达了自己的观念，而且以这种句式结束全篇，尤其显得摇曳多姿，韵味悠长。

老杜、小杜同赋重阳，却写出各具风姿的诗篇。二者题材相同，诗体相同，而情感内容却完全不同：老杜悲慨，具有儒家心怀天下之思；小杜高爽，颇多道家个体关怀之念。从艺术上看，杜诗意象密集，针线细密，字字蕴涵，语言容量极大，须字字体味，步步停留，方能解悟诗意；而杜牧诗篇行文疏朗，取象俊逸，语言平易，近于口语。这给我们一种启示，同题诗要想写得好，就必须融入审美主体的思想观念、情感体验乃至性格特征，杜绝那些套话和浮泛之词，此其一。其二，后人创作诗篇使用前人已经作过的题目，只有翻出新意，才能成为佳作。从生于晚唐的杜牧这首诗来看，种种迹象表明，是有意跟盛唐人杜甫“过不去”的。首联，就用“与客”针对着杜甫的“独酌”，这是以众宾同饮之乐翻倒老杜的独饮之闷；又用“壶”针对着杜甫的“杯”，这是用纵情畅饮翻倒老杜的少饮轻酌。颔联，又以“菊花插满头”针对杜甫的“菊花不须开”，这是以强烈的爱菊之心翻倒老杜的厌菊之意。颈联和尾联，又以拒绝“叹落晖”针对着杜甫的“衰谢”之叹，这是以达观翻倒老杜的悲观。显然，小杜是有意在作翻案诗篇的，唯其如此，才能与老杜相抗衡，让诗坛出现重阳诗的双璧。

# 贾岛的名句本自杜诗

明代大学者杨慎在所著《升庵诗话》卷十一“贾岛佳句”条中说：“贾岛诗：‘长江风送客，孤馆雨留人。’二句为平生之冠，而其全集不载。仅见于坡诗注所引。”今按，贾岛这两句诗，除了见于苏东坡诗注的引文，宋人张戒《岁寒堂诗话》上卷“秦州杂诗”条也提到了，他说：“‘长江风送客，孤馆雨留人’，此晚唐佳句也。”《全唐诗》卷五七四收录贾岛残句，有此二句。杨慎把这两句诗称为贾岛平生诗作之冠，是有其道理的。品味诗中“送客”“留人”等语，可知是离别之作。然而却不见送行之人。送客者乃是长江之“风”，挽留者竟是孤馆之“雨”。则讥讽主人的薄情，自在不言中了。这是委婉的讽刺，深合中国古典诗歌美学的旨趣。杨慎论诗，恰恰是以此为美的。他在所著《升庵诗话》中，力主“含蓄蕴藉”，使读者“味之自知”的美学品格。

杨慎素以读书之富为人称道。但是他没有看出，贾岛这两句诗其实是模仿杜诗而成的。杜甫晚年漂泊湖湘，在离开长沙前往衡州时，曾作《发潭州》，以抒发客居的感慨。诗云：“夜醉长沙酒，晓行湘水春。岸花飞送客，樯燕语留人。贾傅才未有，褚公书绝伦。名高前后事，回首一伤神。”

体味此诗,感慨淋漓。作者自叹空怀贾谊、褚遂良之才干,却得不到长沙诸公的爱惜,自己为了衣食之需,不得不离开长沙而转投衡州。而且,在离别之际,送行者唯有江岸上的飞花,挽留者唯有桅樯上的语燕。言外之意是长沙诸公身影绝无。杜甫用此二句,将此地人情之浇薄,作了委婉而又深刻的讽刺。

把贾岛的“长江风送客,孤馆雨留人”与杜甫的“岸花飞送客,樯燕语留人”两相对照可以看出,无论从句法上、构思上,贾岛都是模仿杜甫的,他只不过是把地点和物象作了变动:地点上,把杜甫诗中的“岸”和“樯”换成了“江”和“馆”;物象上,把杜甫诗中的“花”和“燕”换成了“风”和“雨”,如此而已。

宋人魏泰《临汉隐居诗话》说:“贾岛云:‘独行潭底影,数息树边身。’其自注云:‘两句三年得,一吟双泪流。知音如不赏,归卧故山秋。’不知此二句有何难道,至于三年乃成,而一吟泪下也。”古今论者多将这一诗一注作为贾岛苦吟的例证,而且颇费苦心深寻其美,只有魏泰等少数人表示不解。

笔者持论与魏泰稍同,以为这两句诗虽非唾手可成,却也不必苦苦经营三年方能得到。近日读杜诗,读到《九月一日过孟十二仓曹、十四主簿兄弟》,更发现贾岛的那两句诗竟有一半是来自老杜的。老杜的这首诗有一联写道:“力稀经树歇,老困拨书眠。”是写自己年老力衰,精神不济。前句所云“经树歇”,就是说走路时一遇到树就得靠一靠,歇口气。这与贾岛的“数息树边身”说的情况完全一样。

杜诗虽在作者的有生之年未被人们广泛重视,但是经过中唐元稹、白居易、韩愈等人的推扬,已经与李白齐名了。生在晚唐的贾岛是应该读到杜甫的这首诗的。他的“数息树边身”显然是袭用了杜诗的细节。还应该看到的是,杜甫的这首诗是写给孟氏兄弟的,向他们讲述自己的年老体弱。而贾岛的那两句诗是出自《送无可上人》,也是向友人讲述自己的身体情况。二者在用于交往的这一点上也是相同的。

杜甫诗艺高超,开拓了中国诗歌的新世界。事实上,杜诗已成为后代诗人的创作典范。

# 唐代人诗对复姓人名的灵活运用

汉语诗歌的语音节奏是以两个音节为一个节奏,而复姓人名最少是三个字。如果仅仅以姓氏称之,又往往说不明白是指何人,如诸葛亮、司马迁,仅称诸葛、司马,就不清楚说的是谁。唐人遇到这个情况,就采取灵活做法,称诸葛亮为“葛亮”,称司马迁为“马迁”,等等。虽不规范,却也明达,子曰,“辞达而已矣”,看来还是符合圣人说教的。现举唐诗例证如下。

杜甫《赤霄行》写道:“老翁慎莫怪少年,葛亮《贵和》书有篇。”诗中的“葛亮”就是指诸葛亮,据《诸葛亮传》记载:陈寿所上《诸葛亮集》目录,凡二十四篇,《贵和》是第十一篇。可见,“葛亮”并非另有所指。

任华《寄杜拾遗》写道:“南阳葛亮为友朋,东山谢安作邻里。”此处“葛亮”显然也是指的诸葛亮,因为有“南阳”这个地名保驾着,诸葛亮是南阳人,见于他写的《出师表》“臣本布衣,躬耕于南阳。”任华这首诗是写给杜甫的(杜甫曾经任左拾遗),此时杜甫已辞掉官职,客居成都草堂,过着隐居生活,所以诗中举出两个隐士——诸葛亮、谢安来映衬他,并且对他建功立业的前途加以厚望。

此外，晚唐诗人韦庄在《和薛先辈见寄》中所写的“名自张华显，词因葛亮吟”，刘谦在《重阳感怀》中所写的“张仪旧壁苍苔厚，葛亮荒祠古木寒”等，也是继承前代诗人的做法，以“葛亮”称呼诸葛亮。

至于把司马迁称为“马迁”，见于白居易《读史五首》其一所写：“马迁下蚕室，嵇康入囹圄。”下蚕室，就是遭受宫刑。蚕室，是指执行宫刑的屋子。古人养蚕，是在一个保温的房间里。执行宫刑也是在一个保温的地方进行，是为了使犯人避免中风。所以用“蚕室”来代称。司马迁由于替李陵辩护，遭到宫刑。所以这里的“马迁”是指司马迁无疑。白居易又在《谈氏小外孙玉童》写道：“中郎徐庆钟羊祜，子幼能文似马迁。”这诗是赞美一个小孩，说他年幼能文，就像司马迁小时候一样。据《太史公自序》，司马迁“十岁则古文成诵”，可知他天资聪颖。

李商隐《五言述德抒情诗》写道：“悼伤潘岳重，树立马迁轻。”晋代诗人潘岳，写《悼亡》诗，悼念他的原配夫人，诗情凝重感人，被称为悼亡诗的鼻祖。“树立”，是指人一生的建树。古人有“三不朽”之说：“大上有立德，其次有立功，其次有立言，虽久不废，此之谓不朽。”三个不朽是有高低之分的，高者是“立德”，中者是“立功”，低者是“立言”。司马迁作《史记》，是“立一家之言”，所以李商隐说“树立马迁轻”。

唐代是个思想精神异常活跃的时代，诗人们为表达思想感情而勇于探索、创新，不同于宋元明清的诗人那样有越来越多的顾忌。诗尊唐，这个大方向应该确立。

# 唐代的神童们

近日看电视，有个显示记忆力的节目：把100个阿拉伯数字无规律地连排成一串，有个人看了几分钟之后，就能背诵下来，而且还能倒着背诵。这个人的记忆力确实很强。中华大地向多奇才，我由此想到了古代的神童们，他们也都有超乎常人的好记性，真所谓“一目十行，过目不忘”。这个长处极大地扩展了他们的读书面，大脑的知识储存量远远超过一般儿童。这些神童往往在少年时代就已经进入仕途，而且干得不错。唐人刘肃《大唐新语》中多有记载。

卢庄道，年十三，有一次去父亲的朋友高士廉家中作客。起初，高士廉并没有把他放在眼里，只因为是朋友的孩子，不好意思拒之门外，就让他坐在客厅里。当时，客厅里有个人正在向高士廉进献文章，卢庄道从旁把文章偷偷看了一遍。客人走后，他向高士廉说：“这篇文章是我写的。”高士廉责备他：“你这后生怎敢如此轻浮！”他就请求背诵这篇文章，果然一字不差地背诵下来。接着又请求让他倒着背诵，结果也是一字不差。高士廉晕了，真以为是来客抄袭了他的文章。这时候他才说出实情：是刚才趁着主客交谈之机，偷看了文章背下来的。这么短的工夫就能背下如此的长文？高士廉不相信，就把自己的文章拿出来，让他看，听他背,都是看一遍后,倒背如流。又把案上的公文翻开来,让他看,听他背,也是一字不漏。高士廉又让他呈上个人的文章,看了以后大为赞赏。第二天上朝,高士廉就把这桩奇事面奏给皇上。太宗听罢,立即召见了卢庄道,当场考了策论,授以河池县尉的官职,后来又改任长安县尉。一次,太宗要检查长安县的囚徒情况,须由县尉作出报告。县令对此深感忧虑,因为全县的囚徒有四百多人,生怕这位少年县尉对答不上,就想让别人代替。卢庄道坚决不肯。第二天,他带领四百多囚徒前来,把每个人的犯罪情况、罪行轻重、入狱时间,一一作了报告,对皇上的提问对答如流。太宗听罢,十分惊讶,当日授予他监察御史的官职。

高宗时期,有个名叫贾言忠的儿童,四五岁时就开始读书、背书,一天能背诵上万言。七岁时参加神童科目的考试,一举及第。守选期满,官拜监察御史。当时,朝廷要征伐辽东,高宗向他询问征讨事宜,他坚定地说“辽东可平”,又画出辽东的山川地图,非常细致,如同亲身所见。高宗又问他如何遣将,他对诸将的情况了如指掌:李勣是前朝旧臣,忠于皇室;庞同善虽非斗将,但治军整肃;薛仁贵勇冠三军,名可震敌;高侃俭约自处,果断有谋。若派遣这些大将出征,而以李勣为元帅,定可讨平辽东。高宗完全采纳了他的意见。

超常的记忆力既是天赋,也与后天的发现和培养有关系。家庭文化环境的缺失,会使那些有天赋的孩子遭到埋没。同时,如果孩子不具有超常的记忆能力,也不可硬性地去培养,一定要孩子去大量背诵诗文,也是一种戕害行为。总之,是应该顺其自然的天性,去做应该做的事情。

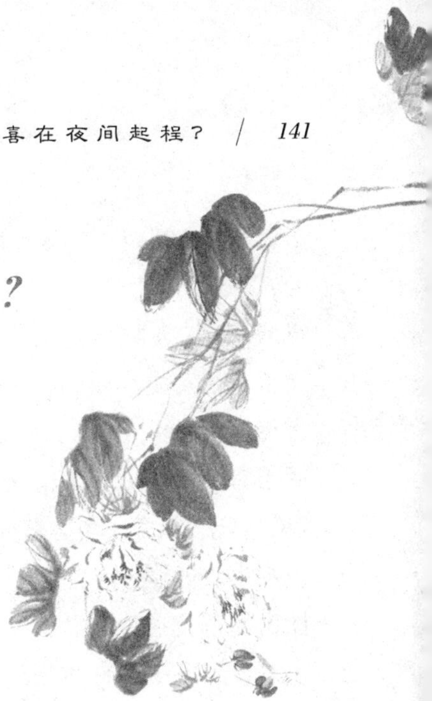

# 杜甫为何喜在夜间起程？

杜甫一生漂泊不定，走走停停，而起程多在夜间。如，天宝十四载（755年）年底，他由京都赴奉先县探亲，即云“客子中夜发”（《咏怀五百字》）。乾元二年（759年）初冬，他由秦州南下同谷县，也说“中宵驱车去”（《发秦州》）。宝应元年（762年）11月，他由射洪县前往通泉县，也是顶着星星上路的：“征途乃侵星”（《早发射洪县南途中作》。永泰元年（765年）冬季，他寓居云安县，乘船去会友人，是在凌晨城门“铁锁欲开关”之时（《将晓二首》）。大历三年（768年）冬季，他离开公安县赴岳阳，是在“东方明星”（即启明星）尚未出现的时候（《晓发公安》）。

这真是怪事。上述几次起程，都在冬季，按常理说，天气寒冷，上路宜在日出稍暖之后，杜甫怎么偏偏选在夜间？说怪也不怪，这是杜甫性格决定的。

清代学者仇兆鳌比较过李、杜二人的性格，认为“李白狂而肆，少陵狂而简。”（《杜诗详注》）杜甫生性疏阔，喜欢清简，不善交际应酬，更是讨厌那些俗套寒暄。早年客居长安，曾写诗言道：“平明跨驴出，未知适谁门。权门多噂沓，且复寻诸孙。”（《示从孙济》）“噂沓”，即喧哗多语，套话连翩，杜甫表示难以忍受，不愿去登权门。客居奉先县时，有诗云："出门无所待，徒步觉自由。杖藜复恣意，免值公与侯。"（《晦日寻崔戢李封》）避免遇到达官贵人，也就省掉了许多应酬。晚年客居成都，又说"畏人成小筑，性褊合幽栖。"（《畏人》）他所畏惧的人，就是当地官僚，为了躲开他们，才在西郊建筑草堂；又说自己心性简单、急躁，不适于官场周旋，只能隐居草野。客居云安时，曾慨叹"衰惭应接多"。（《将晓二首》）客居夔州时，又称"不爱入州府，畏人嫌我真。""老病忌拘束，应接丧精神。"（《暇日小园》）明确表示厌恶应接之事。可见，杜甫简静之性，终生未变。这种性格使他讨厌临行时的絮叨场面，纷杂人等，所以最好的办法就是夜深人睡时上路。再举个具体的例子，杜甫在乾元二年初冬离开秦州，为何在"中宵"起程？他在《发秦州》这首诗中已作了说明："此邦俯要冲，实恐人事稠。应接非本性，登临未销忧。"这是他离开秦州的原因，也是他"中宵"起程的原因。

其二，杜甫性格中还有腼腆的成分，他脸皮薄、爱面子。早年得官后，没上几天班，就感到在王侯群中办事一身的不自在，诗云："野人旷荡无腼颜，岂可久在王侯间？"（《去矣行》）"无腼颜"，就是说自己没有一张厚脸皮，干不了低三下四的差事。他在生活陷入绝境时，仍然坚持留下一个铜钱在钱袋里，就是要让面子过得去："囊空恐羞涩，留得一钱看。"（《空囊》）他体弱多病、头发稀疏，与朋友过重阳节时，把帽子戴得严严的，生怕风吹帽落，露出秃头不好看："羞将短发还吹帽，笑倩旁人为正冠。"（《九日蓝田崔氏庄》）甚至羞于面对节日的菊花："苦遭白发不相放，羞见黄花无数新。"（《九日》）客居秦州时，他得了疟疾，痛苦难当之际，就按当地的土法，穿上女人的衣服，脸上搽了脂粉，藏在偏僻的角落，以躲避"疟鬼"的纠缠。他这样打扮时，羞愧得无地自容："徒然潜隙地，有腼屡鲜妆。"（《寄高适、岑参三十韵》）晚年漂泊湘江，回顾一生艰难的经历，他认为自己的腼腆、斯文，错过了不少求助的机会，说："有求常百虑，斯文亦吾病。以兹朋故多，穷老驱驰并。"（《早发》）可见，腼腆确实是杜甫的性格之一。这种性格使他不得不考虑告别场面的冷热问题。当时的社会人情，已不像开元时代"天下朋友皆胶漆"了。杜甫曾多次感叹人情之浇薄："翻手作云覆手雨，纷纷轻薄何须数！君不见管鲍贫时交，此道今人弃如土。"（《贫交行》）"世人共卤莽，吾道属艰难。"（《空囊》）世风如此，在杜甫离别之际，能有几个人出于真情前来送行呢？这是爱面子的杜甫不能不考虑的。

既然缺少真情送别的人，又讨厌庸俗的应酬，爱面子而又求简静的杜甫，干脆舍此场面，最好的办法就是在夜间一走了事。

# 杜甫是个倔老头

世人皆知杜甫是个悲天悯人、心地善良的诗人，其实他的性格是很丰富的，倔强就是其中的一个重要方面。这个性格特点，使他虽然怀有“致君尧舜上，再使风俗淳”的远大政治理想，却难以容身于官场，而终究走向山野，过上饥寒交迫的生活。西方心理学家认为“性格即命运”，这个论断在杜甫身上得到了印证。

说起老杜的倔强，有三件关系其命运的大事堪称典型。

第一件事，他在天宝五载（746年）来到长安求仕，“自谓颇挺出，立登要路津”（《奉赠韦左丞丈二十二韵》），认为凭着才干，很快就能身居要位，实现济世安民的抱负。可是不久，便由于父亲去世而失去经济来源，生活陷入了困境。在衣食不保的情况下，他没有打退堂鼓。为了糊口，他去终南山采药，在长安市上摆摊；有时去太仓门口排队，购买政府赈济灾民的减价粮食；有时则过上了乞讨的生活，而仕途却遥遥无期。他也曾给一些官员写过投赠诗，希望对方予以援引，却无结果。这时候，假如他肯向正在网罗死党的宰相李林甫求援，事情是不难办成的。杜甫的堂弟杜位是李林甫的女婿，杜甫与这位堂弟也经常交往，如果他能像我们今天的人物那样去跑官，走走堂弟这个“后门”，又岂费吹灰之力？

可他就是任着性，对那位“阴谋独秉钧”（《奉赠鲜于京兆二十韵》）的宰相亲戚不予理睬，直到李林甫死后，才勉强得到一任小小的官职，算起来，他在长安已经困居了十年。你说他倔不倔？

第二件事，安史之乱爆发之后，杜甫冒着生命之危，投奔肃宗的临时政府凤翔，被肃宗任命为左拾遗。左、右拾遗是皇帝的近臣，是谏官，品级不高而位置重要，向来是升迁高官的台阶，唐朝有不少大臣都曾做过这种官职。可是杜甫干这个工作不到半个月，就遭到了“三司推问”，差点丢了性命。为什么？也是由于性子倔。肃宗为了清除异己，借故罢免了宰相房琯的职务。杜甫认为房琯“有大臣体”，认为“罪细不宜免大臣”，于是严词抗诤，跟皇上闹翻了。结果被停职审查，所幸三司能秉公办案，宣布杜甫无罪。事后，杜甫在给肃宗上的谢表中，仍然坚持了自己的观点。这使他从此遭到肃宗的疏远，没过多久，就被贬到地方上去了。如果他性子不倔，能灵活处事，凭着卓越的政治才干，他完全可以借此阶梯青云直上。但那就不会是我们所愿意见到的杜甫了。

第三件事更是要紧。杜甫被贬到华州做司功参军（负责州的文教工作），忠臣遭到贬谪，心中十分憋火，又遇到官军兵败相州，对肃宗朝政彻底失望。他决心扔掉官帽，永别仕途，走向山野。这实在是个大举动。为什么这样说，因为当时关中一带正在闹旱灾，粮食匮乏，“斗米至七千钱，人相食”（《资治通鉴》卷二百二十八）。“七千钱”是个什么数字？经过比较就能知道。唐玄宗开元年间，一斗米仅二十钱。好家伙，涨了三百五十倍！岂能不“人相食”？灾情如此酷烈，保全身家性命自是大事。倘若杜甫有官在身，不管怎么说，他也能维持一家人的生活。可是，就在这个关口上，他决然辞职不干了，带领家属，走向了大西北，“罢官亦由人，何事拘形役？”（《立秋后题》）表示此心不为身体所役使，宁可挨饿，也要求个心情舒畅。从此开始了晚年的漂泊生活，所有的人间疾苦都尝遍了，他却说：“齿落未是无心人，舌存耻作穷途哭！”（《暮秋枉裴道州手札》）虽是穷途末路，也不洒一滴悔恨之泪。如此倔强的性格，支撑着他走完了一条艰辛而又光辉的人生路程。

性格即命运。老杜倔强的性格决定了他必然经历一条艰难困苦的人生道路。这条道路对于他的物质生活来说,当然是不幸的;但对于他的创作来说,则是不幸中的大幸,凭着这条道路,他得以接触到社会的底层,贴近人民的情感,并且对黑暗的社会现实产生难以抑制的批评力量。杜甫对上层社会乃至对皇帝的批判深度,在整个封建时代是空前绝后的。

# 老杜的幽默性格

杜甫是个忧国忧民的诗人。在人们的心目中，他是个整天拉长了脸、痛苦地诉说国难民瘼的人。其实，这种认识是很不全面的。应该看到，他还是个很会拿自己的苦难生涯开玩笑、很会“穷开心”的诗人。

他三十几岁的时候，由于父亲的去世而失去了经济来源，又因为性子耿介而长期得不到官职，从此生活变得十分困难。为了糊口，他不得不到终南山去采摘草药，拿到市场上“练摊”；有时去排队领取政府发给灾民的救济粮；有时甚至去达官贵人家中乞讨些饭菜：“朝叩富儿门，暮随肥马尘。残杯与冷炙，到处潜悲辛。”（《奉赠韦左丞丈二十二韵》）而在这以前，他已经写出了《望岳》（会当凌绝顶，一览众山小）《饮中八仙歌》这些著名的诗篇了，在当时的诗坛上已是有些名气。

诗名与困顿构成巨大的反差，杜甫心理的不平衡是可以想见的。人心不能总是泡在苦水里，否则就难以活命了。怎么办？他除了写诗发牢骚、散怨气，还善于在生活中找乐子，找些笑料给自己解心宽，让自己嘿嘿的笑一笑。他时常用“打油诗”的腔调歌唱自己的穷日子。有一首诗写道：早上睁开眼，肚子就叫得挺欢，可是又无米下锅，只好冒着风雨、踩着泥泞去别人家里蹭饭了：“鸡鸣风雨交，久旱雨亦好。杖藜入春泥，无食起我早。”(《雨过苏端》)没饭吃的人自然睡不成懒觉,倒也能练出了早起的习惯;虽说肚子干瘪而诗兴却未消减,他数着快板出发讨饭去了。这就是老杜的风趣,他擅长拿“穷”打哈哈。乾元二年七月,他辞掉了华州司功的官职,带领全家流落到秦州(今甘肃天水市),他说,当钱袋即将告空的时候,千万可要剩下一个铜子别花掉啊,要让它来看家呀,否则“面子”就过不去啦:“囊空恐羞涩,留得一钱看。”清代杨伦指出了杜甫的这个特点,说老杜“写穷况妙在诙谐幽默”(《杜诗镜铨》)。杜甫还擅长用富丽的辞藻去描写家境的清贫:“登俎黄柑重,支床锦石圆。”用黄柑祭祀祖先(而不是用猪羊),用石头当做床腿(床腿断了没钱修),这日子穷掉底了。可老杜是怎么说的呢?他说,虽然没有猪羊来祭祖,可你看这柑子不是又大又黄吗?呵呵;虽然没有木制的床腿,可你看这石头不是又圆又有文彩吗?哈哈。这可真是十足的“穷开心”了。家里来了盗贼,自然不是好事,可是老杜一想那盗贼白白的忙了一阵而毫无所得,又不禁为自家的贫穷而深感庆幸了:“侧闻夜来盗,幸喜囊中净。”(《早发》)谁说“穷”字一无是处呢?它可以免除失盗之苦啊!

这就是杜甫的幽默。他在叹息贫穷的同时,又能觉察贫穷的“好处”。他用后者来支撑精神,来求得心理的平衡。靠着这种幽默风趣,他顽强地走完了风雨人生路,艰难困苦没能打倒他,却留下了光照千古的诗篇,获得了“诗圣”的桂冠。正如德国心理学家冯特所说:“喜剧性笑可以调节人的心理状态,在人的心理由不愉快至愉快,由激动至平静,由紧张至轻松的心理转化过程中,笑起着积极作用,促使人的心理机制由无序到有序,由不平衡态到平衡态。”(见佴本荣《笑与喜剧美学》)

最早评说老杜幽默性格的重要意义的,当是胡适先生。在他所著《白话文学史》书中,说老杜“在贫困之中,始终保持一点‘诙谐’的风趣”,“终身在穷困之中而意兴不衰颓,风味不干瘪。他的诗往往有‘打油诗’的趣味。”唯其“有这一点说笑话做打油诗的风趣,故虽在穷饿之中不至于发狂,也不至于堕落。”在左倾思潮泛滥的年代,胡适的观点曾经遭到批判,议者认为他贬低了杜诗的价值。今天看来,胡适是清晰透视杜甫全人的思想者。

人生在世，总有不得意的时候，不妨学学老杜的诙谐风趣，特别是诗人，有了这点风趣，可以使诗味不干瘪，能像老杜那样以顽强的意志和幽默的情趣走过人生里程。

# 杜甫拒受贿赂

杜甫一生为官期不长，官职也很低微。而对于吏治防腐，却颇多思考，用诗歌表述过精辟的见解。他认为，民心的归附，国家的强盛，关键在于君臣生活能够节俭，所谓“君臣节俭足，朝野欢呼同”（《往在》），就是这个意思。反之，君臣生活腐化，国家就会动乱，他在总结安史之乱爆发的原因时，就曾说过“朝野欢娱后，乾坤震荡中”（《寄贺兰铦》）的话，所说的“欢娱”就是腐化的代名词，可谓一语中的。对于各级官吏，他主张“众寮宜洁白”（《送陵州路使君之任》），强调了官吏廉洁自守的重要性。杜甫还十分重视对官吏的纪检工作。唐朝各州府都设置了纪检官员，当时的官名叫“录事参军”，录事参军是州府长官的重要僚佐，却不是署曹之官属，也就是说，他在行政上不受州府长官的管辖。其职能是纠察州府官吏的过失，地位比列曹参军重要。杜甫在四川时，有个叫韦讽的，受命去阆州代理录事参军之职，行前，杜甫作诗送别，殷切叮嘱对方“操持必去嫌”（《东津送韦讽摄阆州录事》），就是希望他到任以后，能够操持纲纪，认真执法，果敢地清理那些违纪官吏的问题。

人一旦当了官、有了权，就会或多或少、或轻或重地遇到情与法的夹击、秉公与谋私的纠缠，杜甫也不例外。肃宗广德二年六月，杜甫经剑南节度使严武的推荐,得到检校工部员外郎、幕府参谋的官职。上任不久,就有张某人找上门来。张某曾经做过太子舍人,是个正六品的官,想必是被解了职,才来找杜甫另谋生路。他给杜甫带来一条珍奇的褥段。这褥段是“进口货”,是大秦国(罗马帝国)生产的,用彩丝和金缕交织成花纹图案,上面绣着波涛海景,还有一条甩着尾巴的大鲸鱼以及各种各样叫不上名字的水生动物。张某对杜甫说,这条褥段还具有能使“空堂魑魅走”,令人“高枕形神清”(见杜诗《太子张舍人遗织成褥段》)的重要功能。

面对如此高级的物品,杜甫没有动心。虽说他家境贫寒,这条褥段即便他不自己享用,能卖上些钱也能支撑一下生活,但是他想到古今贪污受贿者的可耻下场,都是因为酷爱“黄金多”,方才“悔吝生”的。于是他婉言谢绝了赠物,“锦鲸卷还客,始觉心和平”,并且由此而想到当今那些营私自肥的官吏,发出沉重的叹息:“叹息当路子,干戈尚纵横。掌握有权柄,衣马自肥轻。”末了,他招待来客吃了一顿便饭,“振我粗席尘,愧客茹藜羹”,便把事情了结了。这就是杜甫的为官之道和人格魅力。

如今,我们的社会制度比那时候要进步多了,我们共产党的干部自然也比封建官吏的名号好听得多。可是,说到能够像杜甫这样拒绝贿赂、廉洁自守,恐怕有不少人就会黯然失色了。

# “修竹”是杜甫的精神化身

中国文人素有亲近自然的心理特征，他们喜欢把个人的情志寄托于自然物，在自然物中寻找自己的身影并且归依自己的心灵，所谓“象天法地”，其精神本原就是天人合一的哲学观念。屈原爱橘，陶潜爱菊，周敦颐爱莲，陆游爱梅，杜甫爱什么？他爱的是“修竹”，挺拔高大的竹子。

他说：“平生憩息地，必种数竿竹。”（《客堂》）说“数竿”，不过是谦虚的说辞，其实远不止此，光是在成都草堂居住期间，他就“有竹一顷馀”了（《杜鹃》）。在躲避徐知道兵乱、客居川北的日子里，他打发弟弟杜占回归草堂料理家务，其中一项工作，就是让弟弟补栽竹子：“东林竹影薄，腊月更须栽。”（《舍弟占归草堂检校聊示此诗》）可见他对竹林是何等的看重。

他曾多次在诗中表达爱竹之意。他说，“嗜酒爱风竹”（《寄题江外草堂》），“赏静怜云竹”（《徐九少尹见过》），“苔竹素所好”（《将别巫峡》）。他还总想筑屋于竹林之中，早在青年时期就有这种愿望：“何时占竹丛？头戴小乌巾。”（《奉陪郑驸马韦曲二首》其一）乾元二年秋，他辞掉官职，来到秦州，这种愿望就更加强烈：“自闻茅屋趣，只想竹林眠。”（《示侄佐》）后来他到了竹林密集的成都原野，得以实现平生夙愿。他用壮美的语言描绘房前的竹林:"我有阴江竹,能令朱夏寒。阴通积水内,高入浮云端。"(《营屋》)这是赞美竹林的宏大气象,炎夏生凉的功能。他还用细腻的笔触摹写竹姿的娟好:"笼竹和烟滴露梢"(《堂成》)、"风含翠筱娟娟净"(《狂夫》)、"竹皮寒旧翠"(《遣闷奉呈严公二十韵》)……诸如此类,对竹子的爱意可谓深沉。

杜甫与竹林过从甚密。他喜欢在竹林里行厨做饭,招待客人进餐,"竹里行厨洗玉盘"(《严公仲夏枉驾草堂》)、"万竹青青照客杯"(《又送》)。他喜持竹子做的手杖,"缓步仍须竹杖扶"(《寒雨朝行视园树》)、"老思筇竹杖"(《送梓州李使君之任》),东川留后章彝送给他两支桃竹杖,他喜出望外,作诗答谢,还对竹杖叮嘱说:"杖兮杖兮,尔之生也甚正直,慎勿见水踊跃学变化为龙!"(《桃竹杖引赠章留后》)。他还喜欢在竹竿上题诗,愿意把自己的生活感受发表在竹友身上。他在遭到肃宗的贬谪,走向华州任所的路上,心中气闷,感慨万千,作诗言道:"更欲题诗满青竹,晚来幽独恐伤神。"(《题郑县亭子》)他不但自己这样做,还邀请友人题诗于他的竹林,在川北流浪的时候,有青年人窦九欲回成都,杜甫对他说:"我有浣花竹,题诗须一行。"(《送窦九归成都》)后来,他寓居夔州,还曾让自己的儿子代笔在竹竿上题诗:"爱竹遣儿书"(《秋清》)。

杜甫对竹子的种类也知之甚详,绵竹、笼竹、苦竹、慈竹、湘竹、斑竹、桃竹,他都亲手栽培或写诗赞叹过。在寓居成都草堂的日子里,为了美化环境,他写诗向绵竹县令韦续索要当地的特产——绵竹。绵竹是一种高大的竹子,竹竿挺拔、粗壮,竹叶繁茂、上扬,杜甫在诗中写道:"绵竹亭亭出县高"、"幸分苍翠拂波涛"(《从韦二明府续处觅绵竹》),不但写出绵竹的特征,而且表达了栽培绵竹的热切愿望。韦续没有辜负杜甫的心愿,送来了大批的竹苗,杜甫后来说他"有竹一顷馀",主要就是这种竹子。杜甫还栽种了许多笼竹(见《堂成》),笼竹又名笼葱竹,这种竹子的竹节很长,十分秀美,每天清晨,竹冠上缠着雾气,竹梢上滴着露水,一派幽雅绰约的风姿。苦竹,又名伞柄竹,枝细、丛生、味苦。杜甫客居秦州时,在屋旁长有这种竹子,曾作《苦竹》诗以苦竹自况身世。慈竹，又名子母竹，这种竹子于竹节处多生分枝，有如子母相依。杜甫在《假山》诗中赞道："慈竹春阴覆"，借慈竹的形象歌唱母子的深情。桃竹，质地坚实，是做手杖的绝好材料，杜甫将其比喻为"紫玉"，称其为"江妃水仙"所爱之物（《桃竹杖引赠章留后》）。

通观杜诗全集，"竹"字出现128次，加上"筠"、"筇"、"筱"、"篁"、"笋"等字出现的次数，共计149次之多，远远超过杜诗集中出现的其他树名的次数（据笔者统计：松70次，柳61次，桃41次，梅27次，柏22次，杨12次，李10次，桤2次）。杜诗现存1458首，也就是说，及竹的概率为十分之一强。

杜甫为何以竹子作为林中密友？除了竹林的清幽、凉爽给他带来身体上的快慰，更重要的原因应该是物我之间精神上的沟通。竹子的品性是劲节、虚心、坚忍、瘦硬，具有顽强的生命力。竹子的这些品性正好与他的人格操守、性格特征、审美情趣、人生态度是相同的，所以他对竹子具有一种异乎寻常的偏爱。

首先是"劲节"的同一。古代士人的节操主要表现为两个方面，一是民族气节，一是人格操守。杜甫在这两个方面都有浩正而鲜明的表现。首先是有遒劲的民族气节。他后半生遭遇诸多的战乱，《新唐书》本传说他"数尝寇乱，挺节无所污"。"挺节"的评语甚为肯綮。史料记载，在安史乱中，自宰相陈希烈以下的朝臣，多数投降变节，就连唐玄宗的女婿张均、张垍也接受了伪职。而杜甫却能坚定地站在唐王朝一边，与叛军势不两立。他痛骂安史之流为"逆节"、"逆胡"、"杂种"、"贼臣"、"贼寇"、"胡虏"。他称许人物，也多从民族气节上着眼。杜甫也是十分重视个人的人格操守的。在早年困居长安的艰苦岁月中，他不肯为了进入仕途而向"阴谋独秉钧"的宰相李林甫屈膝，就是一个明证。他的堂弟杜位是李林甫的女婿，这在一般世俗的眼里，是个很硬的"后门"，杜甫硬是没走这个关系，最后是通过向玄宗献赋进入仕途的。还有一个更典型的事例显示着他的节操。当他被肃宗贬斥，由左拾遗出为华州掾，他彻底看清了肃宗的昏庸和不仁，在关中大旱、斗米七千钱、"人相食"的紧要关头，他不惜冒着粮绝命断的危险，毅然辞掉了官职，与肃宗断绝了政务干系。他在秦州写的《佳人》,就是以“佳人”的命运和品格自况,表达了独立人格的意识和宁折不屈的操守。诗中所写的这位被“轻薄儿”遗弃、“幽居在空谷”的佳人,其实就是杜甫自述其身世的变迁;这位佳人流落荒野,住的是藤萝苫补的“茅屋”,靠变卖首饰活命,这其实就是杜甫对其寓居秦州所过的艰难生活的影射;然而,这位佳人并未向轻薄丈夫低头,她甘居山野,“摘花不插发,采柏动盈掬。天寒翠袖薄,日暮倚修竹。”天寒日暮,衣服单薄,采柏枝以示坚贞,倚修竹以示操守。杜甫用他的生花妙笔,把身穿翠衣的佳人与青翠的竹子合为一体,把佳人的节操与竹子的劲节拧成一股。透过佳人的倚竹形象,我们不难看出杜甫对竹子劲节的赞美和品性的认同。

其二是“虚心”的同一。杜甫具有谦虚的品德。就以他对历代诗人的评价为视角,亦足以说明之。通观《杜甫全集》,我们没有找到一句杜甫贬低他人作品的话。无论对同时代的诗人还是对前代诗人,无论是对有名气的诗人还是对初学写诗的青年,总是竭力表彰,或热诚鼓励,而没有向任何人发过嘲笑, 泼过冷水。他称许过同时代的许多著名诗人,他赞扬李白:“笔落惊风雨,诗成泣鬼神。”(《寄李十二白二十韵》)他赞美高适、岑参:“意惬关飞动,篇终接混茫。”(《寄高适、岑参三十韵》)他赞美王维:“最传秀句寰区满”(《解闷十二首》其八) 他赞美孟浩然:“清诗句句尽堪传”(《解闷十二首》其六)。对于二三流的诗人,也没有表示任何的轻视之意,总是尽一切可能,为他们张扬诗名。对诗人元结、郑虔、贾至、薛据、孔巢父、孟云卿、苏涣、沈东美等人的作品,都做过鼓励。对当时的文学青年也抱着积极奖掖的热诚态度,鼓励他们继续写作。对于从屈原以来直到本朝前期的诗人如屈原、宋玉、扬雄、司马相如、曹植、陶渊明、谢灵运、庾信、鲍照、阴铿、江总、何逊、谢朓、“四杰”、陈子昂、沈佺期、宋之问、郭震、杜审言、李邕、王翰、贺知章等,他也给予高度的评价。魏文帝曹丕曾断言:“文人相轻,自古而然。”(《典论·论文》)然而在杜甫身上,我们找不到这种陋习。

其三是“坚忍”的同一。竹子坚忍耐寒,经冬不凋,是“岁寒三友”之一。这种凌寒不屈的品性,与杜甫是相通的。杜甫后半生经历了人世间诸多的苦难，虽饥寒交迫而能倔强不屈，硬是挺着瘦弱多病的身躯，行进在坎坷的人生旅途上。“饥借家家米，愁征处处杯。”（《秋日荆南述怀三十韵》）是对其生活状况的自我概括。宋人刘克庄称他为“菜肚老人”，准确地表述了他的拮据生活。他患有肺病、糖尿病、头风、半身不遂，晚年又耳聋眼花，凭着儒家的笃行精神和坚强意志，他用一支诗笔，描绘了大唐帝国由盛转衰的历史画卷，忠实地展示出当时的社会人文、风土人情和山川地物的奇光异彩；他在诗歌艺术上刻苦追求，致力于新变，无论是“即事名篇”的乐府诗歌命题方法、书写时事的内容新变、用“当时语”入诗的作风，以及声律和对仗艺术的探索，均为中国诗歌的发展开辟出广阔的前景。他在诗歌的内容和艺术的开拓上，无疑是超过了李白的，正如宋初诗人王禹偁所说：“子美集开诗世界”。杜甫直到死前仍不屈服于命运，他说：“齿落未是无心人，舌存耻作穷途哭。”（《暮秋枉裴道州手札》）铮铮誓言表明了他不屈的人生态度。他抱着这种心态“神与物游”，自然会发现竹子的“坚忍”品性与自己个性的契合。

其四是“瘦硬”的同一。竹子与其他树木相比，其形体和质地是瘦而硬的，而杜甫的审美情趣也正是崇尚“瘦硬”。盛唐时期，社会的审美思潮是以“丰腴”为主流的。颜真卿的书法，韩干的画马，张萱的仕女图，乃至以肥胖获宠的杨玉环等等，反映了当时人们的审美趋向。杜甫崇尚“瘦硬”，可谓逆潮流而动了。他批评韩干画马过肥：“干唯画肉不画骨，忍使骅骝气凋丧。”（《丹青引》）认为肉多则气丧，骨硬则神生，韩干所画的这些肉马是不足称道的。他所赞美的骏马是瘦硬型的，在所作《房兵曹胡马》中，他强调了骏马的“锋棱瘦骨”之姿，所谓“锋棱瘦骨”，是说马的骨骼突出，带棱带角；就连马的耳朵也是瘦硬尖峭的——“竹批双耳峻”，说马耳如同竹筒斜削而成。他用竹筒比喻马耳，也正是借用了竹子的形瘦而质坚。在《李鄠县丈人胡马行》中，又一次用斜削的竹筒比喻马耳：“头上锐耳批秋竹”。对于书法艺术，他同样主张“瘦硬”为美：“书贵瘦硬方通神”（《李潮八分小篆歌》），他用“快剑长戟森相向”（《李潮八分小篆歌》），来赞美李潮书法笔锋的瘦硬之美。他赞特别推崇初唐书法家褚遂良的书法，说“褚公书绝伦”（《发潭州》），书法界公认褚遂良的书法风格为“疏瘦婉畅，如铁线萦结”，显然，这也是因为褚遂良的书法风格符合他的审美取向。相反，他对于同时代的、以气度丰腴为特征的书法家颜真卿却一字未提，其审美取向是不难看出的。在诗歌艺术的审美追求上，虽说他没有明确地提出过“瘦硬”的主张，但是我们读他的全部作品，不难体会到一种简劲的作风。他叙事从不拖沓，必欲突出主干；议论从不隐晦，必欲直指心肝。仇兆鳌说：“太白狂而肆，少陵狂而简。”这个“简”字是说他的性格，也是说他诗歌的简劲作风。他笔下的大千世界，所赞美者即多为这种简劲瘦硬之物，如：写天狗则是“性刚简而清瘦”（《天狗赋》）；写骏马则是“锋棱瘦骨成”（《房兵曹胡马》）。笔下山峰也多是尖峭、铁硬的，“峡形藏堂隍，壁色立精铁。”（《铁堂峡》）“两行秦树直，数点蜀山尖。”（《送张二十参军赴蜀州》）“赤甲白云俱刺天”（《夔州歌十绝句》），如此等等，表现了他独特的审美追求。他用这种审美尺度观察草木，遂将目光集中在以瘦硬为形质特征的竹子身上。

杜甫以修竹作为自己的精神化身，还有三个最为鲜明的实证。那就是他写的三首以竹自比的诗歌：《佳人》、《苦竹》、《严郑公宅同咏竹》。《佳人》这首诗，在上文已经提到，“佳人”就是杜甫的自我影射，杜甫让“佳人”“日暮倚修竹”，就是要把自己与修竹合为一体。《苦竹》诗云：“青冥亦自守，软弱强扶持。味苦夏虫避，丛卑春鸟疑。轩墀曾不重，剪伐欲无辞。幸近幽人屋，霜根结在兹。”此诗为作者在秦州作，当时他被肃宗疏远，决然流落边地，生活陷入困境，故以苦竹自比。诗中写苦竹“味苦”、“丛卑”、“轩墀不重”（此处“轩墀”即指朝廷），是对自己的身世和秦州生活的艺术概括。然而它虽居“青冥”（指山岭），却依然能够“自守”节操，形体虽弱却依然在自我“扶持”，则表现了作者高尚的操守和坚忍的精神。在这里，作者更是明白地表示他对竹子品格的认同。《严郑公宅同咏竹》是杜甫在剑南节度使严武幕府供职时写的，诗云：“绿竹半含箨，新梢才出墙。色侵书秩晚，阴过酒樽凉。雨洗娟娟净，风吹细细香。但令无剪伐，会见拂云长。”这棵显然还很幼小、稚嫩的“绿竹”，正是经过严武推荐而初任幕府参谋的杜甫的化身，说它能为

“书秩”添色、为“酒樽”增凉,而且体“净”、身“香”,也正是杜甫对其才德的自我宣扬和欣赏，尾联则寄希望于严武的栽培：倘能不加剪伐，则一定会有伟岸的高材可望。

修竹体现了杜甫的人格精神和审美情趣,成为他的艺术化身。修竹所在就是杜甫所在,修竹长青,杜甫不朽。

# 唐代的音乐诗

唐代音乐繁荣，无所不及的唐诗触角很自然的伸向了这个领域。李白的《听蜀僧睿弹琴》，李颀的《听董大弹胡笳》《听安万善吹觱篥歌》，韩愈的《听颖师弹琴》，白居易的《琵琶行》，李贺的《李凭箜篌引》，是其中的佼佼者。读着这些诗篇，似听到一曲曲唐代音乐穿过历史的烟云回荡于耳畔。清人方扶南说，《琵琶行》《听颖师弹琴》《李凭箜篌引》三篇“摹写声音至文”。所谓“至文”，意为最好的文字。那么它们好在何处呢？古人论诗，每每只下断语，不作分析。这方天地留给了后人。

音乐是听觉艺术，本身无形无状。有形之物易写，无形之音难状。唐代诗人是如何通过语言文字来表现音乐之妙的呢？探讨其表现手法，对于鉴赏诗歌艺术和从事新诗创作，是有益的。

分析上述诗篇，可知其表现手法主要有四。其一是“以声拟声”，即使用自然界或人世间的诸种音响来摹拟不同质感的音乐，唤起读者的联想，以完成对某种音乐的表现。李白《听蜀僧睿弹琴》写道：“为我一挥手，如听万壑松。客心洗流水，余响入霜钟。”用万壑松涛声、流水声、霜天之钟声，摹写出琴声的宏伟、流畅和清肃。而韩愈的《听颖师弹琴》，重在摹写琴声由低微到高昂的变化:“昵昵儿女语,恩怨相尔汝。划然变轩昂,勇士赴敌场。”琴声初起,细柔而缠绵,如同青年男女密语谈情;突然间一片强音爆发,如同勇士们喊着杀声冲向敌阵。李颀《听董大弹胡笳》,则以失群雏雁的酸嘶、胡儿恋母的哀啼、长风吹动林木、急雨敲打瓦片等众多萧瑟的音响,表现出胡笳乐曲的凄楚哀惋;《听安万善吹觱篥歌》以“枯桑老柏寒飕飗,九雏鸣凤乱啾啾。龙吟虎啸一时发,万籁百泉相与秋”这些音响来摹写觱篥(古代由龟兹国传入的一种管乐器,发声悲哀)的曲调,令人如闻其声。白居易摹写琵琶乐曲则一连用了十种声响:急雨声、私语声、珠落玉盘声、莺语声、冰下泉流声、银瓶破裂声、水浆迸溅声、骑兵奔驰声、刀枪相击声、裂帛声。这些来自大自然和人世间的音响,极容易触动人们的联想翅膀。尤值一提的是,唐代诗人在选择客体音响时,不但考虑到音响的质感与乐器的音质相吻合(例如,弹拨乐“琴”“琵琶”与吹奏乐“胡笳”“觱篥”的音质区别),而且考虑到音响的情感导向与乐曲的感情蕴涵(低回与高昂,欢快与凄苦,缠绵与豪迈等等)相谐调,使乐曲的音质与情感得到鲜明的表现。“以声拟声”能直接的引发人们的联想,是一种最便捷的表现手法。

其二是“以形写声”,即用可视的特征性物形,调动人们的联想,开通由视觉到听觉的感受线路,把有形之物幻化为无形之声。韩愈《听颖师弹琴》写道:“浮云柳絮无根蒂,天地阔远随飞扬。”浮云柳絮在广远的天地间相与追随飞扬的这种物态,是韩愈听到琴声之后在眼前出现的幻象,是由听觉到视觉的通连与幻化。当他把这种幻象诉诸文字,则感受敏锐的读者便会产生由视觉到听觉的逆向反应,透过浮云柳絮追随飞扬的物象而听到悠扬宛转、舒缓自如的缕缕声。这首诗中还描写了琴声的高低变化,同样使用了“以形写声”的手法:“跻攀分寸不可上,失势一落千丈强。”韩愈说,他听到琴声低起而升,似看见有人在爬山,由山脚低处起爬,渐爬渐高,也渐渐手脚乏力了,每登一步,都十分艰难。到了分寸不可再上的高度(已经接近云层了吧),突然失足,从高峰上滚了下来,落到山脚低洼处。这一系列的形态过程,在感受敏锐的读者耳畔,会化成琴声由低渐次升高、升到极高之处突然急速跌降、最终回到初始状态的整个音乐过程。李颀《听董大弹胡笳》也使用了这种手法，诗中描写胡笳乐曲的变化，说道："空山百鸟散还合，万里浮云阴且晴。"百鸟忽聚忽散，表现出乐曲的时急时缓；浮云且晴且阴，表现出乐音的清浊变化。这种感觉上的通连现象，钱钟书先生把它概括为"通感"。"通感"，并非人人都能具有；多出现在感受敏锐者身上。真正的诗人都是敏感的人，发生"通感"理固宜然。接触音乐之后，他们的感受由听觉进入视觉，取得"由声入形"的飞跃，再"以形写声"，把形体的感受交给读者，期待人们产生"由形入声"的飞越。但是，由于并非人人都能产生感觉的通连，所以这种手法的艺术接受群是有限度的。有相当一批人（包括一些诗作者）对此感到莫名其妙，难以接受。例如，杜甫诗句："晨钟云外湿"（《船下夔州郭，宿雨湿不得上岸》），钟声怎么会是湿的呢？其实，细心的杜甫已经在诗题中作了交待，因为是雨天，云雾浓重，杜甫不能上岸，只得坐在船上，而钟声来自高远的夔州城，杜甫听远来的钟声，那声音自然不会宏亮、清脆，一个"湿"字，准确的写出钟声的特点。这是由听觉到触觉的通连。明代学者王嗣奭对"钟声湿"感到不解，把"晨钟云外湿"定为"晨钟云径湿"（见《杜臆》）湿者是"云径"，这自然能被一般人所理解了。可是，诗人对钟声的独特感受却因此化为乌有。清代学者仇兆鳌看来也是不懂"通感"之道，他把"晨钟云岸湿"作为该句的主选，而把"云外"作为参考。（见《杜诗详注》）可见，学者（虽说他们也写过诗）读诗，每每变味。说完了"湿"，顺便再说说"干"。杜甫又有诗曰："回眺积水外，始知众星干。"（《水会渡》）星光难道还有干、湿吗？原来，杜甫方才坐船渡江，身在江雾之中，仰望星空，觉得星星不亮，像是受了潮。现在渡过了江面，站在江边的高处，摆脱了水气的干扰，才发觉星星的明亮。一个"干"字，反映了诗人对星光感受的由视觉到触觉的通连，极度的表现了星光的明亮。仇兆鳌注释此句，引用陆游诗句"水浸一天星"加以"参看"。其实二者除字面有某些相同之外，至于表现手法则完全不同，说明仇氏确实不知"干"从何来。不论学者们知与不知，承认与否，感觉的通连是一种客观存在，诗人完全有理由凭着这种天赋表达独特的生活感受。"以形写声"的手法完全可以确定下来。

其三是“侧面烘托”,唐代的音乐诗几乎篇篇皆用此法。通过听众(括人和自然物)对乐曲的强烈反应,极写音乐的美妙或神奇。仅以上述所列诗篇为例说明之。李白《听蜀僧睿弹琴》尾联写道:“不觉碧山暮,秋云暗几重。”因听琴曲,不觉天色已晚,心态之痴迷,正见乐曲之高妙。韩愈《听颖师弹琴》结尾写道:“自闻颖师弹,起坐在一旁。推手遽止之,湿衣泪滂滂。颖乎尔诚能,无以冰炭置我肠!”颖师的琴曲威力够大,不但让韩愈坐立不宁,而且撞开了泪水的闸门,滂滂热泪洒湿衣裳,内心忽冷忽热,如同冰炭交置,最后不得不求其停止演奏。白居易更是擅长此道,《琵琶行》有三处描写听众的感受,一在其首,一在其中,一在其末,布置得可谓均匀。诗的开头,写白居易与客人在江边对饮,即将分手之际,“忽闻水上琵琶声,主人忘归客不发”。二人都被琵琶曲给粘住了,接下来又是“寻声暗问”,又是“移船相近”,“千呼万唤”,求其露面。这一系列的描述,已使人感到“琵琶声”的不同凡响。待到一曲弹罢,满座寂然,“东舟西舫悄无言,唯见江心秋月白。”听者神魂出窍,进入曲中,一时不能归身,木然对月呆坐而已。这一笔侧面烘托,把琵琶乐曲的精妙推到绝伦的地步。诗的末尾又用侧笔,当琵琶女应邀复弹一曲之后,“满座重闻皆掩泣”,身世相同的“江州司马”落泪最多,竟至湿了青衫。这些侧面笔墨,与正面描写相配合,卓有成效的展现了音乐的美妙动人。以上是从“人”的角度使用侧笔。作为音乐的受事者,人之外还有大千世界的万事万物。富于想象力的诗人,往往把眼光投向自然,以自然物(现实的或超现实的)作为音乐的反应对象,渲染音乐的神奇韵味。例如,李颀在《听董大弹胡笳》中写道:“川为净其波,鸟亦罢其鸣。”是为胡笳乐曲所感动,乃至“深山窃听来妖精”,连秘居深山的妖精也前来偷听,足见音乐之神妙。李贺在《李凭箜篌引》中,更是调动了五彩缤纷的动物世界和光怪陆离的神话世界:“昆山玉碎凤凰叫,芙蓉泣露香兰笑。”箜篌一响,昆仑玉石为之激动而碎,凤凰与之和鸣,芙蓉感动落泪,兰花露出笑容。甚至连炼石的女娲也忘了补天,造成“石破天惊逗秋雨”的惊险场面。“老鱼”和“瘦蛟”听了此曲,或激动得跳波,或高兴得起舞。那月宫里的吴刚也忘了砍伐桂树,长夜不眠,倚树倾听;嫦娥的玉兔也听得入迷，皮毛被寒露打湿也不觉得。经过这一番人间天上花鸟龙鱼万象综合渲染，使人觉得李凭的箜篌演技真可谓达到了出神入化的境地。

其四是"曲中有人"，把人物形象含融在乐曲之中，通过音乐塑造人物形象。这无疑是一种高层次的音乐表现艺术。就笔者所读的唐诗来说，达到这种层次的只有白居易的《琵琶行》。为了便于说明问题，现将诗中的两个段落抄录下来。一段是对琵琶乐曲的描写：

大弦嘈嘈如急雨，小弦切切如私语。
嘈嘈切切错杂弹，大珠小珠落玉盘。
间关莺语花底滑，幽咽泉流冰下难。
冰泉冷涩弦凝绝，凝绝不通声暂歇。
别有幽愁暗恨生，此时无声胜有声。
银瓶乍破水浆迸，铁骑突出刀枪鸣。
曲终收拨当心画，四弦一声如裂帛。

另一段是对琵琶女身世的叙述：

自言本是京城女，家在虾蟆陵下住。
十三学得琵琶成，名属教坊第一部。
曲罢曾教善才伏，妆成每被秋娘妒。
五陵年少争缠头，一曲红绡不知数。
钿头云篦击节碎，血色罗裙翻酒污。
今年欢笑复明年，秋月春风等闲度。
弟走从军阿姨死，暮去朝来颜色故。
门前冷落车马稀，老大嫁作商人妇。
商人重利轻别离，前月浮梁买茶去。
去来江口守空船，绕船月明江水寒。
夜深忽梦少年事，梦啼妆泪红阑干。

琵琶女的身世明显的分为三个时期，即："今年欢笑复明年" 的青春时期，"门前冷落车马稀"的中年时期，"去来江口守空船"的老年时期。每个时期的生活处境不同，她的心情亦有明显的差异，即由青春的欢乐到中年的寂寞、到老年的悲愤。依循这条身世和心情变化的轨迹，去阅读那段音乐描写，我们惊奇的发现，乐曲的音响、感情的变化，与之是何等的吻合，真乃丝丝入扣！开始，乐曲的音调是明快的，感情是欢乐的，那活泼洒脱的急雨声，那缠绵的私语声，清脆的珠落玉盘声，婉转的花间莺语声，构成一种愉悦华美的氛围，这正是琵琶女青春岁月和欢乐心情的写照。接着，乐曲的音响、感情发生了变化，"幽咽泉流冰下难"，声音变得滞涩、细微、低沉，渐渐听不到了，"凝绝不通声暂歇"，一种"幽愁暗恨"于此中生出，这种音响和情感与琵琶女中年遭际和寂寞心情相对应，音响的空白正好描绘出琵琶女那种欲诉难尽、难以为诉的心情。在一段令人窒息的沉寂之后，突然奏起一片惊天动地的音响：银瓶乍破，水浆飞迸，铁骑驰突，刀枪齐鸣，最后以一声摧人心肠的裂帛之声戛然而止。这段强烈的、带有毁灭意味的音响，与琵琶女老年的绝境和愤激的心情相对应，表达出她对世态的血泪控诉。综上所述可以看出，作者对琵琶女身世的叙述的目的之一，是为这一大段音乐描写添加注脚。有了这个注脚，音乐所塑造的人物形象方能鲜明，音乐的妙处方能由此而显出。由此也能看出，白居易确实是一位懂得音乐的诗人。"曲中有人"，在音乐描写中塑造人物形象，而不停留在一般的对音响的描写和赞赏上，是白居易独有的艺术造诣。

唐代是富于开创性的时代，唐代诗人是富于创造精神的弄潮儿。他们以勇于探索的精神，在音乐诗的表现艺术上取得了巨大的成就。其开创精神和表现手法，很值得我们认真学习，用之于新时代的诗歌创作。

# 象外有象，弦外有音

## ——谈苏轼《定风波》词的构思艺术

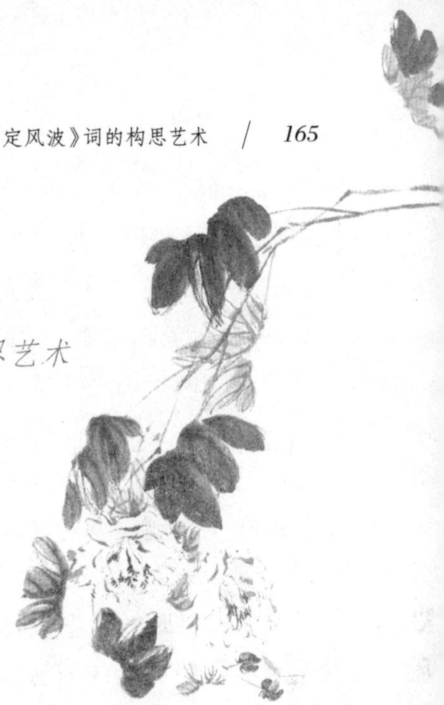

苏轼由于反对王安石变法，被朝廷贬到黄州，虽有“黄州团练副使”的官职在身，却是有职无权，无事可做，过着“半是闲人半是罪人”的生活。好在他生性旷达，不为个人升沉荣辱所动，在逆境中依然保持着乐观的生活态度，创作了大量的诗词赋作品，黄州岁月竟成了他文学创作的高峰期。《定风波》这首词就是在这个时期创作的，从这首词可以认识他的个性特征和生活态度。而他的个性特征和生活态度的鲜明表达，又赖于词的艺术构思。词云：

莫听穿林打叶声，何妨吟啸且徐行？竹杖芒鞋轻胜马，谁怕？一蓑烟雨任平生。

料峭春风吹酒醒，微冷。山头斜照却相迎。回首向来萧瑟处，归去，也无风雨也无晴。

词前有个小序，说道：“三月七日，沙湖道中遇雨。雨具先去，同行皆狼狈，余独不觉。已而遂晴。故作此。”沙湖在黄州城的东南30里处，是个风景区。苏轼与他人前去游览，回来的路上遇到了风雨。“雨具先去”，是说雨具事先已被仆人拿走了，可见这是一场出乎意料的风雨。同行的人都因挨雨淋而神色沮丧，“余独不觉”，是说他自己并不觉得怎么样，挨淋就挨淋吧，何必神色慌张呢？过一会儿天就晴了，于是有感而填了这首词。小序交待了写作的背景，已经透露出词的主旨。

上片先写雨境，写作者对风雨的态度。穿林声，指的是风声；打叶声，指的是雨声。“穿林打叶”写出了风雨的声势之猛。而强调风雨的声势，目的在于凸现作者对风雨的态度，态度就是“莫听”，就是不予理睬，我行我素。如果说“莫听”还比较笼统，那么，“何妨吟啸且徐行”这句就把他蔑视风雨的神态很具体地的写出来了。吟，是吟诗；啸，是撮口而发出来的长而清越的声音：呜——。苏轼说，不妨在风雨之中吟诗、长啸、缓步而行。苏轼当时吟诵的是什么诗呢？不可考知，大概是这样的吧：风啊，任你尽情的吹吧；雨啊，任你放肆的下；伙伴们啊，任你们狼狈的逃窜吧；苏轼我呦，迈的是从容的步伐。呜——。吟诗、长啸、徐行，这三个行为描写，生动的表现了他那悠闲自如、不为风雨所动容的神情，表现了他那鲜明的个性特征。接下来，通过描写他的服饰——手持竹杖、脚穿芒鞋（用芒草编制的鞋子）进一步展示他的乐观精神。他说，拄着竹杖、穿着草鞋在泥泞中行走，比骑马还要轻松愉快。“竹杖”、“芒鞋”，本是草野之人的服饰，这显然是针对他在黄州的“半是闲人半是罪人”的处境讲的，是对自己生活境况的概括。难得的是，他居然有“轻胜马”的感觉，而且直言不怕这种生活处境，这也鲜明地表现出他那随遇而安、超然物外的精神境界。词的上片，用“一蓑烟雨任平生”来结束，更是韵味深长。作者说，披一领蓑衣，肩漫天烟雨，任凭这样过一辈子也无所畏惧，完全可以泰然处之的。这是由眼前的遭遇推开去写，“烟雨”一词语意双关，既是指自然界的风雨，又是指仕途上的遭际，“一蓑烟雨任平生”具有象外之象，弦外之音。

词的下片写天放晴，写作者对晴天的态度。“料峭春风吹酒醒，微冷”，料峭，是形容春风的寒意，时当三月，雨后的春风还是寒冷的，何况浑身的衣服已被雨水淋透。虽说如此，作者却说料峭的春风也仅仅是帮助自己醒了酒而已，他也仅仅是感到有些轻微的冷意而已。“料峭”是写实，“微冷”是写感觉，二者之间有着明显的差距，这个差距表现了作者的乐观性格。“山头斜照却相迎”，雨后天晴，斜阳在山，迎面送来暖意，这是否让作者欣喜了呢？不，一个“却”字写出斜阳送暖并非作者所期待，纯粹是不期然而然，这就表现了作者对天晴亦无动于衷。天晴之后，作者回过头去看刚才风吹雨打林木的地方——“回首向来萧瑟处”（萧瑟，指风雨吹打林木的声音），这个细节行为描写，生动的表现出他战胜风雨之后的自豪感，对艰难困苦的轻蔑之意。“归去，也无风雨也无晴”，这不是在写天气，不是说回去的路上没有风雨但也不是晴天，而是在写他的心境，是说他的心境里没有风雨阴晴的差别，雨天和晴天对他的心态根本不起任何作用，晴天，他吟啸徐行；雨天，他依旧如此。他不因天晴而喜，不因雨天而悲。他怀的是一颗超然物外的心，按照自己预定的人生道路悠然前行。

这首词写的事很小，只不过是路途中遇雨的一桩小事，但表现的情志却很深长。这完全依赖于有个很好的艺术构思。作者当时处于被贬谪的环境中，要通过文学作品表现在逆境中的乐观、旷达，并非轻易的事，如果处理不好，很容易流于枯燥的理性的说教。作者的艺术构思很巧妙，他采用以小及大、借题发挥的艺术手法，通过一个独特的艺术形象，把他的思想、性格完美的表现出来。这个艺术形象就是作者在风雨泥泞中悠然行走，把风雨阴晴完全置之度外。而风雨阴晴又语意双关，既是眼前自然界中的风雨阴晴，又是人生道路上的风雨阴晴。作品言在此而意在彼，具有象外之象、弦外之音，思想容量大，能够引发读者的丰富联想，进行艺术形象的再创造。从读者的艺术鉴赏心理来说，也只有引发他们对艺术形象的再创造，才能获得心理的满足。那种把话说尽，一览无余的东西，是难以获得审美感受的。

此外，这首词在逻辑上也十分畅通。上片写雨境，表达的是不怕阴雨，下片写晴境，表达的是不恋天晴，最后写心境，表达的是无风雨阴晴的差别。文思贯畅，一路写来，颇有行云流水之妙，与苏轼的散文风格相近似。

性格就是命运。苏轼性格正直、旷达，他一生直言敢谏，说了不少

“不合时宜”的话，因此，政治上频受打击，屡遭贬谪。晚年，他回顾自己的一生经历，说道：“问汝平生功业，黄州、惠州、儋州”（《自题金山画像》），神宗时，他由于反对王安石新法，被贬谪到黄州（今属湖北）；高太后执政时，他由于为新法说了公道话，被贬谪到更远的惠州（今属广东）；哲宗时，他又被贬谪到儋州（今属海南岛）。把越贬越远的遭际，说成是一生的“功业”，其性格之旷达可见一斑。苏轼的家庭生活也是不幸的，前后三次丧妻，晚年独身而居。但是，苏轼的旷达性格成就了文学的伟业，靠了这种性格，他保持了乐观的生活态度，在文学的园地里辛勤耕耘，诗、词、赋、散文、书法都取得了极高的成就，他的文学成就代表了北宋文学的最高成就，他是中国文学史上罕见的全能作家。

苏轼对后世的影响，并非仅限于文学，更为重要的是他那进退自如、荣辱不惊的处世态度，为后人提供了一种生活范式，为后人营造了一处精神家园。《定风波》这首词所展示的“一蓑烟雨任平生”、“也无风雨也无晴”的艺术形象，永远印记在后人的心目中，在这个艺术形象的后面，正有无数的追随者随其身影而行。

# 民族志士的深思与呐喊

## ——张元干《贺新郎·送胡邦衡待制赴新州》词赏析

梦绕神州路。怅秋风、连营画角，故宫离黍。底事昆仑倾砥柱，九地黄流乱注，聚万落千村狐兔？天意从来高难问，况人情老易悲难诉，更南浦，送君去。凉生岸柳催残暑。耿斜河、疏星淡月，断云微度。万里江山知何处？回首对床夜语。雁不到、书成谁与？目尽青天怀今古，肯儿曹恩怨相尔汝？举大白，听金缕。

在南渡词人中，张元干也曾经历过北宋末期畸形太平岁月的放荡生活，词风绮艳轻靡。那是时世没有给他显露英雄本色的机会。金兵入侵中原，他投笔从戎，协助李纲指挥汴京保卫战，失败之后，渡江南下。心怀抗金复国志气的他，面对高宗朝廷的投降政策，深感壮志难酬、报国无路，遂以词为传声之角，将一腔愤怒悲慨之情尽情宣泄。《贺新郎·送胡邦衡待制赴新州》这首词，即是其代表作。

这是一首送别之作。所送的人胡邦衡，即胡铨，官居待制（皇帝的侍从官）。高宗绍兴八年（1138年），朝廷与金人议和，拟签订屈辱和约，胡铨上书反对，并请将宰相秦桧斩首示众。此文一出，朝野震动，高宗、秦桧一伙将胡铨贬谪，绍兴十二年（1142年）又削掉胡铨的官职，送到新州(今广东新兴县)编管起来。张元干这首词就是在送别胡铨上路时写的。

开篇“梦绕神州路”,作者陈述自己的梦魂在中原沦陷区内萦绕、徘徊。以“梦”起笔,饶有深意,一是写出神州陆沉,中原地区已经陷入敌手,自身不能前往,只能托之于梦,在梦境中去巡视,则作者的感慨已然露出。二是写出作者对沦陷区的魂牵梦绕,则其爱国之情便和盘托出。接下来写梦中所见:秋风飒飒,令人惆怅,但闻金兵吹起连营的画角,但见故国的宫殿里长满茂盛的禾黍,一片荒芜。《诗经·王风·黍离》写东周的大夫们看到故都(镐京)宫殿里长满了禾黍,便彷徨不忍离去。作者此处使用这个典故,写故都汴京的废弃景象。“连营画角”是写敌之猖狂,“故宫离黍”是写我之衰微,在对比中表现出作者的不平之气:小小鼠辈居然也成气候,堂堂大国竟然如此萧索,这是难以容忍的。周汝昌先生认为,这两句都是写“南宋局势”,这种解释是不恰当的,有两点说不通:一、说“连营画角”是写南宋的“武备军容,十分雄武”(唐圭璋等《唐宋词鉴赏辞典》,上海辞书出版社,1988年),与史实不合,因为有宋一代实行的“崇文抑武”的国策,宋朝的军事力量始终是疲软的;二、这种解释,与首句的意思断裂了,首句写“梦绕神州路”,则接下来就应该写梦中之所见,见到的就应该是金营和故都的情况。文理脉络,不应阻塞;诗家用意,尤须细察。

接下来,便是作者对中原沦陷而不能收复的原因发出质问:“底事昆仑倾砥柱,九地黄流乱注,聚万落千村狐兔?”“底事”,是古典诗词常用的疑问词,意思是“为什么”。在古典诗词中,有所谓连贯句式,连贯句式有几种类型,其中的一种是指句子中出现了疑问词或否定词,那么这些词往往要管到后面的几句,而不是仅仅限于本句。这三句就是连贯句式,它们都统摄在“底事”之下,即“底事昆仑倾砥柱?底事九地黄流乱注?底事聚万落千村狐兔?”作者连续三句发问:一问中原地区为什么会沦陷,《神异经·中荒经》曰:“昆仑有铜柱焉,其高入天,所谓天柱也”。古人以昆仑天柱倾倒比喻神州陆沉。二问中原百姓为什么遭受灭顶之灾,“九地”意思是遍地,作者以黄河泛滥比喻沦陷区的百姓遭受巨大的灾难。三问中原地区的村庄为什么竟成了狐兔的巢穴,狐兔代人而村居,既写出荒芜的景象,又暗指金人霸占了汉人的田园。作者接连发问,气势咄咄逼人,而答案即在接下来的三句分三层写出。

“天意从来高难问”,这是作者对中原沦陷而不能收复的原因所做出的第一层揭示。字面上似乎在责怪老天,说老天高高在上,它对人世的兴亡安排让人感到神秘莫测,人们难以问个明白。实际上这是在指责宋高宗,说高宗皇帝推行投降政策,其用心何在,人们难以向他问清楚。高宗主降,是出于一种卑微的心理,他不愿意与金人作战,那是由于他觉得无论战胜战败都对他没有好处:战胜了,徽宗、钦宗从金人那里回来,就得继续当皇帝,这当然是高宗不希望的事;战败了,他的皇位有可能会失去。作者对高宗的卑微心理是清楚的,所以他说“难问”,而不说“难料”,“难问”就是难以向皇帝发问,你问他的用心所在,他也难于告诉你。这是作者揭示中原沦陷而不能收复的第一个原因:皇帝昏庸。

“况人情老易悲难诉”,“况”的意思是况且,在表意上明显与上面一句构成递进关系,是作者对中原沦陷而不能收复的原因所做出的第二层揭示,即“人情老易”。这里的“人”是指南渡诸公,“老”的意思是疲惫衰弱,“易”是轻易。“人情老易”四个字高度概括了南渡诸公收复中原的意志之迅速消沉。回想他们被金兵追赶,仓皇渡江之初,也曾心里憋着火,发誓要打回去,可是没过多久,便安于现状,觉得偏安江左的日子也不错,再无恢复国土的意志。作者对此发出“悲难诉”的呼叫,感到南渡诸公如此轻易地消磨了意志,实在是可悲的,可悲到难以诉说的地步。这是作者揭示中原沦陷而不能收复的第二个原因:诸公消沉。还须一提的是,“天意从来高难问,况人情老易悲难诉”,这两句是化用杜甫的诗句 “天意高难问, 人情老易悲”(《暮春江陵送马大卿公恩命追赴阙下》),杜诗的原意是感慨天高难以问意、人老易动悲情,张元干用其字面而赋予新的意思,令人耳目一新。

“更南浦,送君去”,“更”字与上句的“况”字相呼应,表示内容上的递进,是作者对中原沦陷而不能收复的原因所做出的第三层揭示:志士遭贬。“南浦”作为送别之处,并非实写,江淹《别赋》“送君南浦,伤如之何！”此后，南浦便用来代称送别的地点，而且借用了伤怀之意。君，指胡铨。这句的意思是说：更何况像您这样的立志复国之士却被贬谪到远方去。有志之士遭到迫害，致使敢于言战的人远离政治中心，这是高宗、秦桧一伙推行投降政策的必然手段。

以上三个方面的深刻揭示，表现出张元干对当时社会政治的敏锐透彻的观察与思考，是理性的剖析，志士的呐喊。

“更南浦，送君去”身兼二职，既揭示出民族灾难的原因，又记送别之事，为下片抒写别情铺平道路。

“凉生岸柳催残暑。耿斜河、疏星淡月，断云微度。”人世间，岸柳生凉，残暑将退，气候宜人；天空上，银河斜贯，疏星淡月，片云轻移，秋夜将晓。下片开头通过景物描写，交待了离别的时令与时辰，更重要的是在景物当中蕴涵着离别的惆怅。在作者笔下，无论天上、地面，景物都是美好的。按常理说，当此良辰美景，应该是亲朋好友携手畅游之时，然而他们却遭受着离别。这就构成了主观与客观的大冲突，景物与人事的大矛盾。正是凭借这种冲突、矛盾，惜别的感情才被凸现出来。王夫之《姜斋诗话》所云“以乐景写哀，以哀景写乐，一倍增其哀乐”，正是这个道理。

以景抒情之后，接下来是通过描写细节行为来抒情。“万里江山知何处？回首对床夜语。雁不到、书成谁与？”这三句状写作者的心情极为生动。第一句是写翘首南天，遥望友人的贬所，“万里江山”极言友人贬谪之远；第二句是回想刚刚过来的一夜，二人作对床之谈，通宵不寐。第三句是忧虑贬谪地远，今后书信难通。作者对友人的难舍之情，由这三个细节描写得到充分的表现。这三个细节行为展示了作者跳跃性的思维状态：由展望贬所而回顾昨夜，又由回顾昨夜而展望未来，从而传达出作者于分手之际思前想后的不宁心绪，以及愁肠百转不知如何是好的心理状态。“雁不到、书成谁与？”是取用雁脚传书的典故，以及雁到衡阳（今属湖南）而止飞的典故，强调了贬所遥远，音信难达。朱东润先生《中国历代文学作品选》解释说：“按宋时朝臣受罚，流窜远方，友好多不敢通音问。”今按，宋朝政治环境严苛是实，但以“友好多不敢通音问”来解释“雁不到、书成谁与”，把不通音信说成是害怕连累不敢写所致，这未免把爱国志士的精神境界看低了。笔者以为，张元干既然敢写词为其送行，既然敢在词中揭露高宗的卑微心思，揭露朝臣的苟且偷安，则此后的通信完全不成问题。朱氏的解释是自相矛盾的。作者感慨的是友人贬所遥远，唯恐书信难达，从一个侧面来加重表现离别的不忍。

“目尽青天怀今古，肯儿曹恩怨相尔汝？”这两句把上文抒写的别情提升到忧怀国事的精神高度。“目尽青天”是写所望空间范围之阔大，“怀今古”是写所想时间范围之悠久。作者的意思是说：我放眼寰宇，驰心古今，在这巨大的时空里，爱国志士遭受贬谪是经常发生的；我的惜别之情正是产生于千古英雄多恨事这一高度上，而不是仅仅出于好朋友的私交上。“儿曹恩怨相尔汝”化用韩愈《听颖师弹琴》的诗句：“昵昵儿女语，恩怨相尔汝。”原意是以青年夫妻亲昵交谈、互诉恩怨的语声来状写琴声的轻微、缠绵，这里是用其“私交”之意，前面加一“肯”字构成反诘语气，表示否定之意。这两句是全词的关键句，闪光句，它与上片所写的忧怀国事相呼应，又把下片所写的离情别绪提高为英雄志士之间的相互惋惜，从而唱出慷慨悲壮的音调。

词的结韵“举大白，听金缕。”大白，酒杯的名称；金缕，即《金缕曲》，是《贺新郎》词牌的别名，也就是作者所写的这首《贺新郎》，可见这首词是饯别宴会上的即兴之作，写出之后即席唱给胡铨听。全词以劝胡铨饮美酒、听壮曲作结，是为壮其行色，鼓其斗志，英雄诀别，自是不同凡响。仔细体会，词的这种结法，还有一种抗争意识蕴于其中。高宗、秦桧一伙本想用远贬之伎俩打击胡铨，在精神和肉体上折磨他，使他心情郁郁，甚至痛哭流涕。而作者却让胡铨举杯畅饮、开怀听歌，以乐观的心态走上远途，这明显是在与统治者“较劲”，表现出作者不屈的斗志，开阔的襟怀。

在艺术上，这首词突破了双调词先景物后人事的常见结构，先写国势艰危，后写送别之情，由此深化了爱国志士反遭贬谪的愤慨之情。词中五处使用问句，加强了感情表达的力度。又兼使用以美景反衬悲情的手法，遂使全篇感情深沉激越，顿挫淋漓，完美地塑造出一个爱国志士睿智深思、昂首呐喊的艺术形象。

# 刻画精微，出神入化

——读钱起《衔鱼翠鸟》

有意莲叶间，瞥然下高树。

擘波得潜鱼，一点翠光去。

唐人钱起的这首小诗，只写翡翠鸟捕鱼的瞬间情状，虽无深远寄托，但描摹之精微，状物之传神，亦足以悦人情性。

四句诗依翠鸟捕鱼的顺序写来。首句写它在高树上俯视水面莲叶的间隙，留心观察那散碎水面上偶然出现的鱼影；次句写它发现目标之后，从高树上一闪而下，“瞥然”，是形容瞬间闪过的样子，极写俯冲之迅疾；第三句写它破水而入，啄得潜鱼；结句写它得食以后，跃出水面，便一闪而逝了。

寥寥二十字，一个单纯的捕鱼过程，一组短暂的小镜头，然而翠鸟那锐利的目光和敏捷的动作，却给人留下强烈的印象。作者是如何把翠鸟的这两个特征表现得如此突出的呢？

先说作者对翠鸟锐利目光的表现。作品从始至终没有一个正面的字去直说它的目光如何锐利，而是把笔墨用在了翠鸟与环境关系的设置上，通过对捕鱼环境的精心设置，间接地表现出翠鸟那犀利的目光。请看：翠鸟所俯视的水面，是被重重“莲叶”遮盖着的，水中的游鱼只是在游到莲叶间隙时，才能隐约露出一点踪影，这么低的能见度，若非目光十分锐利，如何能够发现目标？此其一。其二，翠鸟所在之处，并非贴近水面，作者强调它是在“高树”上的，从这么高的地方下视水面，能将叶隙间的游鱼看个清楚，这又需要多么好的目力！其三，翠鸟所发现的目标，并非水面上的浮鱼，而是藏在水下的“潜鱼”，这一笔，又把翠鸟的目力推进一层。“莲叶”、“高树”、“潜鱼”，这些看来是纯客观的环境描写，却暗藏着作者的巧妙构思，作者避开了正面落笔的俗套，采用从旁点墨、以侧见正的手法，不动声色地达到了预期的目的，可谓“不着一字，尽得风流。”（司空图《诗品》）

再看作品对翠鸟迅疾动作的表现。作者采用了三种手法：其一，仍是侧写，即通过翠鸟与环境关系的角度去表现，想那莲叶缝隙中的潜鱼是一晃即逝的，翠鸟从发现目标到由高树飞下、到破水而入、到伸嘴擒捉，必定是近乎闪电的速度，稍有迟滞，便会落空的。其二，采用正面描写，直接展示翠鸟的几个连续动作：“下”、“擘”、“去”，三个动作的连续推出，简洁而有力地勾画出翠鸟由上而下、由空而水、由近而远的迅疾身影，给人一种急剧的、目不暇接的感受；它所展示的空间是如此的阔大，而展示的时间却是如此的短促，这种时空的逆差，更突出了翠鸟的飞动之速。其三，从观者的角度去写。作者写翠鸟从高树上俯冲下来，使用了“瞥然”这个词，说自己的眼睛无法追随那瞬间闪过的鸟影；写翠鸟得鱼后飞走，作者说只见“一点翠光”倏乎而逝。总之，在作者的视觉中，翠鸟的形体不见了，见到的只是点、线、光，描写这些主观感受，便将翠鸟的疾飞之状刻画至极。

另外，这首诗在着色上也别具一格，景物色彩不杂，呈现为单一的绿色，翠鸟、莲叶、树木，以及被莲叶遮覆的水面，无一不是绿色的，整个画面被绿色充满，是一个绿的整体。绿色，是生命的象征，蕴涵着蓬勃的生气，这种色调对于翠鸟的旺盛精神构成了有力的烘托。

钱起是中唐大历时期的诗人，是“大历十才子”之一，而且被公认为十才子之首。唐代科举的省试诗，只有两首为佳，一首是祖咏的《终南望馀雪》,另一首就是钱起的《湘灵鼓瑟》,“曲终人不见,江上数峰青”所创造的深杳诗境,悠长的韵味,颇能超越历史时空而永存。他的诗工于写景白描,审美上具有追求精确表现清幽小境的写实倾向,善于从细微之处下笔,精到之处真能笔追造化。这首《衔鱼翠鸟》可见一斑。

# 王维《观猎》的表现艺术

王维在文学史上以山水田园诗享有盛名。他的山水田园诗的名篇，多数为晚年之作。而年轻时期的王维，被盛唐时代精神所感召，曾有过一番颇为豪壮的建功立业的志向。《观猎》这首诗，就是反映他强烈进取心的代表作，全诗描写将军打猎，凸现将军的英武精神，借以表达作者的英雄之志。王维是个天才的艺术家，诗歌、绘画、音乐都取得了很高的艺术造诣。尤其是诗歌，精于各种表现手法，在唐代诗人群体中，其艺术成就仅在李白、杜甫之下。从《观猎》这首诗，可以见其一斑。诗云：

风劲角弓鸣，将军猎渭城。
草枯鹰眼疾，雪尽马蹄轻。
忽过新丰市，还归细柳营。
回看射雕处，千里暮云平。

首联在内容的安排上就显得别具一格。全诗写将军打猎，起句却不让将军出现，而是先写出两种声音：劲厉的北风声、弓弦的崩鸣声。这两种声音交织在一起，造成了威威赫赫的声势。这样一来，人物还没出现，读者的心已然被这声音抓住了，产生读下去的强烈欲望，这是一种“先声夺人”的表现手法。清代沈德潜在《说诗晬语》中评论说：“起手贵突兀。王右丞‘风劲角弓鸣’……直疑高山坠石，不知其来，令人惊绝。”沈德潜的话是有道理的。试想，如果开头两句写成“将军猎渭城，风劲角弓鸣”，那就不会产生这种令人震惊的艺术效果。这样安排，我们会感到有一种力量没有写出来，就是打猎时那种鹰飞马跃、弯弓搭箭、瞄准猎物、机不可失、时不再来的“急”劲，没有表达出来。现在，王维作出这样的安排，那个“急”劲就被表达出来了。由此，我们已经看出王维在艺术构思上的匠心独运。

颔联是采用“以物衬人”的艺术手法，就是用物的精神、性格来衬托人的精神、性格。作者的目的是要凸现将军的“鹰”和“马”的英武、雄健，而凸现“鹰”和“马”的英武、雄健，则是为了凸现将军的英武、雄健。然而，在解释这两句的意思上，笔者所见的几种注本，却未能揣摩到作者的用意。何也？他们都作出这样的解说：由于猎场上草已干枯，所以鹰眼就显得特别锐利；由于猎场上雪已消尽，所以马跑起来就特别的轻快了。如此解说，使人们感觉到，将军的“鹰”和“马”也就是一般的水平；而一般水平的“鹰”和“马”，对于将军的形象只能是有损而无益。这是违背“以物衬人”手法的用意的，显然不会是王维的原意。这两句是“紧缩句”，每一句都是由两个短句构成。“紧缩句”中的两个短句会出现各种语法关系。上面所说的几种注本，都把两个短句解释为因果关系。笔者以为，它们不是因果关系，而是并列关系。“草枯”是发现猎物的有利因素之一，“鹰眼疾”也是发现猎物的有利因素之一；“雪尽”是利于奔驰的因素之一，“马蹄轻”也是利于奔驰的因素之一。它们是“两个好”合并成一个“大好”的关系，如同说“力手持快刀”、“长帆遇劲风”。这样解释，才能突出将军的“鹰”和“马”的精神、性格，才能衬托出将军的英武、雄健。

颈联是通过巧用地名来丰满将军的形象。“忽”字是写作者的视觉感受，在作者的视野中，将军骑马向新丰市的方向奔驰，作者一眨眼的工夫没盯住，再找将军，他已经越过了新丰。这是强调将军打猎的神速。

这一联最值得称道的是对两个地名的选用。从诗的尾联“回看射雕处，千里暮云平”来看，将军这次打猎的范围是非常的辽阔。在这“千里”猎场上，将军打猎一定会经过许多地方，可是作者独独让将军从“新丰市”经过，这是为什么呢？原来，新丰市有它独特的文化风俗，那就是盛产美酒、聚集侠客。南朝诗人庾信在《春赋》中说：“入新丰而酒美”，李白在《结客少年行》中说：“托交从剧孟，买醉入新丰。笑尽一杯酒，杀人都市中。”王维在《少年行》中说：“新丰美酒斗十千，咸阳游侠多少年。相逢意气为君饮，系马高楼垂柳边。”这些作品都记录了新丰市产美酒、聚侠客的风俗特征。侠客在当时是以其扶弱抑强、仗义慷慨的品格被人们所赞许的。李白在《侠客行》中说：“纵死侠骨香”，王维在《少年行》中也说：“纵死犹闻侠骨香”，反映了侠客在当时人们心目中的崇高地位。那么，王维在这里选择“新丰市”让将军经过，就暗中给将军的形象抹上一层剑侠之气，不动声色地刻画出将军慷慨大义的风度。这对于丰满将军的形象，对于抒发作者的仰慕之情，无疑是起到重要作用的。再说细柳营，细柳营本是汉代名将周亚夫的营房名，王维此处是借以代称所咏将军的营房。之所以用这个地名来代称，是由于细柳营包含着一个文化意蕴。宋人曾公亮《武经总要》记载：“汉文帝时，匈奴入边，以周亚夫军细柳营。帝至军，吏被甲，锐金刃，控弓弩，持满。天子先驱至，不得入。曰：‘军中闻将军令，不闻天子诏。’……”汉文帝此行是前来慰劳各营将士，走到其他营房，营门大开，随便出入。来到细柳营前，却被营门卫兵挡住了。直到周亚夫发令准许进入，汉文帝才得以进营，而且还要遵照规定，“按辔徐行”，军令如此威严，颇令文帝赞许，叹道“真将军也”。后来，细柳营就被指代为军令威严的将军营地。王维借用这个地名所包含的故事，暗中写出将军的威严，有力地丰满了将军的形象。唐诗优秀作品中出现的地名，都不仅仅是交代人物活动的地点，而是与塑造形象、抒发情感密切相关，是作者艺术构思的一个有机部分。

尾联写将军收猎回营时意兴未尽的心态。“射雕”是择其壮者而言之。其实，打猎时多是遇到野兔、山鸡之类，雕是较少遇到的。但是，不能写成“回看射兔处”，这样写不利于表现将军的英武形象——狗还能逮住兔子呢！雕则不同了，它是猛禽，飞得又高又快，若非有勇有力有谋，是难以射到它的，所以，“射雕”云云，正在于表现将军的英姿。“暮云平”三个字，大处落墨，写景壮阔，莽莽的暮云可以看成是将军的豪气所凝聚。唐诗中多把人之“气”与天之“云”相连类，高适《燕歌行》“杀气三时作阵云”就是一例。这一联最有意味的是“回看”这个细节行为，作者经过精心构思，采用这个细节，把将军的内心世界作了深刻而含蓄的揭示。这实在是一个富于情感内蕴的细节：将军在进入营门之前，勒住马缰绳，回头遥望刚才的射猎之处，但见千里暮云，平铺在猎场的上空。……这个镜头令人玩味不尽，显然，将军是在检阅自己的魄力，品味自己的气概。无限豪情，托于有限的文字之中。严羽所谓“言有尽而意无穷”，说的就是这种艺术境界。诗歌的收结有各种方法，有议论结情法，有写景结情法，有细节结情法。用细节来收结情感，更能造成余波动荡的效果。

全诗成功地刻画了将军的英武形象。考察成功的原因，既有“先声夺人”手法的运用，又有“以物衬人”手法的运用，更有对地名的巧妙运用，以及“细节结情”的收尾方法。除此之外，还有一个重要的因素，那就是作者精于烘托渲染。且看，首句言“风”，末句言“云”，风是劲风，云是长云，如此构图，使将军的形象满带风云之气，将军的英武形象可谓呼之欲出了。

# 三板一眼的“情圣”歌哭

远送从此别，青山空复情。
几时杯重把？昨夜月同行。
列郡讴歌惜，三朝出入荣。
江村独归处，寂寞养残生。

杜甫被称为“诗圣”，由来已久。宋代诗人杨万里称他为“诗之圣者”（《江西宗派诗序》），就连对杜诗有些微词的明代人杨慎也称杜甫为“诗圣”。“诗圣”是杜甫的特制桂冠。到了清朝末年，梁启超则称杜甫为“情圣”。诗主性情，性情是诗的生命根基，白居易说：“诗者，根情、苗言、华声、实义。”（《与元九书》）说的就是性情对于诗的重要意义，梁启超把杜甫称为“情圣”也是中肯之言。的确，老杜是个性情真诚、敦厚、深挚的诗人，他对国家民族、妻子儿女、兄弟友朋，有一副披肝沥胆的血诚之情。诚如梁启超所说：“像情感这么热烈的杜工部，他的作品，自然是刺激性极强，近于哭叫人生目的的那一路，是三板一眼的哭出来，节节含着真美。”（梁启超《情圣杜甫》）“哭叫人生目的”，是说杜甫的情感强烈而真挚；“三板一眼的哭”，是说杜甫善于抒写真情。这应该是“情圣”的全部含义。上面的这首五律，就可见其一斑。

唐代宗宝应元年（762年）四月，玄宗、肃宗先后去世，代宗即位，七月，召西川节度使、成都尹严武入朝议政。这对杜甫来说，无疑是个重大的事情。当时，安史之乱尚未平息，吐蕃虎视眈眈，伺机进犯。西川与吐蕃接壤，地理位置十分重要；严武是个很能打仗的将军，吐蕃人怕他。那么，严武一旦离开成都，吐蕃就可能乘机犯边，这是其一。其二，杜甫寓居成都草堂期间，生活上得到严武的资助，与严武结下深厚的情谊。对于这样一位防御吐蕃的战将、情投意合的朋友的离任，杜甫是于心不忍的。他给严武送行，从成都起程，向北送出二百多里，直到绵州（今绵阳）以北的奉济驿，才依依诀别，即兴写成这首五律，倾吐心声。

首联陡发感叹，为全诗定下惜别的基调。“远送”二字紧扣题面的“奉济驿”，此处离成都已有二百多里。如此远送，正是由于难舍难分，惜别之情已然凸现纸面；再加上“从此别”三个字，便依稀听到了他的啜泣之声。“此”字，既有空间意义，又有时间意义——此地一为别，重逢是何处？此时一为别，再会是何年？在那万方多难、风烟弥漫的时代，分离包含着永诀的可能。何况严武此行，要经过那危险的巴山古栈道。种种忧心增强了离别的不忍。第二句，“青山空复情”，乃是移情入物，把无知无感的青山看成有情有意了。绵州北面是东西走向的巴山山脉，杜甫向北望去，但见山峦重叠，密密层层，那阵式似乎是要挡住严武的去路，多情地把他挽留，一如自己此时的心情。这是审美活动中的一种感情移入现象，痴情的诗人常会产生这种心理，把个人的情感移入本无干系的自然物中，感觉它们是在与自己同喜同悲。杜甫《新安吏》写县吏征点少年当兵，家属送行，一片哭声，杜甫深为百姓的遭遇而伤感，诗中写道：“白水暮东流，青山犹哭声”，听到青山也在大放悲声，也是这种移情入物的心理反映。唐代诗人李德裕《登崖州城作》写道：“青山似欲留人住，百匝千遭绕郡城。”看到崖州城周围重叠环绕的群山，感觉它们是在有意阻绝自己的归路。当然，移情入物的“物”不限于青山，大千世界的万物，皆可成为感情移入的对象。杜甫《北征》，写诗人经过千里艰难跋涉，终于活着见到家人，悲喜交集，抱头痛哭，“恸哭松声回，悲泉共幽咽。”回荡的松涛、幽咽的泉水，与人的哭声混合在一起，这是将情感移入于松声和悲泉了。

如果说青山在杜甫的眼中有意挽留严武，已然见出杜甫的惜别之情，那么“青山空复情”的“空”字，更把这种感情推进一层。“空”字既是写实，又是写意。王命在身，严武不得停留，则此情已属徒然。而一旦盛情落空，就会掀起更大的感情波澜。所以，这个“空”字是包含着作者深重的叹息的。总之，首联点题，明揭主旨。

杜甫律诗的章法，一般说来，四联的布局可用“起、承、转、合”来概括。颔联的内容应该是“承”，就是承接首联的意思，并且把首联的意思进行拓展。“几时杯重把？昨夜月同行”，是承接“空复情”的，既然挽留不住，那就要设想离别之后的情事了。作者想到的是何时才能与严武重逢，共同举酒杯畅饮，共同乘月畅游。作者设想的重逢场面颇具典型性，酒与月是使诗友快意的最佳风物选择。这种选择寄托了杜甫的美好愿望，也加重了此刻离别的惆怅，此其一。其二，作者把“月同行”这种雅事冠以“昨夜”，从而与“几时”构成了互文。“几时”是前瞻之词，“昨夜”是回顾之语；“几时”既领“杯重把”，又领“月同行”，“昨夜”既领“月同行”，又领“杯重把”。这样一来，这十个字既是对未来重逢的设计，又是对以往情谊的回顾。就是说，昨夜我们在月光之下携手畅游，在月光之下举杯畅饮，这美好的情事何时才能重现呢？互文的使用，造成文字的精简，也加深了感情的包孕，使诗味更加醇厚。其三，“昨夜月同行”仍然是使用移情手法，月亮与人同行，人走月亮跟着人走，这本是人的错觉。在这里，作者把这种错觉情感化了，把月亮写得多情多意，给他们的畅游照明。这样就写出作者与严武相处的快乐。李白《梦游天姥吟留别》诗中写道：“湖月照我影，送我至剡溪。”说湖光月色照着他的影子，多情地把他送到了剡溪。这也是移情的运用，写出天助人愿、得游名山的喜悦来。但杜甫此处的移情于月，并不同于李白那样停留在喜悦上，他是在以乐事写忧愁，他是在叹息这种与严武月下畅游的快乐，此生何时再有？所以，越是写此时之乐，就越能加重离别的不忍。清人王夫之说：“以乐景写哀，以哀景写乐，一倍增其哀乐。”说的就是这个道理。

# 杜诗对毛泽东诗词的影响

世传毛泽东不太喜欢杜甫的诗。张贻玖《毛泽东和诗》中记载：毛泽东说杜甫的诗是“政治诗”，“不甚喜爱”，而对李白的诗则赞为“文采奇异，气势磅礴，有脱俗之气。”（毛岸青、邵华《回忆爸爸勤奋读书和练习书法》），对王勃、高启等诗人亦有高度的赞评。毛泽东在他的诗词中化用了不少古代诗人的诗句。从常理上考虑，他所喜欢的诗人，应该成为他化用诗句的重点对象。但是，令人感到不解的是，他对于“不甚喜爱”的杜甫诗句，却大量地化用，其数量远在他所喜爱的诗人之上。谓予不信，请看下列事实。

一、《蝶恋花·从汀州向长沙》云：“国际悲歌歌一曲，狂飙为我从天落。”这显然是化用杜诗《同谷七歌》之一的“呜呼一歌兮歌已哀，悲风为我从天来。”“狂飙”与“悲风”，本为一物；“从天落”与“从天来”，意思相同。与原句相比，取象一致，只是情调上有“壮”与“悲”的不同罢了。

二、《七律二首·送瘟神》之一云：“绿水青山枉自多，华佗无奈小虫何。”这是慨叹旧社会由于血吸虫作孽，百姓大量死亡，神州大地徒然有如此众多的秀美山水。以惨淡的人生与美丽的山水构成对照，形成强烈的反差，应该说，作者的浩叹惊天动地，情感异常深沉。但是，这依然是有所借鉴的。杜诗《征夫》云：“十室几人在？千山空自多！”这首诗是杜甫感慨战乱连绵，百姓非死即逃，田园荒废，致使青山虽多而无人欣赏，恰恰构成了惨淡人寰的鲜明对比。应该说，毛泽东的艺术构思来源于杜甫。

三、《沁园春·长沙》云：“恰同学少年，风华正茂；书生意气，挥斥方遒。”杜诗《秋兴八首》之三云：“同学少年多不贱，五陵衣马自轻肥。”经查，“同学少年”一语，在杜甫之前的文献中未见出现，是为杜甫所创。杜甫此句意在讽刺幼时的同学今已放弃爱国忧民的初衷，只顾个人享乐。毛泽东则借用这个词语，回顾同窗们的峥嵘岁月，是反其意而用之。

四、《七律·和柳亚子先生》云：“落花时节读华章”，杜诗《江南逢李龟年》云：“落花时节又逢君”。经查，“落花时节”一语首见于杜诗。杜甫所云“落花时节”，是以暮春残景暗寓国势的衰微和个人的迟暮之感，毛泽东自然没有这个意思，他这首诗写于1949年4月29日，按农历是3月，正是自然界的“落花时节”，但诗中分明包容着“落花时节又逢君”的故友重逢的意思，且看诗的前四句：“饮茶粤海未能忘，索句渝州叶正黄。三十一年还旧国，落花时节读华章。”杜诗云：“岐王宅里寻常见，崔九堂前几度闻。正是江南好风景，落花时节又逢君。”两者都是先叙当年之交，后写重逢之事。所不同者，一感伤、一欣悦而已。

五、《渔家傲·反第二次大“围剿”》云：“横扫千军如卷席”，杜诗《醉歌行》云：“笔阵独扫千人军”。杜甫的族人杜勤考试落第，杜甫写诗对其进行安慰和鼓励，说他的文章有气势，能使众多的作者败下阵去。毛泽东借用其意以写红军的所向披靡。“横扫千军”与“独扫千人军”，不仅字面基本相同，且精神一致，这是属于正用其意。考察“横扫千军”一语，未见别有出处，则借用杜诗无疑。

六、《临江仙·给丁玲同志》云：“壁上红旗翻落照”，化用杜诗《返照》“返照入江翻石壁”之意境。杜诗写的是瞿唐峡的景象，言返照投在江面上，江面又把返照的光辉投映到幽暗的石壁，且其光影在石壁上涌动不止。毛泽东则变石壁为窑洞的墙壁，写落日的余晖投映在墙壁，挂在墙壁上的红旗闪烁着夕阳的光辉。论境界之大，毛泽东此句自是比不上杜甫的原句；但是“红旗”、“落照”相与增辉，颜色更为鲜艳夺目，在气氛上显得浓烈，正合于欢迎丁玲来延安的主题。

七、《七律·和周世钊同志》云：“域外鸡虫事可哀”，“鸡虫得失”出典于杜诗《缚鸡行》，诗写家人对鸡啄食虫蚁十分厌恶，就把鸡捆起来，要去集市上卖掉，但杜甫想到，鸡被卖掉就要遭到烹杀的厄运，卖鸡也同样是在杀生，与鸡啄食虫蚁没有什么不同。于是陷入了两难境地：得虫则失鸡，得鸡则失虫。计无所出，只得“注目寒江倚山阁”而已。杜甫写作此诗，是以“鸡虫得失”喻指人世间难得有两全齐美的事。毛泽东此诗作于1955年10月，其云“域外鸡虫事可哀”，可能是国际上出现了令人两难之事。

八、《贺新郎·读史》云：“上疆场彼此弯弓月。流遍了，郊原血。”杜诗《垂老别》云：“积尸草木腥，流血川原丹。”二诗皆为浩叹战争之酷烈，“流遍了，郊原血”与“流血川原丹”取象相同，字面上“流血”二字同出，“郊原”与“川原”仅异一字，而所表述的内容均为流血的面积之广大。毛泽东化用杜诗之痕迹是明晰的。

以上八条，是笔者所见的毛泽东诗词中化用杜诗语句的情况，也许还有，容以后继续发现。但这八条，已远远超过他声称喜爱的李白等人了。杜诗具有丰富的思想文化内涵，人们常常在无意中惠其沾丐，正如《新唐书·杜甫传》所云：“唐诗人杜甫，浑涵汪茫，千汇万状，兼古今而有之，他人不足，甫则厌馀，残膏剩馥，沾丐后人众矣。”诚哉此言！宋元明清的诗人们，很少有人未受杜甫的沾丐，遗泽所及，20世纪的无产阶级领袖也未曾脱略。

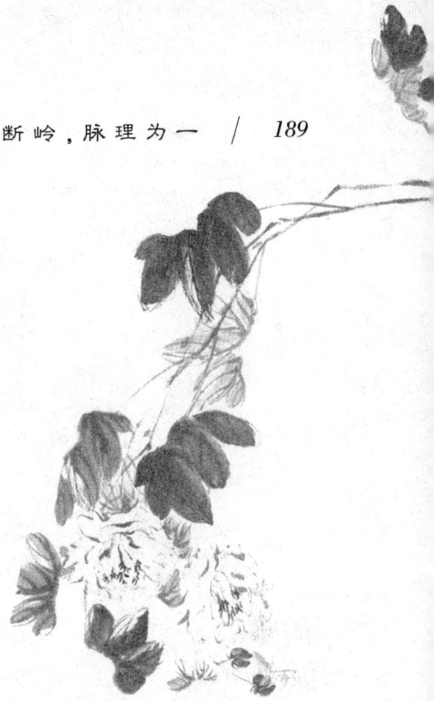

# 连山断岭，脉理为一

杜甫擅长叙事，一生写了不少优秀的叙事诗，这些作品准确而生动地反映了唐王朝由盛转衰的时代面貌和乱世人情的心理特征，其艺术造诣也达到了叙事诗的巅峰。杜诗的叙事艺术，有一点十分出色，那就是精于剪裁，合理取舍。剪裁对于叙事性作品的创作，其重要性居于首要地位。为了突出故事的主干和强化主题思想，作家必须对生活素材进行剪裁，去掉那些与主旨无关的枝枝蔓蔓，而强化那些与主旨相关的部分，在情节上合理跳跃，做到事不接而意接。譬如一条山脉，虽有断缺之处，而其气势不断，脉理为一。杜甫是精于此道的。杜甫叙事诗的代表作有“三吏”、“三别”、《羌村三首》、《自京赴奉先县咏怀五百字》、《北征》、《佳人》、《遭田父泥饮，美严中丞》等，均能以简约的篇幅，把复杂的故事生动地叙述出来，把深刻的主题表现出来。其成功的关键就在于他深明剪裁之道。且以《石壕吏》为例试做分析。原诗如下：

暮投石壕村，有吏夜捉人。
老翁逾墙走，老妇出看门。
吏呼一何怒，妇啼一何苦。

听妇前致词：三男邺城戍。
一男付书至，二男新战死。
存者且偷生，死者长已矣。
室中更无人，唯有乳下孙。
有孙母未去，出入无完裙。
老妪力虽衰，请从吏夜归。
急应河阳役，犹得备晨炊。
夜久语声绝，如闻泣幽咽。
天明登前途，独与老翁别。

这是一首人人知晓的诗，其文字之通俗晓畅，常常使人忽略它的艺术价值（俗眼每以文字艰深的作品为高级）。可是，仔细推敲，就会发现它在剪裁方面所放射出的夺目光彩。

诗的开端二句，光彩就已显现。从时间上看，第一句写的是“暮”，第二句就进入到“夜”，两句在时间上跨度很大。再从所写的事件来看，第一句写的是诗人投宿，第二句写的是差吏捉人，两句在事件上跨度也很大。如果从生活的原貌去考虑，由傍晚时诗人投宿，到夜间差吏前来捉人，这中间该有众多的生活琐事须由诗人去经历，比如，他来到石壕村，要寻找住处，在那个兵荒马乱的岁月，人们是不肯轻易留生人住宿的，所以他一定会吃到不少闭门羹；好不容易找到一户善心人家，得以住了下来；还要吃晚饭、洗脚、铺床、入睡。这些生活琐事是必须经历的，但诗人把它们统统剪掉了。因为这些琐事与要叙述的中心故事无关，与所表达的主题无关，如果写了它们，势必会造成累赘，喧宾夺主，乃至冲淡主题。假如让今天某些“电视连续剧”的编导去表现诗人的这段经历，就恐怕会搞成如下的模样：

暮投石壕村，周身汗涔涔。
挨家求住宿，十室九闭门。
幸遇殷勤主，开门问苦辛。

为我明蜡烛，为我洗风尘。
草草晚餐罢，悠悠度梦魂。
忽闻犬声烈，有吏夜捉人。

甚至比这还要琐碎，还要糟糕。清人方东树说得好："为文之道，割爱而已。"(《昭昧詹言》)之所以要强调割"爱"，就是因为"文章总是自己的好"，不忍痛割爱，就除不掉这些赘疣。设想杜甫写这两句诗的过程中，很可能在其间也曾杂有枝枝蔓蔓，但他是能够割爱的人，"新诗改罢自长吟"，他所说的"改"是指炼字、炼句，所说的"吟"是在探求声律、韵律的和谐。杜甫从没说过"一挥而就"之类的牛气话，这是他的老实处。

这首诗明显使用剪裁手法的地方还很多。例如，"老翁逾墙走，老妇出看门"，字面上说的是各走一方，似乎老翁的逃走，老妇并不知道，可是当我们读到下文，发现老妇向差吏报告屋里人口时没有说出老翁来，便可明白，她是知道老翁逃走的。那么，老两口在紧急之际商量对策的情节是被作者剪掉了。剪掉了这个情节，又能在适当的地方给予交代，这就是他的高明之处。倘若在别人的笔下，这个"商量对策"的情节又不知要耗去多少笔墨。

还有个更重要的使用剪裁的地方，那就是叙述差吏和老妇在门前较量的场面，作者只写了老妇的答话，而没写差吏的逼问。对于老妇的答话也仅仅写了13句。然而诗中分明又说"夜久语声绝"，从"夜捉人"而至"夜久"，这说明门前的这番较量是历时颇长的。倘若只是老妇一人说话，说完这13句话有几分钟就足够了。实际上，作者是为了节省字面，剪掉了差吏的逼问，而采用"以答代问"的方式，通过老妇的答话去间接地表现差吏的逼问。这从韵脚的变换来看，用意也很清楚，杜甫是把老妇人的13句话分为三个内容层次。第一层讲外面儿子们的情况，第二层讲屋里人口的情况，第三层讲个人请求服兵役。而每一个层次的讲话内容，都意味着差吏的一层逼问。差吏三层逼问的内容依次应为："你的儿子们呢？让他跟我们走！""那你家里还有什么人？老实讲！""无论如何你家得出个服役的，你看是谁去吧！"这些逼问绝不是我们凭空给差吏加上的。理由很清楚,老妇人是不愿意家中人再去服兵役的,她让老头跳墙逃跑,她在差吏面前哭泣哀求,都说明她是在想方设法躲过这场灾难。作者没有正面去写差吏的逼问,而是通过描写老妇人的三层答话,把差吏的步步进逼、毫不留情的嘴脸表现出来。这个门前较量的情节,倘若在一般作者的笔下,是一定要把双方的问答言语通通端上来的,然而如此下笔,把一切都端给读者,把本来属于读者的想象空间,通通占满,把读者的艺术再造的途径,通通堵死,还有什么艺术可言?这样的诗,确乎"老妪能解"了,但艺术的生命却同时被扼杀了。苏辙曾批评白居易的叙事诗,说道:"白乐天诗,词甚工,然拙于纪事,寸步不遗,犹恐失之。此所以望老杜之藩垣而不及也。"(《栾城集》)张戒也认为白居易的诗"其词伤于太烦,其意伤于太尽。"(《岁寒堂诗话》)所谓"寸步不遗,犹恐失之",所谓"太烦"、"太尽",就是批评白居易不擅剪裁,对于生活素材,无论主次,兼收并蓄,情节进展缓慢。清人刘熙载也有这种看法:"尊老杜者病香山,谓其'拙于纪事,寸步不遗,犹恐失之',不及杜之'注坡蓦涧',似也。"(《艺概》)这实在是白居易叙事诗的大病,也是他无法超越杜甫的主要原因之一。白居易这样做,大概是担心由于剪裁而造成故事情节跳跃,致使人们读不懂;而由于剪裁的失当,造成诗意含糊,也确实有之,黄子云批评昌谷(李贺)之失,是正确的。所以,我们在强调剪裁的同时,还必须强调诗的意脉衔接问题,绝不是说剪得越苦越好。还是苏辙说得好:"事不接,文不属,如连山断岭,虽相去绝远,而气象联络,观者知其脉理之为一也。"(《栾城集》)既要形成"断岭",又要顾及"脉理",做到事不连而意连,词句简而意不晦,这并不是容易做到的。杜甫在这个方面处理得恰到好处,例如,他在行文中剪掉了老翁与老妇商量对策的情节,情节上形成了一处"断岭",其后,作者在叙述老妇向差吏报告家中人口时,写她隐瞒了老翁,则前处的"断岭"就是形断而势未断,前后"气象联络","脉理"贯通。

老妇被差吏捉走,是此诗的重要情节,一般说来是要予以交代的。而杜甫却惜墨如金,竟把它也给剪掉了。于是,又出现了一个"断岭",它的内容是由"天明登前途,独与老翁别"这个情节来填充的。至于老翁何时回的家，诗中也未交代，这是因为它与中心故事没有关系。若是在“寸步不遗”的作者笔下，必定又会出现几行文字的。

从《石壕吏》这首诗，我们可以看出杜甫的剪裁手法主要有两点。其一，果断地剪掉与中心故事无关的生活琐事，使故事的主干得以突出；其二，对于中心故事的某些情节，凡是能在其他情节中予以照应、填充的，则把它们剪掉，由此出现的情节断线，交由读者通过联想去作补充。作者是绝不怀疑读者的阅读能力的。唯其能够如此，所以尽管这首诗所写故事的自然情节很多，但写入诗中的却不多，仅用24行就把它写完了。这条宝贵的“为文之道”，真值得我们虚心来学习。

还想顺便谈谈当今读本对这首诗做的标点问题。当今的唐诗选注本，一般都选了这首诗，同时也毫无例外地给老妇的13句话加上了一组引号。岂不知这引号一加，给读者的信息是，老妇的13句话就成了一连串说出来的了。这实在是一种误导，让人以为老妇的态度是“自请服役”，似乎老妇把门一开，就对差吏说上了：我虽然为国家捐献了三个儿子，虽说家中只有孤儿寡母、老弱病残，可是我仍然要求去当兵！——这哪里还是作者的原意？本来是一首深刻揭露黑暗兵役制度的诗，却变了主旨，而且造成诗歌意脉梗塞，自相矛盾：既然老妇如此仗义勇为，何不偕同老头一起应征呢？须知，老头逃跑之事她是知道的，很有可能就是她出的主意。古时没有标点符号，也就不存在人为的误导问题。如今整理和注释古籍，要求加上标点，这实在不是一件轻松工作。除了要求从事者具备古文语法知识，还须具备古典诗歌艺术手法方面的修养。

《遭田父泥饮，美严中丞》这首叙事诗，在剪裁上同样表现出高超的技巧。诗中描写邻家老农对作者的盛情款宴，赞美农民的淳朴品德。开头四句写道：“步屧随春风，村村自花柳。田翁逼社日，邀我尝春酒。”前两句是饮宴的序幕，正当春光明媚的早晨，诗人穿着草鞋，追随春风的脚步，去游赏春景，只见那村村寨寨，都已是花明柳媚，春意盎然了。发端笔墨轻快，为全诗定下一个喜悦的基调。紧接着，三四两句便直奔中心故事：“田翁逼社日，邀我尝春酒”，如此叙事，干净利落，无枝无蔓，主干鲜明。而接下来便写“酒酣”之后的境况，由“邀”到“酣”，剪掉了许多琐屑场面，令人叹服老杜的剪裁工力。

其他一些叙事性的作品，也处处能表现出作者根据主题的需要而对生活素材进行剪裁的意识和能力。如《自京赴奉先县咏怀五百字》，记从长安到奉先县一路所历，也没有所遇皆录，写成流水账，而是把笔墨集中在“过骊山”时的见闻，和“渡泾渭”的情况来写。从“客子中夜发”一下子就过渡到“凌晨过骊山”，其间60里路程的行进情况，只用“霜严衣带断，指直不得结”两句带过。可谓精简至极。而写途经骊山时的见闻，则用了32句，从统治者的吃喝穿戴、歌舞享乐等诸多方面，细写玄宗君臣的腐化堕落。之所以详写，就因为这是表达主题的得力之处。过了骊山，前往临潼渡口，几十里路程仅用“北辕就泾渭”一句带过，而对于渡河的艰难曲折则详细用笔，写官家渡口改动，写河面浮冰险恶，写桥梁摇摇欲坠，写行人心惊胆战，等等，这渡河的情节共用了10句。之所以如此详尽，他的用意是想以小见大地概括长安10年的坎坷的人生道路，并书写对国家时局的隐忧。渡过了泾渭二水，前往奉先县，一路行程情况则又只字不提，紧接着就写到家后的惨痛见闻。诸如此类，根据表达主题的需要，详则不惜笔墨篇幅，略则惜墨如金。大刀阔斧地删掉那些游离于主题之外的琐屑情节，使其重心得以突出。

由此，我想到当今的文学创作，尤其是影视文学作品，称得起成功之作的实在是寥寥无几。别的且不说，光是拖沓、拉杂这一点，就已让人感到头疼。与主题或情感毫无关系的场面、情节，甚至是细节，被编导们眉飞色舞地端了出来。特别是那些“电视连续剧”，一拍就是几十集，有那么多的事情可叙吗？没事找事叙，没话找话说，杂烩菜，多味汤，吃不吃由你。不是没有好作品，《三国演义》、《西游记》（初集）、《水浒》，就制得出色。主题鲜明，情节紧凑，无枝蔓，无游词，能把你的眼吸在荧屏上，一个情节没看到，就有接不上头绪的遗憾。可惜这样的作品太少了。在反映当代人生活的作品中，我们的一些编导表现出基本理论知识的贫乏，他们似乎不知道文学创作还需要对生活素材进行剪裁。结果是镜头芜杂，情节迟滞。看这样的连续剧，你就是中途睡上半个小时，睁眼再看，也能接得上头。在古代叙事大师面前，我们应该毫不保留地当一名小学生。

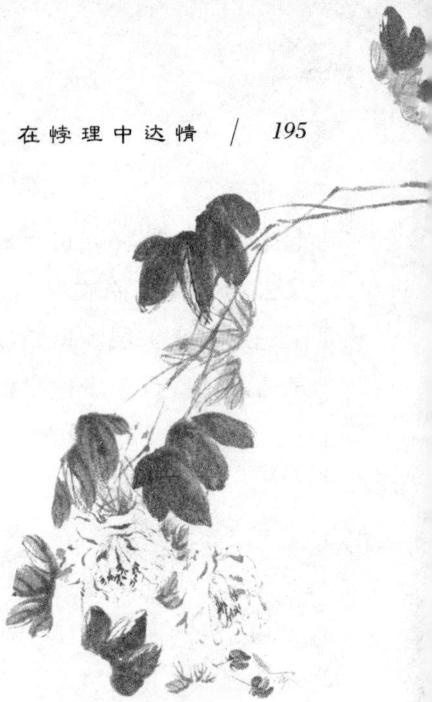

# 在悖理中达情

感情与理性，是人区别于其他动物的质性特征。在平常的情况下，这二者是并存而且相互制约于个体生命之中的。然而，人又是感情充沛的动物，尤其是诗人，他们基本上是生活在感情世界里，因此每每有感情压倒理性的现象；而诗歌又是感情激发的产物，所以在许多抒情诗中，经常出现作者违背理性的行为；在很大程度上，诗人的强烈情感，正是依靠这些悖理的行为而得以鲜明的表达。

初唐诗人王勃，在长安城外送别他的友人，作诗言道：“城阙辅三秦，风烟望五津。”（《送杜少府之任蜀川》）友人还没有上路，就频频遥望他的去处——风烟弥漫的五津。五津代指蜀地，从长安到蜀地有千里之遥，何况中间还隔着耸入云天的秦岭山脉。如果从理性角度来看，王勃的此举是徒劳的，可笑的。但此时作者的心灵为离别之情所主宰，他的理性之光被掩埋了。这种无理的行为恰好能够表达他的浓重的惜别之情。

初唐诗人张若虚的名篇《春江花月夜》，诗中有一段写闺中思妇的心情，也是从她悖理的行为上用笔的：“玉户帘中卷不去，捣衣砧上拂还来。”思妇被月光撩拨，难以入睡，她看到门帘上沾着月色，就把门帘卷起来，以为这样就可以避免月色的困扰了，结果是月光直射而入室；她又去为丈夫捣制衣料，看到捣衣砧上铺着月色，就用手去擦，结果是擦了一层又来一层。思妇卷月光、擦月色，这些行为是违背事理的，但也正是通过这些行为表达出她的浓烈的思夫之情。

宋人姜夔的《李陵台》诗更为典型，诗云：

李陵归不得，高筑望乡台。
长安一万里，鸿雁隔年回。
望望虽不见，时时一上来。

汉代大将李陵与匈奴作战，兵败被俘，留居匈奴，出于思念故乡，在所居之处修筑一座高高的望乡台。他能够望见故乡吗？不能，诗中写道，长安远隔万里，就连善于远飞的大雁也不能当年飞回来。他虽然多次登临没能望见故乡，然而仍旧时时登台一望。从理智上说，从旁观者的立场去看，李陵的举动是毫无意义的。但是，这种悖理的行为是足以说明他的乡思之深。

以上几例，都属于行为上的违背事理。此外，还有属于心理活动方面违背事理的，也能起到强化情感的作用。请看以下诗例。

清人贺裳说："唐李益词曰：'嫁得瞿塘贾，朝朝误妾期。早知潮有信，嫁与弄潮儿。'子野《一丛花令》末句云：'沉恨细思，不如桃杏，犹解嫁春风。'此皆无理而妙。"（《皱水轩词筌》）贺裳所说的第一首，是唐朝诗人李益的《江南曲》，是一首代言诗。商人无情，致使思妇生怨，后悔不如嫁给有信义的弄潮儿。这也许是思妇真实的心思。贺裳认为这话"无理"，是由于思想局限造成的。但他说"无理而妙"，却是看出了这首诗的妙处，即通过揭示思妇的悖理之思而强烈地表现出她的怨气。第二首是北宋人张先（字子野）的词《一丛花令》的结韵。全词写一女子在其恋人离去之后，独处深闺的愁怨。结韵说，仔细想来，自己青春年华失落，还不如桃花杏花，桃花杏花尚且懂得及时嫁给春风呢。作者把桃杏之花随风而去，说成是嫁给春风。语虽无理，却很巧妙。更为巧妙的是，借助于这种联想，写出了闺中女子的"人不如物"的慨叹。

今人刘永济先生选注的《唐人绝句精华》，选录了戴叔伦的《湘南即事》，诗云：

卢橘花开枫叶衰，出门何处望京师？
沅湘日夜东流去，不为愁人住少时。

此诗是戴叔伦在湖南写的，当时他在湖南为官。京都既难得望见，则仕途黯淡可想而知，于是生出浓重的故乡之思。作者是润州（今镇江市）人，与所在的湖南呈东西关系，他看到沅湘东流而去，没有因为他的愁思而停留片刻，颇生怨情。这种抱怨自是无理，但写出了作者留滞他乡的孤独寂寞之感。永济先生赞道："此怀归不得而怨沅湘，语虽无理，情实有之，读来使人为之黯然。"寥寥数语，切中诗之妙处。

古人大凡心有芥蒂，每每责怪或抱怨自然之物的无情，虽说于理不合，却能强化情感。安史之乱爆发，长安沦陷，杜甫于春日来到昔日繁华的曲江岸边，但见宫殿冷落，一片萧条，而江边的草木依旧欣欣，不禁慨叹道："江头宫殿锁千门，细柳新蒲为谁绿？"这是抱怨草木不管人愁。晚唐诗人韦庄面对风雨飘摇的唐帝国，写《金陵图》诗以借古叹今，诗云：

江雨霏霏江草齐，六朝如梦鸟空啼。
无情最是台城柳，依旧烟笼十里堤。

台城，就是金陵，金陵是东吴、东晋、宋、齐、梁、陈六朝的国都。在作者的笔下，金陵柳树不管国家的沦亡、人事的变迁，依旧枝繁叶茂，烟笼长堤。抱怨柳树的无情，虽非理性之语，却表达出作者沉重的世事沧桑之慨。

在悖理中达情，需要对"情"与"理"的范围做个限定。并非一切的"理"都可以悖，也非一切"情"都可以达。就"情"来说，自然是指美好的感情。上文所举古人之诗例，无论是杜甫的国都沦陷之痛，李陵、戴叔伦的故乡之思，韦庄的世事沧桑之慨，以及那些闺中女子的思夫、思嫁之情，都是人性中的美好情感。那些人性中丑恶的情欲，自然不在审美范畴之列，这是不必多说的。主要说一说"理"的界定。这些可以违背的"理"，不包括伦理（否则就是张扬乱伦），也不包括义理（否则就是提倡逆节），总之，那些制约着丑恶情欲的"理"都不在违背之列。上文所引的诗例，其所违背的"理"，均为"心智"。王勃、李陵为离情所困，忘记了千万里之地实不可望的常识，是他们心智被感情所蒙的表现。杜甫、韦庄痛感国都沦丧或世事沧桑，把本无情感的草木加以抱怨，斥其"无情"，也是"心智"一时被蒙的表现。闺中女子不堪月光撩拨，做出卷月色、擦月色的举动，也是由于"心智"一时被蒙。人的某种情绪偶然被激发，一时间压倒心智，使智慧之光变得黯淡，而情感之光得以辉煌，上述诗歌就是这样创作出来的。

诗主情，而不主理。那些在任何情况下也打不出情感火花的理性主义者，那些四平八稳、言必循理的人，是与诗歌无缘的。诗歌是性情中人的专利品。

# 为文切忌想当然

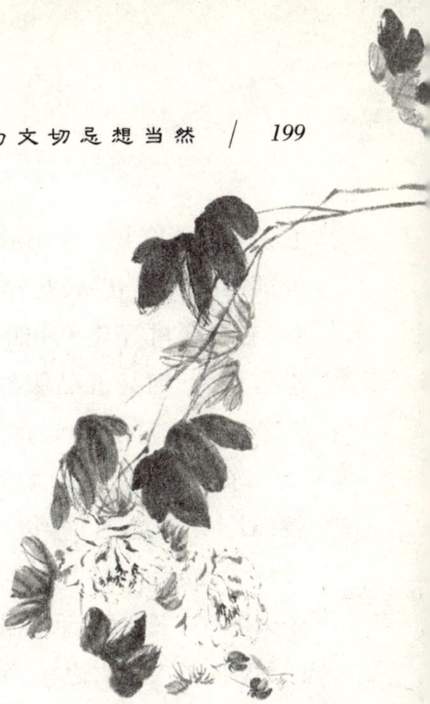

中国古代文献之浩繁，历代典章制度之复杂，虽穷尽毕生之力，亦难于通晓。这给我们的研究既带来方便，也带来难度。倘若掉以轻心，不事核查，往往出错。

近日读到陈鲁民先生的文章《爱叫官衔的古代文人》，该文对古代文人的称名现象作出解释，不无教益。但是该文对古代官职级别的述说多有失误。笔者学识浅陋，提出异议，与陈先生商讨。

陈文说："王羲之，书圣也，世人却喜欢叫他王右军，一个大约副科级官员的称谓。"按史书记载，王羲之曾作"右军将军"，但这个官职绝对不是"副科级"。右军将军这个官职，是西晋武帝泰始年间（265年—274年）设置的，与"前军"、"左军"、"后军"合称为四军将军，是禁军将领之一，职责是护卫皇帝宫廷的安全，官阶为四品。这个制度一直延续到东晋兴宁二年（公元364年）才告止，而王羲之在三年前就去世了。晋代官阶分为九品，四品官阶已经相当高了。而今天的副科级只相当于晋代的九品。不知道陈先生依据什么说"右军将军"是"副科级"。

陈文说："杜甫，一代诗圣，只当过几天的检校工部员外郎，是个没什么实权的芝麻粒闲官。"说它是个没有实权的闲官，是正确的。但认为它是个“芝麻粒”大小的官就错了。唐朝的官阶也分九品，检校工部员外郎的官阶为五品，是穿红色官服的主。杜甫诗中也说：“扶病垂朱绂”（《春日江村五首》其四），朱绂就是红色的官服。唐代官服制度，三品以上服紫，四品五品服红，六品七品服绿，八品九品服青。说五品官是“芝麻粒”，言过其实了。

陈文说：“阮籍，‘竹林七贤’之一，虽博学多识，崇尚老庄，蔑视礼教，对‘礼俗之士’常以‘白眼’相视，却因为任过一个相当于排长的步兵校尉，故后世称‘阮步兵’，实在是羞辱他了。”说“步兵校尉”相当于今天的“排长”，这话说得也太没边了。据史书，这个官职为西汉武帝始设，为北军八校尉之一，官俸二千石，位次列卿，职责是戍卫京都。到了阮籍所属的魏晋时期，这个官职的级别为四品，仍然是个重要的职务。它与今天仅带领几十个士兵的排长，差距十万八千里。

陈文又说：“最可笑的是柳永，既然‘奉旨填词’，那就好好去当你的白衣卿相，写你的《望海潮》、《雨霖铃》、《八声甘州》，可他不甘寂寞，居然也混了个不尴不尬、可有可无的小官屯田员外郎，后人因此叫他柳屯田，真不知是捧他还是损他。”说“屯田员外郎”是个“不尴不尬、可有可无的小官”，也不尽合于事实。唐宋时期的官制，尚书省的六部——吏部、户部、礼部、刑部、兵部、工部，各部长官为正三品，每个部下辖四个司，各司的长官称“郎中”，官阶从五品上，各司的副长官称“员外郎”，官阶从六品上。“屯田员外郎”就是工部管辖的屯田司的副长官，如果要与今天作比附，相当于副司级的干部，不能说这个官职是可有可无的。

以上论述所用的史料，见于吕宗力主编的《中国历代官制大辞典》（北京出版社，1994年出版）。

陈先生的文章还说，在普遍喜欢以官衔称名的人群中，“所幸还有那么几个例外”。他举出苏轼、陶渊明等人。文章说：“苏轼虽然当过杭州通判、太守、黄州团练副使，却没有人叫他苏团练、苏太守什么的，要那样叫就实在是俗不可耐了。”苏轼确实没有被人称为“苏团练”，那是因为他做黄州团练副使是被皇帝下令“不得签办公事”的，也就是说是有职无权的，所以别人不好用这个官职来奚落他。至于称呼“苏太守”，那倒是屡见不鲜，不仅他自称过“太守”，例如《江城子·密州出猎》词中说“为报倾城随太守，亲射虎，看孙郎。”就是别人也每每以“苏太守”称呼他，例如，苏轼的好友参寥子，给苏轼寄诗，题目就是《梅花寄汝阴苏太守》；苏轼的门生晁补之写的《次韵鲁直谢李右丞送茶》，诗中说：“大胜胶西苏太守，茶汤不美夸薄酒。”所谓“夸薄酒”，是指苏轼曾讲过的养生之道：不喝浓度高的酒。元代人钱惟喜写的《岘山分题》，诗中说“前瞻李别驾，后仰苏太守。文章世争传，风雨樽不朽。”明代人汪广洋写的《南岭杂录》诗中说“何事眉山苏太守，只将双蟹较圆尖。”可见，“苏太守”这称呼是历代不绝的。

陈文说：“因为不肯‘为五斗米折腰’，陶渊明只当了八十多天的彭泽令，屁股还没坐热，便弃职而去，你若再叫陶县令，那还不是在骂他吗？”其实，从古至今，称呼陶渊明为“陶彭泽”、“陶令”，是不绝于耳的。杜甫就多次称他为“陶彭泽”，如，“优游谢康乐，放浪陶彭泽。”（《石柜阁》）“每恨陶彭泽，无钱对菊花。”（《复愁》）仅在《全唐诗》中出现的“陶彭泽”就有13次，出现“陶令”则多达75次。因此，说没人以县令称呼陶渊明，这话是没有根据的想当然。

# 文章不必如其人

近日阅读唐人刘餗《隋唐嘉话》，其中有这样一段话：“吴均为文多慷慨军旅之意，梁武帝被围台城，朝廷问均外御之计，怯怛不知所答，启云：‘愚计速降为上计。’”吴均是南朝梁诗人，检其所作诗歌，的确有许多表现慷慨情怀的军旅之作，如《胡无人行》写道：“剑头利如芒，恒持照眼光。铁骑追骁虏，金羁讨黠羌。高秋八九月，胡地早风霜。男儿不惜死，破胆与君尝。”声称自己不惜一死，为保卫君王可以肝脑涂地，写得血淋淋、火辣辣。又如《入关》所写：“羽檄起边庭，烽火乱如萤。是时张博望，夜赴交河城。马头要落日，剑尾掣流星。君恩未得报，何论身命倾？”表示自己要勇赴沙场，挥剑杀敌，以生命报答君王之恩。就是这样一位在诗文中“壮怀激烈”的斗士，在君王被敌军围困之际，却早已没了勇气，吓得魂飞胆丧，要求君王赶紧投降。看他的懦夫嘴脸，反观他的英雄诗篇，不禁令人哑然失笑，其诗其人相差何止十万八千里！

“文如其人”这个观点在学界很有市场，认为诗文能够反映作者的人品。由吴均的行事来看，这个观点遭到了严峻的挑战。“文如其人”这话，最早见于宋人吴儆《竹洲集》附录中的《摩苍轩记》，这篇散文是讲述给他的友人静之先生房屋取名“摩苍轩”的用意，其中说道：“静之癯然山泽之儒，其志甚高，其行甚峻，其文如其人。”文如其人，这本是针对静之这个人来说的，是就事论事，并非具有普遍意义。后世之人把它推而广之，变成放之四海而皆准的真理，这就错了。

笔者认为，文章不必如其人，有如其人的，有不如其人的。原因是有真人，有伪人，有真诗，有伪诗。倘若一概以诗文来鉴定作者的人品，那难免要走入识人的歧途。晋代人潘岳写《闲居赋》，极力赞美守拙归隐的高尚情操，表示自己不再过问仕途。与此同时，他却投靠权臣贾谧，每当得知贾谧要出门，他就候在贾谧的门前屈身跪拜，贾谧的车子已经远去，他仍旧向扬起的尘土跪拜不起，以此来博得贾谧的欢心，以求仕途进取，其文品与人品实有云泥之差。难怪金代元好问在《论诗三十首》中慨叹道：“心画心声总失真，文章宁复见为人？高情千古《闲居赋》，怎信安仁拜路尘！”潘岳，字安仁。读过《闲居赋》的人，是难以相信作者会有如此下贱行为的，可是事实就是这样的冷酷。说一套，做一套，这样的人物不少，唐代大奸臣李林甫在诗中还说自己禀性孤直呢，他在《秋夜望月忆韩席》中说：“揆予秉孤直，虚薄忝文昌。”孤直，意思是孤高耿直，而实际上他是阴险毒辣的家伙，残害了许多正直的人士，“口蜜腹剑”这个成语就是人们从他身上概括出来的。五代王仁裕《开元天宝遗事》说：“李林甫为性狠狡，不得士心。”再比如唐代诗人王维，曾在诗中表示自己要弃官归隐，从事农业劳动：“方将与农圃，艺植老丘园”（《寄荆州张丞相》），说即将加入农民的行列，在故园种地，一直到老。他还写了不少田园诗。但如果由此认为他真的回乡种地去了，那就错了，他受不了农业劳动的辛苦。他拿着官俸不上班，那些田园诗是他在山中别业中写的。

当然也有不少真诗人，用诗歌表现真性情，真思想。不妨举出几个代表人物，陶潜、李白、杜甫、陆游、辛弃疾即是。这些诗人不做作，不装饰门面，或仰天大笑，或长歌当哭，笑得开心，哭得动情。从他们的诗歌中，不仅可以窥见各自的思想、性格、人品、情操，还能了解当时的社会状况。

# 定州崔湜是五律定型的大功臣

初唐诗人崔湜（671年~713年），河北定州人，出身于名门望族，二十岁时进士及第，仕途通达，曾三度为相。本文要说的是，他在唐代五言律诗定型上的不朽之功。

在中国古典诗歌发展史上，律诗是唐代诗苑里新生的诗歌体式。这种讲究声律、韵律、对仗的诗歌体式，虽说萌芽于南朝齐的“永明体”，但“永明体”在格律上并未完善，经过梁、陈、隋、唐初几代诗人的不断探索，终于在初唐后期完成了五言律诗、五言排律的定型。诚如学界所言，五言律诗、五言排律的定型是诗人群体共同努力的结果。但我认为，此中的贡献自有大小之分，而判断贡献的大与小，也只能从他们的创作实践，即由他们的作品去衡量。前些年，我曾指导陈菁怡同志写作硕士学位论文，专题研究五言律诗、五言排律的声律定型过程，对《全唐诗》存诗一卷以上的诗人的五言律诗、五言排律作品其声律的“合律度”进行调查。调查结果显示：“合律度”达到90%以上者只有两个人，一个是杜审言（杜甫的祖父），达到94%；另一个就是崔湜，达到91%。崔湜创作五言律诗共计15首，只有1首不合律；他创作五言排律共计8首，也仅有1首不合律。而此前被人们一致肯定的沈佺期、宋之问，其“合律度”仅分别为85%和83%。

这个数据说明，在初唐后期，为五言律诗、五言排律的声律定型的第一方阵人物是杜审言和崔湜。这实在是个了不起的大贡献。今天，接触律诗的人都知道，律诗的声律规则是不容易掌握的，它有三条硬性规定：一是在一个诗句中，平仄声调有规律地交替出现；二是在一联中，关键字位的平仄声调要对应相反；三是在相邻的两联中，下联的出句与上联的对句其平仄声调要相粘。今天的人们看到的是已经定型的声律规则，尚觉难于把握，何况是处于探索期的崔湜，他该需要付出何等的努力才能达到这91%的合律度？说崔湜是为五言律诗、五言排律的声律定型的大功臣，是公允的结论。

崔湜在五言律诗、五言排律的创作题材上也表现出开拓精神。唐代开国之初，以李世民为核心的诗人群体，其创作题材以宫廷生活为主要内容，范围比较狭窄。其后经过“初唐四杰”的努力，使诗歌题材由宫廷扩展到市井，由台阁走向关山大漠。崔湜继承并发扬了这种开拓精神，用五言律诗、五言排律写边塞生活和情感，展现出慷慨悲壮的风格。且看他的五言律诗《边愁》：

九月蓬根断，三边草叶腓。
风尘马变色，霜雪剑生衣。
客思愁阴晚，边书驿骑归。
殷勤凤楼上，还袂及春晖。

首联点出抒情时令——九月，地点——三边（即边关），以蓬根被风吹断、草叶经霜枯萎，来表现边塞的荒凉苦寒。这是为全诗的情感——“边愁”作景物的烘托。颔联抓住边塞的典型事物“马”和“剑”来写：昏暗的风尘铺天盖地，使战马为之变色；严酷的霜雪冻结在宝剑上，似为宝剑穿上了寒衣。奇特的想象，泼墨式的遣词，把边塞将士的艰苦生活笼入纸面，令人慨叹唏嘘。颈联写思归的心情，“客”是诗人自指，说自己在阴云惨淡的夜晚，愁思凝聚，写了一封家书，交给驿站。此联紧承上面两联，抒情自然，有水到渠成之妙。尾联是想象之辞，设想自己能在来年春天回到京都。全篇写景、抒情自然天成，不作矫饰，如实写来，一派真情实感流溢于字里行间。从格律角度审美，此诗声律、韵律、对仗，无一失误，合律而又无勉强的痕迹。再看他的五言排律《早春边城怀归》：

大漠羽书飞，长城未解围。
山川凌玉帐，旌节下金微。
路向南庭远，书因北雁稀。
乡关摇别思，风雪散戎衣。
岁尽仍为客，春还尚未归。
明年征骑返，歌舞及芳菲。

这首诗的意旨与前首相同，前四句写边关战事之急迫，后八句写思归的心情。作为一首排律诗，它在格律上堪称完美，除按规定首联、尾联不用对仗以外，中间四联全用对仗，而且严守粘对规则，各联之间无一失粘。

崔湜的诗歌题材比较广博，除了边塞之作，还有应制诗、赠答诗、闺怨诗、述怀诗，等等。他的那首《婕妤怨》是一首非常成功的五言律诗，被历代唐诗选本所选录。诗云："不分君恩断，新妆视镜中。荣华尚春日，娇爱已秋风。枕席临窗晓，帏屏向月空。年年后庭树，荣落在深宫。"这诗是咏叹汉代宫女班婕妤的不幸身世。班婕妤曾被汉成帝宠爱，时隔不久，成帝另寻新欢，移情于赵飞燕姐妹了，从此班婕妤身居冷宫。这段历史故事人皆能知，崔诗的妙处在于它以诗的语言表述之，作者用三组对比度很高的艺术形象，对班婕妤的不幸作出深刻的揭示。第一组对比：君恩已断而新妆犹在其身，这就呈现出愿望与现实的矛盾；第二组对比：她的容貌犹然美如春花，而恩宠却如秋风之扫落叶，这就呈现出主观与客观的冲突；第三组对比：昔日与成帝欢会的枕席犹在，而今日帏屏之间再无皇帝的踪影，这就呈现出今昔情景的反差。经过多重对比，深化了这一历史故事的悲剧性。使得它在同类题材诗歌中具有独特的艺术价值,这充分说明崔湜的诗歌艺术才能。

崔湜还有两个弟弟崔液、崔涤,也有诗名,崔氏三兄弟的诗名曾震动一代诗坛。

# 成县少陵祠

杜甫后半生四处漂泊，留下了许多踪迹供后人凭吊。其中，成都的杜甫草堂早已为旅游家们所亲临；而甘肃成县的少陵祠，因其地处偏僻，知之者并不为多。以我看来，成县的少陵祠规模虽逊于成都草堂，若论周围山川之壮丽，殿宇亭阁之庄严，文化意蕴之深厚，则又过之。

2009年深秋，天水市杜甫研究会举办“纪念杜甫流寓陇右1250周年大会”，我应邀赴会，期间参观了成县少陵祠。从天水市乘车南行200余里，到达成县。少陵祠坐落在县城东南3公里的飞龙峡谷深处。门前是一条水流湍急的青泥河，浩浩荡荡向嘉陵江流去。河的对岸，群山连绵，两座主峰拔地而起，壁立千尺，云埋峰顶，名叫凤凰山，杜甫创作的《凤凰台》诗写的就是它们。据史料记载，少陵祠是宋徽宗宣和三年（公元1121年），成州知州晁说之主持建立的，历史可谓久远，历代维修不绝。拾级而上，入前门，过牌坊，瞻仰大殿，杜甫的雕像端坐其间，神情肃穆，乱世的愁容犹在眉宇之间。园林中碑刻林立，保存着历代书法家书写的咏杜、录杜名篇的艺术珍品。又有亭台数座、石桥几拱，柏树、梅林、竹丛，各种奇花瑞草，随处可见，一花一石，皆存千载忆念；清荫幽韵，令人留连忘返。祠堂背倚青峰险崖，松林茂密，幽暗深邃，一道清溪飞泻而下，仿佛来自云中。我和与会者很想登上险崖,以便俯视祠堂全貌,又愁于怪石嶙峋,攀登无路,加之天色已晚,只好遗憾罢休。

走出祠堂,重新站在青泥河畔,仰望对岸的凤凰山,心中不禁暗诵杜甫的《凤凰台》诗:“亭亭凤凰台,北对西康州。西伯今寂寞,凤声亦悠悠。山峻路绝踪,石林气高浮。安得万丈梯,为君上上头?恐有无母雏,饥寒日啾啾。我能剖心血,饮啄慰孤愁。心以当竹实,炯然无外求。血以当醴泉,岂徒比清流?所贵王者瑞,敢辞微命休?坐看彩翮长,举意八极周。自天衔瑞图,飞下十二楼。图以奉至尊,凤以垂鸿猷。再光中兴业,一洗苍生忧。深衷正为此,群盗何淹留!”诗兴是由一个传说引发的,古人认为凤凰是国家兴盛的象征,杜甫由眼前凤凰山的名称生发联想,想象那山顶上会有失去母亲的孤独雏凤,正在受着饥饿的煎熬,他仰望高山,想去搭救它们,却苦于无路可上,“安得万丈梯,为君上上头?”他想剖开自己的心血,去喂养这些孤雏,让它们长大飞翔,从而为国家带来祥瑞,为民生造福,“再光中兴业,一洗苍生忧”。此时正值安史之乱期间,战乱严酷地毁坏着大唐盛世,山河破碎,宇宙生烟,民生涂炭。为了挽救国家和黎民,杜甫表示愿意牺牲个人的生命,“所贵王者瑞,敢辞微命休”?而此时的杜甫正在饥寒交迫之中,身遭不幸而能不忘忧怀国事,这就是他的伟大之处。

成县少陵祠蕴涵的正是这样一颗伟大的心灵。成县的凤凰山因为这首诗歌而显得伟岸崇高。河水悠悠,诗人不在;名山不朽,意兴长存。中华民族历经百劫而不倒,正是赖有这样的心灵,这样的精神。

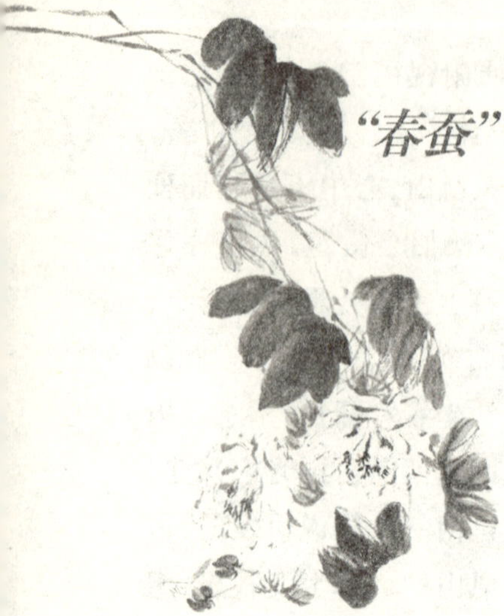

# “春蚕”、“蜡炬”何以成为千古绝唱？

晚唐诗人李商隐的爱情诗《无题》（相见时难别亦难），被后代诗家评为“千秋情语，无出其右”，尤其是颔联“春蚕到死丝方尽，蜡炬成灰泪始干”，更是赢得了千载赞评，称“绝”叫“妙”者不绝于耳。中国古代评论家对作品的评论方式，每每只下结论，不做分析。那么，这两句究竟好在哪里，为何能够引发千载之下的广泛赞许？

诚然，从感情内容来看，这两句诗把作者对恋人的情感诉说到生死难泯的地步，这对于生活在“执子之手，与子偕老”文化氛围中的国人来说，无疑是一束圣洁之花，引起共鸣是自然的。但是，仅仅从这个角度解释它成为“千古绝唱”的原因，显然不够，因为古典诗歌中表达这种生死恋情的作品为数不少，例如初唐诗人卢照邻《长安古意》中写道“得成比目何辞死，愿作鸳鸯不羡仙”，白居易《长恨歌》中写道“在天愿作比翼鸟，在地愿为连理枝”，都写得感情炽烈，要死要活。为什么李商隐的诗能够压倒群芳、独居其右呢？这应该还有艺术上的原因有待解说。笔者不辞浅薄，试从意象特征与爱情心理高度吻合的角度，略析个中之奥妙。

笔者认为，李商隐的成功是得力于他选择了两个最为准确、最为得体的意象：春蚕吐丝，蜡炬流泪。用这两个意象来抒写生死恋情可称是恰到好处。因为这两个意象特征与国人的爱情心理审美取向呈现为高度吻合的状态。

先来分析这两个意象的特征。春蚕吐丝是什么状态？是默默地吐，不停地吐；蜡炬流泪，也是默默地流，不停地流。可以看出，这两个意象的共同特征就是具有品格的“内向”性，不事张扬，静默深沉，于平静中显示着力度。

再来认识国人的爱情心理审美取向。生活在华夏文化圈里的国人，其爱情心理审美是以“内向”为美的。国人的情感，因其内容不同，大体可以分为“外向型”和“内向型”两种。“外向型”的情感，是指那些可以诉诸于大庭广众之间的情感，比如报国之情、孝亲之情、友朋之情等等，比如你即将开赴前线，就可以在誓师会上对众慷慨陈词；逢年过节，手提礼品去看望父母，路遇熟人，你可以向对方诉说思亲之情；至于友朋之情的抒发，古今作品比比皆是，不必多说。在我们的国度里，唯独两性之间的恋情是属于“内向型”的，这种感情是拒绝向大众表白的，是以守密、静默、追求平静中的力度为审美取向的。在中国文学史上，文人写给妻子的“赠内诗”少得可怜，这不是对妻子无情，而是羞于把这份情感向世人公布，故难以形诸文字。就拿被梁启超称为“情圣”的杜甫来说，他对妻子是绝对忠诚、专心不二的（杜甫没有纳过妾），虽然他在不少诗作中表达对妻子的感激之情，却没有一首涉及夫妻之间的燕婉私情。原因就是唯恐形诸文字之后流传众口，而一旦被他人得知，就会觉得这份美妙的情感被“偷窥”了。他们认为，夫妻私情只可对面交流，不可对众宣泄，这就是古人的性爱心理审美的“内向”特征。时至今日，这种审美取向还基本上保留着，写情书，必在独处之时；约相会，选在僻静之地；交心曲，轻声细语；示爱意，委婉含蓄。有一首流行歌曲叫《冬天里的一把火》，是宣泄恋情的，曾经风靡一时。但是，可以断言，那些在大庭广众中唱这首歌的，一定是在现实生活中还没有把那个“你就是冬天里的一把火”的“你”字具体落实到人头上，是属于盲目的泛泛的宣泄。一旦他把恋人选定了，把“火”落实了，他就再也不会在大众面前歌唱了。

假如有人在大庭广众之中对着恋人高唱“你就像那一把火”,那么在众人的心目中他一定有了精神病。这就是华夏文化圈在爱情心理上以“内向”为美的审美约定。当今虽说西风东渐,恋情的表达有了“外向”的苗头,但这“苗头”的体现者主要还是文化层次较低的社会群体;凡是接受传统文化熏染的,或是没有受到西风吹拂的山民们,仍然继承着“内向”为美的恋情观念。

综上所述,笔者认为,李商隐选择了“春蚕吐丝”、“蜡炬流泪”这两个具有“内向”特征的意象,准确而得体地表达了华夏民族以“内向”为美的爱情心理特征,因而能够引发深广而永久的社会共鸣,人们乐于倾听这样的所说:“我对你的思念啊,就像春蚕吐丝那样,默默地不停地吐着,吐着,直到生命的最后一次呼吸;我那痛苦的眼泪啊,在默默地不停地流着,流着,直到消灭了自己的身体。”这种声音唤起了国人的审美体验,获得了永恒的审美价值。

# 唐诗中的“太阳黑子”

人们把唐诗比喻为光焰万丈的太阳，凌照千古诗坛，这个比喻是恰当的。然而正如太阳也有黑子一样，唐人的诗歌也有难登大雅之堂的次品。唐代社会以作诗为荣，创作队伍异常庞杂，上自天子，下及庶民，百司官府，三教九流，人人都是诗歌作者。但是，写诗是需要才能的，而才能并非人人皆具，于是就有一些歪诗产生。这些东西在唐诗的选本中自然是见不到的，而《全唐诗》却每有收集。唐人的史料笔记之中，对这些歪诗的产生背景常有介绍。笔者从中搜检一些笑料，让读者窥见唐诗的全貌。

据唐人张鷟《朝野佥载》记载，有个叫权龙襄（《全唐诗》“襄”作“褒”）的，秦州人，性格急躁，自矜能写诗歌。出任沧州刺史，下车伊始，便立赋一首，呈给本州属官，言道：“遥看沧州城，杨柳郁青青。中央一群汉，聚坐打杯觥。”远望沧州杨柳茂盛，走进城中看见一群汉子聚集喝酒。如此而已。很难说这样的东西是诗。众属官出于恭维新到的长官，连声称赞他有“逸才”。他本来不知道诗为何物，听到赞言，心中得意，口吐谦词，说道：“不敢，趁韵而已。”趁韵，就是作诗硬凑韵脚，而不管内容是否合适。这话是表示谦虚的套语，并非他对所作真有认识。果然，过了些天，他又写了一首《秋日述怀》，言道：“檐前飞七百，雪白后园强。

饱食房里侧，家粪集野螂。”众属官看罢，不解其意，请求解释。他说：“第一句是说我屋檐前面有鹞子飞过，因为鹞子每只值七百文钱。第二句是说我把洗好的内衫挂在后园，晾干了以后像白雪一样。第三句是说我吃饱以后就在屋里侧卧睡大觉，第四句是说我拉出的大粪招来了野地的蜣螂。”此作传开，人人嗤之以鼻。后来皇太子举行宴会，他去参加，又赋诗一首，时值夏天，他却写出“严霜白浩浩，明月赤团团”这种不合时令的句子。太子看罢，哈哈大笑，拿起笔来作了批语：“龙襄才子，秦州人士。明月昼耀，严霜夏起。如此诗章，趁韵而已。”所谓“趁韵”，是说作诗不顾内容是否恰当，硬凑些韵脚了事。

即便是有名气的诗人，他的作品也不是首首皆善，常常是良莠混杂。比如韩愈，他是中唐时期怪奇诗派的领袖，在诗歌题材和表现手法上力求出新，有时候写的诗就不是出新而是出格了，把诗写得不像诗了。比如《嗟哉董生行》：

> 淮水出桐柏山，东驰遥遥，千里不能休。肥水出其侧，不能千里，百里入淮流。寿州属县有安丰，唐贞元时，县人董生邵南隐居行义于其中。刺史不能荐，天子不闻声名。爵禄不及门，门外惟有吏，日来征租更索钱。嗟哉董生，朝出耕，夜归读古人书，尽日不得息。或山于樵，或水于渔……

这样的文字很难让人觉得它是诗，它不过是散文加上几个不稳定的韵脚罢了。我说它不是诗，不是因为它的句子长短不齐，而是由于它不具有诗的节奏和韵律。作者在行文时，只考虑到表达情意，完全不考虑诗的节奏韵律。在这种情况下，诗已无处存身了。韩愈是散文大家，有“文起八代之衰”的美誉，写惯了散文就难免用写散文的笔法写诗，在文学史上，文体兼擅的人确实罕见。

以上仅仅举出几个例子，唐诗中类似这样的“太阳黑子”还有不少。读者大可不必以为唐诗首首精良。当然也不必因为唐诗中存在这些次品，就降低它的价值。

# 从李百药说到宋祁

中国作为诗的国度，国人对于诗歌确乎有一种独到的情感。自从《诗经》被确定为儒学经典之后，诗人的身价也被提高了许多。一个人诗歌写得好，会获得超乎寻常的待遇。

本文要说的这个李百药，是隋末唐初人。幼年时他身体不好，总是闹病，一年四季药罐子不离嘴，父亲就给他取了这么个名字。也许是由于众芳的滋养，成人以后不但身体健壮，相貌也非常俊美，诗也作得出色，经常出入于达官贵族之门。没成想，这些长处却给他埋下了祸根。

隋朝的宰相杨素，生活豪奢，后房妻妾竟有千人之众。这么多的女人，他哪里照顾得过来？果不其然出事了，他的宠妾爱上了年轻貌美的李百药！一个夜晚，李百药应约入室相会，却被杨素捉个正着。杨素大怒，把他们两个捆绑在庭院里，就要问斩。借着火光把百药看了看，确实相貌出众，虽说平素几经见过他，却不曾十分留意。这么年轻就死掉了，岂不可惜？何况他的诗也作得好，诗名震动京城。想到这里，就说：“听说你擅长作诗，你把自己的事情写一首，我满意了就放了你。”说罢，让仆人给他松了绑，给他纸和笔。李百药不假思索，挥笔立成。杨素看了，十分高兴，就把宠妾交给他带走做媳妇，还送了几十万的陪嫁费用（见刘餗《隋唐嘉话》)。

李百药凭借一首诗,不但逃过一劫,还得了个美貌佳人。这事也只能出在尊重诗歌艺术、崇拜诗人的国度里。下面要说的宋祁,与李百药有近似的经历,比百药的恩遇还要高些。

宋祁是北宋著名词人,以“红杏枝头春意闹”这个词句,闹得名满京都。有一次,他在京都大街上漫步,迎面来了一队皇家的车轿,是郊游的宫女们回归了。车轿从他身旁鱼贯而过,其中有一辆车子经过时,车窗的帘子掀起,从里面飞出一声招呼:“小宋!”这肯定是以前相识的人了,宋祁望着远去的车子痴呆了很久,于是填了一首词《鹧鸪天》,表达了对佳人的眷恋之情。这词作得很好,很快就传遍了京都,而且传到了宫中,传到了宋仁宗的耳朵里。仁宗就把那天出去郊游的宫女们叫过来,问这是怎么回事。那个向宋祁打招呼的宫女没有隐瞒。然后,仁宗又把宋祁召了来,说起这件事。宋祁一听吓坏了,没想到这首词会被皇上知道。仁宗说,你别怕。既然她对你的才华很崇拜,那就把她许配给你好了,孤家给你们做红媒了。于是宋祁谢恩,把那位宫女领回家中(见张宗橚《词林纪事》)。

皇上肯于把自己的眷属让给宋祁,这足以说明词人在当时的社会地位。孔子曾说“诗可以兴,可以观,可以群,可以怨。”诗歌的作用确实不可小看。

# 二月曲江的乐与悲

唐代实行科举考试以选拔官吏的制度。考试的时间在每年正月，经过考官的阅卷，一般在二月里放榜，每年录取的进士人数在30个左右。那些金榜题名的新科进士们，要举行一系列的庆祝活动，关宴就是其中最为盛大的宴会活动。

关宴在曲江边的亭子里举行。曲江实际上是一条狭长的人工湖，它处于长安城的东南角，一半在城里，一半在城外，岸边楼阁林立，花圃连绵，是人们游览的好去处，每到上巳节、清明节，长安士女如云而至，杜甫《丽人行》写的“三月三日天气新，长安水边多丽人”，就是写的曲江景象。参加关宴的人除了及第者，还有“座主”也就是本次的主考官也要参加，有时皇上也来赏光。那些有女待嫁的达官贵人也不失时机的前来选择女婿。商贩们也摆出珍奇商品，想趁机发一笔财。更多的是长安市民，纷纷赶来看热闹。二月的曲江岸边，人如潮涌，欢声笑语，上达云霄。

宴会结束，还有杏园探花、雁塔题名、曲江泛舟等活动。新科进士们个个精神抖擞，意气风发，十年寒窗，一朝得中，怎不心花怒放！正如孟郊诗中所写的“春风得意马蹄急，一日看遍长安花”。尤其是他们乘彩舟游曲江那情景，真是令人羡慕不已，几十个人聚集在大船上，神采奕奕，水面上吹来阵阵春风，摆动着他们的衣袍。两岸人群齐声喝彩，欢声雷动。须知中国之大，每年及第的就这么三十左右个人，绝对是国家的精英啊。

不过，人世间有乐也有悲，谁敢保证这些新科进士们平安无事？比如开元五年就出了件让人惊骇的事。这年正月，天象官给朝廷上了一道奏书，说他观察天象得知，今年当有30位名士同日冤死，而今年及第的进士正好是30人。玄宗听罢，大惊失色，然而天意难违，只好任之。在这30名进士当中，有个叫李蒙的，是某贵族的女婿，玄宗秘密告诫这位贵族，让他把女婿关闭在家里，别让女婿参加大型的游宴活动。贵主问为什么，玄宗没有回答，是所谓“天机不可泄漏”吧。

关宴的那一天，曲江依旧热闹非凡，新科进士们聚集在江边，准备乘舟畅游，他们清点人数，发现少了一个，这个人就是李蒙，按照规定，人数不齐不能登舟，大家都埋怨李蒙扫了兴致，个个伸长了脖子盼望他快点到来。此时的李蒙被关在家里，耳听曲江岸边传来了鼓乐之声，有如百爪挠心，情急之下，他翻越了墙头，一口气跑到江边。大家看见他来了，就朝他喊话：“快点跑啊，就等你了！”

人数凑齐，整好30个，大家上了彩船。船离江岸，渐渐漂到江心，怪事出现了，只见那大船平着往下沉，刹那间江水涌入舱中，这些读书人都不识水性，在水里扑通一阵，都淹死了。

上述故事见于唐人张鷟的《朝野佥载》。张鷟是初盛唐时人，玄宗时期曾任司门员外郎等官职，所记开元间事不会有错，况且此事为国家大事，没有编造的可能。他所著的《朝野佥载》是记载朝野见闻的一部随笔，向来被史学家看重。

现在悬而未决的问题是，是果真存在天象预兆灾变的事呢，还是一种巧合呢？或者是人为造成的悲剧呢？笔者无力探讨，交由读者思考之。

# 骏马·瘦马·病马

咏物诗作为中国诗歌的一种体裁由来已久,但在唐代以前,多数作品仅停留在对物相的描写,诗人们是以“形似”作为审美追求的。到初唐时期,咏物诗的高产作家沈佺期,创作了120余首这类诗歌,天象地物,花草虫鱼,笔墨纸砚,衣食住行所需之物,包罗甚广,看其内容,仍是在追求“形似”。杜甫登上诗坛,咏物诗迈上了一个台阶:咏物托意,在刻画物相的同时,寄托思想精神或人生体验。且以他的三首咏马诗为例,看其艺术造诣之精深。

《房兵曹胡马》是杜甫青年时期的作品,诗云:“胡马大宛名,锋棱瘦骨成。竹批双耳峻,风入四蹄轻。所向无空阔,真堪托死生。骁腾有如此,万里可横行。”诗中咏赞大宛国出产的一匹骏马,除了描写马的伟岸身姿和驰骋之迅,更突出了横行万里的气概。显然,作者是在借咏骏马以寄托壮怀。杜甫青年时期家境较好,读万卷书,行万里路,有一番建功留名的豪情壮志,“检书烧烛短,看剑引杯长”(《夜宴左氏庄》),写出平生两大追求:成就诗名和建立功勋。“会当凌绝顶,一览众山小!”(《望岳》)是他在事业上自我期许的艺术表现。所以,这首咏马诗实为作者的自咏,诗人年轻时的精神风貌、壮怀意气尽在其中。

安史之乱爆发之后，杜甫冒死投奔凤翔（唐肃宗的临时政府所在地），任左拾遗，因为疏救宰相房琯，得罪了肃宗，遭到审查，几乎丧命。其后被贬到华州，管理地方文教事务。这个打击是沉重的。杜甫把悲伤、愤懑的心情，寄托在《瘦马行》这首诗中。诗中不但写出瘦马的外貌："皮干剥落杂泥滓，毛暗萧条连雪霜"，而且写出瘦马的身世："细看六印带官字"，还写出此马之所以沦落的原因："当时历块误一蹶，委弃非汝能周防"，又写出此马的现实处境："天寒远放雁为伴，日暮不收乌啄疮。"这四层笔墨，既是写一匹官马在一蹶伤蹄之后被遗弃荒野的悲凉遭际，又寄托了作者的遭际之慨：马皮上的"官字"印与作者的官员身份相绾合，马的"一蹶"伤蹄与作者的因疏救房琯而遭三司审查相绾合，马的"天寒远放"与作者的被外放华州相绾合，马的"皮干""毛暗"与作者的干瘦身体相绾合。诗中的这匹瘦马实际上是作者的自画像。不去直接诉说遭际之苦，而诉之以瘦马的形象，是为了便于展开描写，同时也是为了加强诗的韵味。但此时杜甫并未完全绝望，他还在等待时机以求一逞，诗中说道："谁家且养愿终惠，更试明年春草长！"

杜甫在华州任上干了一年，终因对肃宗失去信任，彻底绝望于仕途，也是由于性格的倔强，而辞去官职，走向了山野，举家来到了边地秦州（今甘肃天水）。从此，他的生活越来越艰难，缺衣少食，诸病缠身。在秦州期间，他又有咏马之作，这次写的是《病马》，诗云："乘尔亦已久，天寒关塞深。尘中老尽力，岁晚病伤心。毛骨岂殊众？驯良犹至今。物微意不浅，感动一沉吟。"这是给自己所乘之马写的一首诗，这病马的身上依然有着作者的影子："老"——杜甫此时已48岁，这在古代已是老龄了；"尽力"——杜甫为官时期对本职工作是忠诚的，离职以后仍为国事而伤怀，写出诸多批判时政的诗作，例如，反对肃宗嫁女以求回纥援军的《即事》，批评肃宗过于依赖回纥的《花留门》，等等，就是在秦州写出的；"病"——杜甫此时患肺病、疟疾，特别是那场疟疾，把他折腾得皮包骨，他曾按当地的"土法"治病：穿上女人的衣服，乔装打扮，躲进山洞，以逃避"虐鬼"的纠缠，但是效果不佳，只落了个"心微傍鱼鸟，肉瘦怯豺狼"的心态（《寄彭州高使君适》）；"驯良"——杜甫为人忠厚、善良，他从不忘怀所交结的友人，即便自己困在秦州山野，还在安慰遭到贬谪的高适、岑参、贾至、严武；“物微”——杜甫此时身无官职，乃一介草民，自不必多说；“沉吟”——既是为马，又是为了个人。

以上三首咏马诗——由骏马而瘦马而病马（可谓每况愈下了），皆是咏马以自咏，清晰勾画了杜甫个人身世变化和精神心态变化的轨迹。它们的成功，为后人昭示了咏物诗艺术的精深境界。

杨义先生在《李杜诗学》书中认为，杜甫是有意识地用诗歌为自己写一部历史，的确如此。杜甫不仅正面下笔用诗歌记录他的履历，而且在生涯的重大变化时刻，托笔于物，借物塑身，咏物传神，使其诗人形象变得风神跌宕，摇曳多姿。

# 酒瓶上的笑料

笔者并不嗜酒，酒量也可怜，属于那种一盅即醺，两盅可倒的行列。但是对白酒的瓶子很感兴趣，每当看见新品种，总要阅读那上面介绍性的文字，关注的是该种酒的生产历史有多悠久。我的这个嗜好源于一件往事：我的一个学生毕业后到一家白酒厂从事宣传工作，一天，他来找我，拿出他写的介绍该酒的文字材料，让我看看有无不妥。材料文字流畅，颇具诱惑力。但其中说到该酒已有1500年的生产史，让我大吃一惊，我问他中国白酒是从何时才有的，他说这个不清楚，但现在大家都这么写，还有写两千多年的呢。听罢愕然。从此开始了对酒瓶子的注意，那些胡吹乱捧夸耀历史悠久的文字给我单调的生活增添了不少笑料。

中国的白酒产生于何时，当代著名宋史学者李华瑞先生做过专题研究，结论是宋末元初，也就是13世纪后半期，随着蒸馏技术的发明而产生了制作白酒的工艺。那么算起来，至今不过700多年的历史，哪里会有1500年、2000多年的可能？

白酒产生之前，中国的酒只有果酒、米酒等，度数很低，难以存放，时间长了会变味，所以人们喜欢喝新酿出的酒，这从宋以前的诗歌所写的情况可以得到印证。白居易邀请他的朋友刘某来家中喝酒，写了一首小诗:“绿蚁新醅酒,红泥小火炉。晚来天欲雪,能饮一杯无?”(《问刘十九》)绿蚁,是指酒面上漂浮的酒渣,是刚刚酿成的,还没来得及过滤。白居易强调酒是新酿的,味道淳正,目的是吸引对方前来赴宴。可见这种酒是存放不住的,显然是低度的酒。如果是白酒,时间越久,味道越佳,还需要强调是“新醅酒”吗?杜甫写诗讽刺玄宗君臣的奢靡生活,说“朱门酒肉臭,路有冻死骨”(《咏怀五百字》),酒肉堆积如山,吃不完,变臭了,这也说明当时的酒度数很低。杜甫还有一首写待客的诗,向客人道歉说,由于家贫,酒和菜都不好:“盘飧市远无兼味,樽酒家贫只旧醅”(《客至》),“旧醅”,就是陈旧的酒。上述这些材料充分证明,唐人喝的酒是低度的酒,绝不是白酒。由此亦可知,唐代诗人那样昏天黑地的痛饮,是绝无生命之忧的。李白说“会须一饮三百杯”,也不会酒精中毒的,他顶多闹个肚子胀。

中国人看重历史,推崇“老字号”,于是厂家便在“历史悠久”上大做文章。然而古训说得好:过犹不及。你把话说过了头,不但说明你没有历史文化常识,还说明你在造假蒙人,你的酒是没有好销路的。

# “玉糁羹”和“槐叶冷淘”

陆游《即事》诗中写道：“渭水函关不出兵，却携琴剑锦官城。醉来身外穷通小，老去人间毁誉轻。扪虱雄豪空自许，屠龙工巧竟何成？雅闻岷下多区芋，聊试寒炉玉糁羹。”诗写作者在南宋朝廷投降主义路线的压迫下，从南郑前线退居成都的愤慨之情。尾联说道，要用岷山脚下出产的山芋，做“玉糁羹”，聊以改善饮食，这是自我解嘲之词。那么，这“玉糁羹”是一种什么样的食品？又是谁首创的呢？

近读苏轼诗篇，找到了这种食品的发明者，就是苏轼的小儿子苏过。苏轼有一首诗对此作了记录：“过子忽出新意，以山芋作玉糁羹，色香味皆奇绝，天上酥陀则不可知，人间决无此味也”，诗云：“香似龙涎仍酽白，味如牛乳更全清。莫将北海金齑鲙，轻此东坡玉糁羹。”从诗的题目可知，“玉糁羹”是苏过创制的，其原料就是山芋。诗歌盛赞这种食品的“色香味”，称之为“奇绝”，可比龙涎、牛奶、金齑鲙。

宋人杨湜《古今词话》也记载了这件事：“《词品》曰：‘苏过，字叔党，坡公少子，所著词，人以小坡目之，有《斜川集》。常以山芋作玉糁羹进公，公嘉而为诗。”

至于这种食品的制作程序，苏轼父子没有留下文字材料。清人屈大均《广东新语》卷二十七有这样一段话：“凡广芋十有四种，号‘大米’，诸薯亦然。番薯近自吕宋来，植最易，生叶可肥猪，根可酿酒。切为粒，蒸曝贮之，是曰‘薯粮’。子瞻称海中人多寿百岁，由不食五谷而食甘薯。番薯味尤甘，惜子瞻未之见也。芋则苏过尝以作玉糁羹云。”

这段话有几点值得注意：一是说广东的土产芋薯有14种，当地人称之为“大米”。二是说近期从吕宋（菲律宾）引进了“番薯”，这种东西容易种植，而且有多种用途。其中一种用途就是可以做成“薯粮”，“薯粮”的做法是，先把生薯切成细粒，然后上锅蒸熟，再把它晒干，贮藏起来。三是说苏轼认为海中人多有百年之寿，原因就是不吃五谷，而吃甘薯。四是说苏轼的时代还没有引进“番薯”，苏过制作的“玉糁羹”原料是山芋。

由此可以推论，苏过制作“玉糁羹”的方法，大概也同于“薯粮”的制作。相比之下，杜甫在诗中提到的“槐叶冷淘”这种小吃的制作方法就详细多了。杜甫客居夔州期间，发现当地的一种小吃很有特点，并亲手制作，写成《槐叶冷淘》纪录制作的方法：

> 青青高槐叶，采掇付中厨。新面来近市，汁滓宛相俱。
> 入鼎愁过熟，加餐愁欲无。碧鲜俱照箸，香饭兼苞芦。
> 经齿冷于雪，劝人投比珠。

首先是采来新鲜的槐叶，把它剁碎，然后连汁带渣掺入面里，和匀，作成面食，上锅去蒸，但火候不宜过大，火候大了，味道就变了，食欲也就没了。这种面食蒸熟之后，其色“碧鲜”，咀嚼之间，口齿清凉。显然，这种面食适合夏天食用。我们不妨按照杜甫的说法试做一做，因为杜甫不说谎话，杜诗是纪实的，可信的。

# 萧琛投栗击君主

梁朝人萧琛，为人性情放达，不拘小节。有一次，梁武帝设宴，召群臣饮酒，萧琛也去了。宴席上，萧琛巨杯畅饮，很快就喝得酩酊大醉，只好趴在桌上迷糊着。梁武帝在即位之前，就与萧琛交情很好，所以萧琛才敢于如此放任。眼下，武帝见萧琛醉态可笑，就想捉弄他，取取乐，信手从果盘里取一颗红枣，瞄了瞄准儿，用力一抛，就听“嘟”的一声响，那枣儿正好击中萧琛的脑瓜。萧琛一惊，抬起头来环顾四周，略加思索，就断定这枣儿是皇上打过来的。看着同僚们在嬉笑，他感到有些窝囊，寻思报复之策。他拿醉眼一瞧，发现桌上的果盘里有几枚栗子，就取了一枚，一抖手，栗子“嗖”地一声飞出，还真准，正好击中武帝的脑门。那武帝毫无思想准备，只见萧琛向自己一甩手，正不知他是什么意思，便觉得脑门被狠狠地敲了一下，随着一声响亮，眼前金花乱迸，不禁用手捂着前额，大叫了一声。

群臣见状，大惊失色，臣子击君，这还了得！都为萧琛捏着一把汗。

武帝哪里受过这个？不禁满脸怒色，正要发作，只见萧琛不慌不忙地站立起来，和颜悦色地说：“古人有‘投桃报李’之说，刚才陛下投给我一颗大枣，我岂能无动于衷？况且，大枣颜色鲜红，犹如一颗赤心，陛下把赤心投给我，我怎能不表达战栗之情呢？所以才把栗子回报给您啊。”这话说得太妙了，妙在把“战栗”的“栗”与“栗子”的“栗”组合到一起，顷刻之间，辱君之举变成了忠君之情。

一席话，把武帝说得眼睛发直，欲辩无词，只好忍着疼对群臣说道：“讲得好，讲得好啊！”群臣也都随声附和，气氛顿时活跃，大家又愉快地喝起酒来。

萧琛在酒醉之中，尚且能够巧设辞令，既平息了怨气，又让皇上伏输，可谓富于辩才。《梁书》萧琛本传上说他“少而朗悟”，“有纵横才辩”，看来不假。

他为官多年，身居显位，却不治私家产业，算得上是个清廉的官。晚年以读书为乐事，说自己壮年时有三大爱好——音乐、书籍、酒，到晚年只剩下读书了。他临终时叮嘱后代：丧事从简，动用十辆车出殡即可，祭祀使用蔬菜，不须酒肉。

# 唐代人喜欢胡人的服饰

唐朝实行文化开放政策，异族文化的进入是很普遍的现象。来自域外的音乐、舞蹈、各种技术也确曾推动了唐王朝经济文化的发展。唐代人对来自北方突厥族的服装也持有浓厚的兴趣，不止在京都如此，几乎遍布全国，甚至在安史之乱发生之后，仍然如此。

唐人对胡服的好尚，起于何时？据现有文献可以得知，这种好尚早在高宗武后时期就已经出现了。《新唐书》宋务光传记载：中宗神龙元年（公元705年），宋务光上书言政，对当时社会上出现的“胡服”好尚提出了批评：“比见坊邑，相率为浑脱队，骏马胡服，名曰‘苏莫遮’。”玄宗即位之后，于开元二年（公元714年）十二月七日颁发《禁断腊月乞寒敕》，对这种“胡服”风气痛加申斥，力图断绝之。全文如下：

敕：腊月乞寒，外蕃所出，渐渍成俗，因循已久。至使乘肥衣轻，竞矜胡服，阗城溢陌，深玷华风。朕思革颓弊，返于淳朴。《书》不云乎：“不作无益害有益，功乃成；不贵异物贱用物，人乃足。”况妨于政要，取紊礼经，习而行之，将何以训？自今已后，即宜禁断。（《四库全书·唐大诏令集》）

乞寒，又称“乞寒胡”，是胡人的一种杂戏，传入唐朝，由胡人在腊月演出，内容是相互往身上泼水为戏。胡人的服装，由此而被“乘肥衣轻”的贵族们所青睐，他们争先恐后地身穿胡服，在城乡招摇。玄宗认为这是“妨于政要，取紊礼经”的行为，于是敕令断绝之。但是，这道敕令显然没有产生效果，此后“胡服”之风竟由京都弥漫到乡野。在安史之乱爆发之前，胡服向唐王朝士民的渗透已经非常广泛，以致被后来的人们认为这是安史之乱的前兆。《旧唐书·舆服志》写道：

> 开元初，从驾宫人骑马者皆着胡帽，靓妆露面，无复障蔽，士庶之家，又相仿效。……太常乐尚胡曲，贵人御馔尽供胡食，士女皆竟衣胡服，故有范阳羯胡之乱，兆于好尚远矣。

可知，对胡服的喜好首先起于宫中，而后弥漫于朝野士民。史家所谓“范阳羯胡之乱，兆于好尚远矣”，就是认为这种胡服的好尚是数十年之后发生的安史之乱的前兆。《新唐书·车服志》也有类似的记载和认知：

> 开元中，初有线鞋，侍儿则着履，奴婢服襕衫，而士女衣胡服，其后安禄山反，当时以为服妖之应。

将胡服视为“服妖”，将“士女衣胡服”看做是安史之乱的“服妖之应”。

上述这些史料说明，唐代人所好尚的胡服是突厥族的服装，其泛滥之广远，势头之强大，连朝廷禁令都未能阻止得了。即便在安史之乱发生之后，风气也没有断绝，有杜甫诗歌为证。杜甫晚年漂泊到长沙，作《清明二首》，诗中写到长沙一带的少年们仍然是“胡童结束”，也就是说还穿着胡人的服装。这使饱受战乱之苦的杜甫深恶痛绝。杜甫《清明二首》作于唐代宗大历四年（公元769年）清明节，距平息安史之乱（公元763年）已有六年。诗中反映的长沙少年的胡服装束，充分说明了胡服对唐人服饰文化的影响之深远。

到了中唐时期，这种风气更加强盛。当时的妇女完全采用胡服扮装，身着宽袍广袖，脚上穿的是大头鞋，而且面部化妆也是胡人的样式；嘴唇不再涂红胭脂，而是涂黑色油膏，眉毛画的形状也变了，不再是细而长，而是短而阔，外梢下垂，像个“八”字形，白居易在诗中记录了这个模样：“乌膏注唇唇似泥，双眉画作八字低。”（《时世妆》）显然，他对妇女的这种服饰是非常反感的，但是个人的力量终究无法扭转潮流。

# 古代书画家的艺术痴迷

在中华传统艺术领域内，书画家对艺术的痴迷程度令人叫绝，他们心无旁骛，如醉如癫。汉代书法家张芝为了洗笔方便，干脆把书案搬到池水岸边，一天到晚不停地写写涮涮，以致把池水都染成黑色。晋代书法家王羲之说：“张芝临池学书，池水尽黑，使人耽之若是，未必后之也。”（《晋书·王羲之传》）他效法张芝的苦学精神，果然成为中国历史上第一书法家。唐代书法家虞世南，把自己关闭在楼上，断绝人事交游，一直到学成才下楼，写秃了的笔头足足装满一瓮（见刘餗《隋唐嘉话》）。正是他们有这种不达目的决不罢休的拼命精神，才绽放出书坛历史上永鲜不萎的艺术花朵。

也有半道改行的，那是由于他有远大的许身目标，比如唐代的画家曹霸，起初是学习书法的，学的是晋代书法家卫铄的书法。为什么要学卫铄的书法，那是因为当年王羲之就是学她的书法而成功的。曹霸学了几年，感觉无法超越王羲之的水平，就决然改学绘画，终于成为当时最著名的鞍马画家。杜甫写《丹青引》这首诗专门为他立传，诗中说道：“学书初学卫夫人，但恨无过王右军。丹青不知老将至，富贵于我如浮云。”半道改行是由于不能超越前人，这种誓做古今第一的精神尤其可嘉。一旦确立了进取方向，就把富贵看成过眼云烟，潜心于艺术，日夜兼程，惨淡经营，不知老之将至。

学习书法有两道必下的功夫，一个是执笔苦练，一个是研味经典。前者是手功，避免心到手不到；后者是眼功，开阔艺术视野，避免坐井观天。古人在这两个方面都是下了大功夫的。前文已经说到了手功之刻苦，接下来再说眼功之勤奋。

初唐书法家欧阳询有一次出行，途中见到一通古碑，是晋代索靖所书。索靖是中国书法史上成就卓著的书法家，善草书，风格峻险坚劲，自名曰“银钩虿尾”，著有《草书状》一篇，对书法演变、风格、气韵、用笔及章法等作了全面精辟的论述。且说欧阳询见到索靖书写的碑文，如获至宝，停下马来，认真观看了很久才离去。走出几百步之后，又返回来，下了马，站在古碑前仔细揣摩。站累了，就在地上铺一块毯子，坐着观看。天黑了，也不肯投宿旅店，就在古碑旁边住下来。天一亮，继续观看，精心揣摩。就这样一连看了三天，直到把索靖的书法艺术领会在心，才满意地离去。此事见于刘餗《隋唐嘉话》记载，该书还记载了画家阎立本的故事。阎立本家世代工于绘画，有一次，阎立本前往荆州，考察张僧繇的旧作，张僧繇是南北朝时期梁朝画家，长于写真，并擅画佛像、龙、鹰，多作卷轴画和壁画。阎立本初来乍到，把张的壁画草草一看，说道，“不过是虚得声名罢了”。第二天他又来观看，看得较为仔细，说道，“还算是近代佳手”。第三天又来观看，终于看到了高妙所在，感慨地说，“果然名不虚传”。于是坐卧在壁画跟前精心揣摩，夜晚就睡在那里，一连观察了十天还迟迟不肯离去。

如此风餐露宿，不避辛苦，为的是借鉴前贤，为的是攀登书艺高峰。在庸人看来这或许是精神病发作，却不知这正是艺术家的精神境界。真正的艺术家是把生命作为追求艺术的筹码的。

作为中华文化传统的书画艺术流传至今，像古人这样孜孜矻矻献身艺术的精神应该继承和发扬。那种舍弃基本功，以诡怪笔墨惊惧俗眼，妄想一夜成名的做法，是违背艺术良心的，是写不进历史篇章的。

# 李林甫的奸臣伎俩

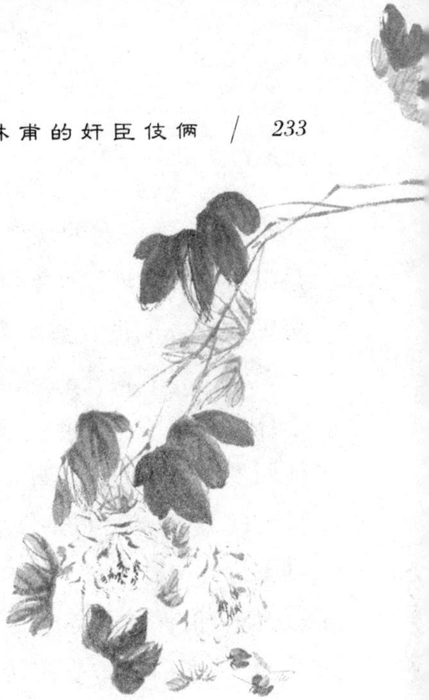

中国历史上出了不少奸臣,奸臣的伎俩五花八门。李林甫的伎俩是“阴毒”,嘴上说好话,脚下使绊子,让人防不胜防。“口蜜腹剑”这个成语,就是后人从他身上总结出来的。

他登上宰相的高位,就是用阴谋手段赚来的。当时,宰相李适之深得玄宗的赏识,李林甫一方面向李适之献殷勤,一方面谋划计策陷害他。有一次他对李适之说,华山里有金矿,开采出来,国家定能富强,可惜皇上不知道。李适之对他没有防备,信以为真,第二天上朝就把这事呈报给玄宗。玄宗听罢很高兴,就向朝臣询问开矿事宜。当问到李林甫时,李林甫作出大惊失色的样子,对玄宗说,华山是皇上立命的根基,那里的土石是万万动不得的。不知这个馊主意是谁想出来的,分明是对皇上不忠!由此,玄宗罢免了李适之的宰相职务,李林甫乘机当了宰相。

李林甫当了宰相,开始排除异己,许多正直的臣子被他陷害了。他的府邸里有一座房子叫月堂,是个僻静的地方,每天夜晚,李林甫独自坐在里面,谋划下一个陷害对象,只要他笑眯眯地走出月堂,保准第二天有人要倒霉。他儿子曾经提醒说,你这样害别人,难道就不怕别人整治你吗?他说:“反正是害了,害一个是害,害一百个也是害。”为了预防夜间来刺客，他府邸的墙壁都弄成双层的，很坚固，挖不透。他夜里睡觉也是打游击，一夜之间要更换好几个地方，连他的家属也不知他睡在哪间房里。说来他也真够辛苦的。

唐代的宰相任职时间都不长，三年五年算是常例，短的只有几个月。李林甫却当了十几年，直到天宝十一载病死为止。在这漫长的时间内，他网罗死党，权倾朝野，一手遮天，朝纲瓦解，人心涣散，导致了大唐盛世走向衰落。天宝五载，玄宗要通过制举选拔人才，制举本是由皇帝亲自主持的一种考试，李林甫害怕那些来自民间的考生在皇帝面前揭他的短，就假借保护圣体安康的名义，代替玄宗主持了考试。结果把包括杜甫、元结在内的考生统统黜落，向玄宗上表祝贺说："主上英明，野无遗贤。"这个家伙是处处留心，严密设防。李林甫死了以后，杜甫写诗说他"阴谋独秉钧"，精炼地概括了他的奸臣伎俩。

安禄山镇守东北三镇，早就有夺取大唐天下的野心，但是在李林甫的威慑下一直不敢动作。他每次回京汇报工作，面见李林甫时，都吓得浑身冒冷汗，生怕李林甫看出他的私密来。直到李林甫死去，他才松了口气。接替李林甫做宰相的是杨国忠，杨国忠是个大草包，安禄山根本没把他放在眼里，于是加快了造反的步伐。

李林甫在处理家事上却与众不同，比如在对待女儿们的婚事上，他没有专横包办，必须等到孩子们同意才拍定。他在厅堂里设置了一个机关，就是在厅堂的侧室墙壁上挖出一个小洞，洞口垂挂一条纱帘，这纱帘很奇特，从厅堂往侧室里看，什么也看不见，从侧室往厅堂里看，清清楚楚，一目了然。每当他看中了某个年轻人，就事先把女儿安置在侧室里，然后把这个年轻人带进厅堂，与之交谈。这期间，女儿就把来者的身高长相、言谈举止看个全面、看个仔细。满意了，再往下行事；不满意，另换他人，决不嫌麻烦。想来，他这样做也是有他的特殊条件，他是一人之下万人之上的身份，有着挑选女婿的广阔天地，绝无借女儿婚事巴结别人的尴尬。

李林甫死了以后，被他提拔的杨国忠跳出来，诬告他阴谋造反，遭到开棺鞭尸的惩处。李林甫这个名字也成了历代奸臣的代表，遭到后人的切齿唾骂。宋人苏轼写诗说“至今欲食林甫肉，无人举觞酹伯游。”(《荔枝叹》)吃其肉，寝其皮，是极言对他的痛恨。不过，后句话则表现出许多遗憾来。伯游是汉代人，本名唐羌，字伯游。汉和帝永元年间，朝廷责令交州进贡荔枝、龙眼，由快马送进京都来，运送者疲于奔命，死伤无数。唐羌给朝廷上书，请求罢免这种扰民之举，被和帝采纳。苏轼的意思是说，人们对于李林甫恨得咬牙切齿，却对敢于上书言事的伯游不予祭奠，这未免有装怯作勇之嫌，倘若臣子们都有伯游那样的果敢精神，李林甫之流是没有立身之处的。苏轼这话显然是针对宋朝的昏暗政局而说的。

# 有感于“寒士”之辩

杜甫诗《茅屋为秋风所破歌》结尾处有二句写道：“安得广厦千万间，大庇天下寒士俱欢颜！”诗中的“寒士”指的是什么人？杜甫在为谁的生活着想？这是一直辩论不休的问题。大体说来，观点有两种。一种是以郭沫若为代表的观点，认为这里的“寒士”是指“没有功名富贵的或者有功名而无富贵的读书人”，也就是穷苦的读书人。郭氏认为，这样的人不属于“人民”的行列，杜甫同情的不是劳动人民，所以他并不伟大。（见郭沫若《李白与杜甫》）另一种观点则认为，诗中的“寒士”所指并不限于穷苦的读书人，还应包括其他的穷人。有许多研究者持此观点，引经据典，考察“士”的历史内涵，证明“士”的涵盖较宽，其中是包括了人民群众的，因此，不能说杜甫的思想不伟大。

我每逢读到关于“寒士”的辩论文章，心中就隐隐作痛。因为上述两种观点虽异，却都在遵循着一种尺度，那就是“穷苦的读书人”是不值得同情的，谁同情了他们，谁的思想就不伟大了。郭沫若也罢，学界众多的专家也罢，想来都是读书人，应该明白中国知识分子在历史发展中的巨大作用，怎么如此轻贱自己的阶层，连被同情的资格都自我取消了呢？先哲曾说“仁者爱人”，孔子所说的“人”是应该包括读书人的，而

"仁者"的思想自是伟大的。怎能如时贤所说,如果关爱了穷苦的读书人,其思想就不伟大呢?试问时贤:可曾把知识分子当成"人"看了么?

同情穷苦的民众,便会得到赞扬;同情穷苦的读书人,就要遭受指责。这种域外绝无、国史罕有的念头,也许是在特殊的年代里知识分子在政治高压下扭曲了的心灵的产物。记得在"文革"时期,社会将知识分子称为"臭老九",前八位是地主、富农、反革命、坏分子、右派、资本家、小业主、走资派。这九种人都是当时整治的对象。知识分子遭此厄运,多数人为保存性命(或其他什么原因),当不起"贫贱不能移,威武不能屈"的大丈夫了,只能与世沉浮,跟着喊叫,说自己这群人不是东西,久之,意识渐渐形成,自认为低人一等,不值得同情,谁同情了我们这伙知识分子,谁就存在立场问题,谁的思想也就不能伟大了。

可悲啊,中国的知识分子!

前几天翻阅古代文献,偶然读到元朝人谢枋得《送方伯载归三山序》,其中说道:"……七匠、八娼、九儒、十丐。后之者,贱之也;贱之者,谓无益于国也。"元朝的统治者按贵贱把国人分为十等,读书人位居第九,仅仅高于乞丐,还不如娼妓于国有益。另据清朝人赵翼说,前六等分别为"一官、二吏、三僧、四道、五医、六工"(见《陔余丛考·九儒十丐》)。元帝国是落后的蒙古族凭借武力建立起来的,对于文明的不解和践踏,原是在情理之中的。令人难以想通的是,作为社会主义时代的思想家,怎么仍然如此轻贱知识分子?而且,"老九"与"九儒","九"字相重,这等刺眼!

如今,政府文件中认为知识分子是工人阶级的一部分了。至此,中国的知识分子总算有了名份,有了身价。既然如此,知识分子就不必把自己的阶层打入另册了,就不必认为自己这个阶层没有被同情的资格,就不必再说"同情穷苦的读书人这种思想不够伟大"之类的丧失人格的话,就不必再去争论"寒士"的所指了。应该理直气壮地说:即便杜甫在这首诗中同情的就是穷苦的读书人,他的推己及人、宁苦己以利人的思想境界,仍然崇高,仍然伟大。

# 给杜甫补个病历

杜甫写个人生活,集中于“老”、“丑”、“贫”、“病”四个字上,写得真切坦诚,不遮不掩,表现出鲜明的率直品格。所以,虽说由这四个字塑造的诗人形貌并不美好,但由此而反映的精神性格却令人仰慕。尤其是他在疾病面前表现出的顽强斗争意志,更是构成老杜精神的重要方面。

杜甫一生得过多少病?笔者作了一番细致的考察,现按时间顺序加以叙述,等于给他补个“病历”。叙述之前,还须交代几句,就是杜甫在少年和青年时期,体格原是很好的。“忆昔十五心尚孩,健如黄犊走复来。庭前八月梨枣熟,一日上树能千回。”(《百忧集行》)少年的他居然还是个爬树的高手。青年时期漫游齐赵梁宋,呼鹰逐兽,纵马游缰,在朋友的眼中,他俨然是个武将。他身体变坏,是进入长安以后的事。天宝五载(746年),他35岁那年来长安求仕,很快就因父亲去世而失去经济来源,只好“卖药都市,寄食友朋”,甚至乞讨。于是,病魔追随穷鬼,接踵找上门来。

杜甫第一次记录患病,是在天宝十二载(753年)给玄宗写的《进封西岳赋表》,文中说道:“臣常有肺气之疾”。“肺气”就是肺病,既说

“常有”，可知不是新近染上的，这一年他42岁。

第二年，天宝十三载（754年）秋天，他得了疟疾，病情十分严重，在死亡线上苦苦挣扎了一百来天，头也白了，眼也昏了，肉也黄了，皮也皱了。大病初愈，他支撑着身子外出散步，被一个叫王倚的人招待了一顿好饭，饱餐之后，写诗道谢，诗中陈述病中苦况，说道：“虐疠三秋孰可忍？寒热百日相交战。头白眼暗坐有胝，肉黄皮皱命如线。”（《病后过王倚饮赠歌》）命微如线，却挺过来了；一旦挺了过来，他的风趣秉性又露头了，在诗的末尾写道：“但使残年饱吃饭，只愿无事长相见。”“无事”本该不必相见，但他却说愿意“长相见”，就是戏说自己饮食奇缺，希望能得到王倚的经常关照。

五年之后，即乾元二年（759年）秋天，他出于对肃宗的绝望，辞掉官职，带领全家远赴秦州（今甘肃天水）。客居期间，衣食困乏，导致疟疾复发。他在诗中记录这次病中感受，说道：“三年犹疟疾，一鬼不销亡。隔日搜脂髓，增寒抱雪霜。”（《寄高适岑参三十韵》）“一鬼”，指疟鬼。被疟鬼纠缠了三年，可见近年来他的身体状况很糟。疟疾发作起来，每隔一天就像被刮掉一层脂髓，五内增寒如抱霜雪。大概是由于吃药无效，在难以忍受的时候，只好“土法上马”——按照当地人的做法，穿上女人的彩衣，在脸上涂些脂粉，藏在偏僻角落，以躲避疟鬼的纠缠。这当然不会有效果。尤其让人同情的是，老杜在这样打扮自己的时候，感到羞愧得无地自容：“徒然潜隙地，有腼屡鲜妆。”在痛苦难当之际，仍然顾面子，这是老杜的可爱之处。

杜甫还患有头风病，这种病发作起来，头疼难忍，经久不愈。杜甫首次说及此病，是在秦岭栈道上。他在秦州住了三个月，终因困于衣食而南下同谷，接着又走上了秦岭栈道，前往成都。古代由陕甘进入蜀地，只能攀行栈道。栈道是在悬崖绝壁间凿孔架桥连阁而成的一种道路，十分危险。杜甫走在上面，只觉得桥身摇晃，头晕目眩。就在这时，头风病犯了，俯瞰眼底滔滔滚滚的嘉陵江，他想：人的一生在何处终结，是难以预料的，此时一旦失足坠落，就连尸首都捞不到了。但是他凭着毅力，终于走完了几百里长的栈道，于乾元二年（759年）十二月底到达成都。

在成都草堂居住的日子里，从他写的诗中，得知他经常被肺病所困扰。所谓“患气经时久”（《有客》）的“气”即指肺病。为了方便治疗，他在房前一棵生长了200年的老楠树旁边，开辟出一块药圃，种植了不少药材，“近根开药圃”（《高楠》），靠近高楠的根须来种植药材，想来是要借助于这棵大树的蓬勃生命力，提高药材的效力。果然药苗长势很好，“药条药甲润青青，色过棕亭入草亭。”（《绝句四首》其四）药苗青碧，面积还不算小。杜甫可谓久病成医，懂得药性、药理，会洗药、晒药、储药，自备了许多药囊，以便自我调治。这个时期，除了肺病，他的头风病也还时常发作，又添了“坐痹”的毛病，“坐痹”就是下肢麻痹，他在写给好友严武的诗中说：“老妻犹坐痹，幼女问头风。”（《遣闷奉呈严公二十韵》）严重的是，在代宗广德二年（764年）写的《赠王二十四侍御契四十韵》诗中，他说到得了糖尿病：“消中只自惜，晚起索谁亲？”“消中”，又称“消渴”，就是今天所说的糖尿病。《素问》：“多食数溲曰消中。”这个病对粮食紧缺的杜甫来说，无疑是双重磨难。

代宗永泰元年（765年）四月三十日，成都尹、剑南节度使严武病死，杜甫在生活上失去了依靠，只得离开草堂，五月，买船沿岷江南下，至宜宾入长江东进。沿途水气风寒，糖病情加剧，走到云安县（今四川云阳县），病体难支，只得上岸停留。这是在永泰元年的秋天。“栖泊云安县，消中内相毒。”（《客堂》）这个秋天，他被糖尿病折磨得瘦弱不堪，在《别常征君》诗中写道：“儿扶犹杖策，卧病一秋强。白发少新洗，寒衣宽总长。”在《别蔡十四著作》诗中写道：“我虽消渴甚，敢忘帝力勤？”又在这年的腊月初一作诗感叹：“光明起草人所羡，肺病几时朝日边？”可知他的肺病也很严重。

直到第二年即大历元年（766年）暮春，才起程继续东行。可是，走到夔州时，又因诸病缠身而停留下来。首先是糖尿病，这是在夔州诗中经常提到的，如：“消中日伏枕，卧久尘及屦。”（《雨》）可见病得很重。有个叫苏徯的青年，仕途不顺，杜甫为无力举荐他而愧疚不安，说：“消渴今如此，提携愧老夫。”（《别苏徯》）自顾不暇，还想顾及他人，这是老杜的品格长处。糖尿病患者经常口渴思饮，尤其是在闷热的夏天。大历元年的夏天，夔州干旱不雨，热得人透不过气来，杜甫口渴难忍，竟想把大江吞下，在《戏呈元二十一曹长》诗中说道："闭目逾十旬，大江不止渴。"大历二年（767年）秋天，杜甫仍在夔州，作《秋日夔府咏怀一百韵》，诗中说道："飘零仍百里，消渴已三年。"这说明他患糖尿病确实是从客居成都时的广德二年（764年）开始，而且一直没有痊愈。与此同时，肺病也在困扰着他。在《返照》诗中写道："衰年肺病唯高枕，绝塞愁时早闭门。"《秋峡》诗中写道："江涛万古峡，肺气久衰翁。"在夔州居住期间，他得知诗人薛据在荆州，便寄诗问候。薛据是杜甫的诗友，早年在长安时，他俩曾与高适、岑参、储光羲同登慈恩寺塔，结下亲密的友谊。在这首寄赠诗中，杜甫说到了自己的病情："峡中一卧病，虐疠复冬春。春复加肺气，此病盖有因。早岁与苏郑，痛饮情相亲。二公化为土，嗜酒不失真。"（《寄薛三郎中据》）由此可知，客居夔州时，他还患过疟疾。而春天一来，肺病加剧，原因是由于苏源明、郑虔二位挚友的去世，心情过于悲痛。苏、郑二人同在广德二年（764年）去世，当时杜甫还在成都，闻讯后作《哭台州郑司户、苏少监》，诗中哭道："故旧谁怜我？平生郑与苏。存亡不重见，丧乱独前途。……飘零迷哭处，天地日榛芜。"可知他确实伤心欲绝，这种心情加剧了肺病，是自然之事。以上所述，都是老病加剧。至于在夔州新添的病苦，主要是耳朵失聪。大历二年秋天写的《耳聋》诗中说"眼复几时暗？耳从前月聋。"《独坐二首》其二又说"苦恨耳朵聋"。当然，所说的耳聋并非绝对听不到声音，否则，以后几年诗中所写的听觉活动就不好解释了。

大历三年（768年）正月，杜甫离开夔州，乘船出了三峡，在荆湘一带漂泊。除了上述诸病之外，又得了半身不遂。大历四年春天，他在长沙过的清明，作《清明二首》，其二写道："此身漂泊苦西东，右臂偏枯半耳聋。""偏枯"，中医学病症名称，又称"偏瘫"、"半身不遂"。一般说来，患偏瘫者男左女右，杜甫却是右臂偏瘫，不知是传抄失误还是事实如此，倘若真是右臂出了问题，他作诗写字就艰难了。

到此可以做出结论，杜甫一生所得的病有肺病、疟疾、头风、糖尿病、半身不遂、耳朵失聪。杜甫一生留下1458首诗歌，还有十几篇文和赋，这些作品绝大多数是在疾病中写成的。他的毅力之坚定，精神之顽强，可以想见。即如在生命垂危之际，他仍能忍着剧烈的头痛，伏在枕头上，用偏瘫的手写完长达三十六韵的绝笔诗。

# 苏轼的性格和宿命

说起苏轼的性格，我以为正直和旷达是两个闪光点，这两大性格特征也决定了他一生仕途多舛而文学辉煌的命运。

苏轼的正直性格似乎是天生的，他幼小的时候就想做个范滂那样的人。他母亲曾教他阅读《汉书》，读到《范滂传》，他得知范滂是个勇敢反对宦官专权、不怕杀身的正直人士，幼小的心灵泛起仰慕的涟漪，对母亲说："我如果做个范滂那样的人，母亲允许吗？"母亲回答说："你愿意作范滂那样的人，我为什么不能作范滂母亲那样的人呢？"如果要从遗传学来解释苏轼的耿直性格，现有的文献还提供不出依据来，反面的材料却有，苏轼的远祖苏味道，是初唐著名诗人，却是个善于圆滑处世的主儿，他曾说过怎样当官才稳妥："凡事模棱以持两端，可也。"观点要含糊，立场莫固执，凡事亦好亦坏，亦是亦非，两头都占着，就可以永远立于不败之地了。"模棱两可"这个成语就是后人从他身上概括出来的。苏轼的性格显然没有继承这位远祖的基因。

苏轼21岁进士及第，走上仕途那年恰逢王安石变法。由于长久的书斋生活，他对变法的意义认识不足，加入了反对新法的行列，于是被外放做地方官。在地方任职的岁月里，在执行新法的过程中，他发现新法的有些条文是正确的，有利于国计民生。等到王安石罢相，守旧派当权的时候，他被召入京都，将被委以重任。但是，当他看到守旧派要把新法条文彻底废除，觉得很不妥，就站出来表示反对，提出对新法“较量利害，参用所长”的主张，这显然是不合时宜的，结果被守旧派看成“第二个王安石”，继续外放做地方官。假如苏轼不去坚持真理，他完全可以在政局变动中青云直上，他的正直性格决定了他不以私利昧公理，也决定了他不会有畅达的仕途。后来，改革派重新当权，人们不再记得他曾给新法说过好话，把他贬谪到荒凉的海南岛。

苏轼仕途多舛，家庭生活也很不顺。28岁那年原配夫人就病死了，夫人名叫王弗，是个知书能文、聪明贤惠的女性，最可贵的是她还有察人观世的头脑，帮助苏轼处理人事关系。她的病逝对苏轼打击很沉重，以致10年之后还出现在梦中。苏轼后来娶了王弗的表姐，但是方方面面都无法跟原配相比，不成想没过几年，第二任夫人也过早驾鹤了。此时苏轼的身边只剩下几个丫鬟，经受重重打击的他已然鬓发斑白，有一次，他指着自己的肚子问丫鬟们：“你们说，我这里都是什么？”一个丫鬟说：“相公满腹经纶。”苏轼摇了摇头，另一个丫鬟说：“相公满腹文章。”苏轼仍不以为然，轮到丫鬟朝云说了，她说“相公一肚皮不合时宜”。苏轼听罢，捧腹大笑，说：“你讲得好，讲得好！”于是把朝云视为知己，成为伴侣。没几年，朝云也命染黄泉。朝云死后，苏轼似乎发现了命中的什么，不再想娶妻的事，孤身生活了十几年，直到去世。

苏轼虽然在仕途和家庭生活上频遭打击，却能够在文学创作上获得巨大的成就，这是什么原因？是他性格中的旷达发生了作用。“一蓑烟雨任平生”，既表达了他平生遭际之艰难，也表达了他性格之旷达。苏轼遇事想得开，能够随遇而安，超然物外。几次遭贬，都能泰然处之。他被贬到黄州，尽管环境荒凉，却能在其中发现可乐的东西，作诗说道：“长江绕郭知鱼美，好竹连山觉笋香”。他被贬到更远的惠州，同样不气馁，作诗说道：“日啖荔枝三百颗，不辞长作岭南人。”最后，他被贬到儋州（海南岛），和他的大儿子苏过一起生活，爷俩活泥盖草房，历尽人间的种种艰辛，他照样保持乐观的态度，作诗说道：“九死蛮荒吾不恨，兹游奇绝